Eberhard
Rathgeb **Karl**
oder Der letzte Kommunist

Roman
Carl Hanser Verlag

1. Auflage 2018

ISBN 978-3-446-25994-2
© 2018 Carl Hanser Verlag GmbH & Co. KG, München
Umschlag: Peter-Andreas Hassiepen, München
Motiv: © Farinosa/Thinkstock
Satz im Verlag
Druck und Bindung: CPI books GmbH, Leck
Printed in Germany

MIX
Papier aus verantwortungs-
vollen Quellen
FSC
www.fsc.org
FSC® C083411

Karl
oder Der letzte Kommunist

Der Fall ist erledigt

Weißt du noch?, fragte der Alte und biss in die Bratwurst. Schmeckt gut.

Was?, fragte sein ehemaliger Kollege, der etwas jünger war.

Unser letzter Fall.

Lang ist es her, sagte sein Kollege und biss ebenfalls in seine Bratwurst. Die beiden schauten in den kleinen Garten des Alten, viel sahen sie nicht, Rasen, Blumenbeet, aber auch Bäume. Der Abend war lau und schön, so richtig gemacht für ein Seniorengespräch über alte Zeiten. Sie saßen auf der Veranda in weißen Plastikstühlen mit Kissen, wie es halt so geht. Auf dem Grill lagen noch zwei Würste. Sie mochten älter geworden sein, hungrig waren sie immer noch.

Der Kopf, sagte der Jüngere, der auch schon über siebzig war.

Sie nannten ihn den Kopf.

Wir nannten ihn so.

War eine ruhige Kugel, sagte der Alte, und es klang irgendwie so, als würde er damit sein Lebensideal beschreiben. Und ein wenig hatte er es auch so hingekriegt.

Hätte aber auch anders kommen können, sagte der Jüngere. Es konnte ja, dachte er, nicht schaden, im Rückblick noch etwas Dramatik in die alten Geschichten zu drücken.

Sie nickten sich zu und schauten sinnend vor sich hin. Zwischen ihnen gab es nicht immer etwas zu sagen, aber eine Not, ein Wort zu wechseln, bestand nicht, nicht zwischen ihnen. Dafür kannten sie sich zu lange. Sie wussten gemeinsam zu schweigen. Das hatte der Beruf mit sich gebracht.

Gut, dass wir vier aufgelegt haben, sagte der Alte.

Habe ich hier vom Metzger im Supermarkt.

Klingt gut.

Was?, fragte der Jüngere und schaute den Alten etwas erstaunt an.

Vom Metzger im Supermarkt, statt nur Supermarkt zu sagen.

Der Jüngere nahm die Bemerkung hin und vergaß sie sofort beim nächsten Bissen.

Was der wohl macht?, fragte der Alte.

Der Metzger? Keine Ahnung, ich kenne den nicht. Wie kommst du auf so was?

Ich meine den Kopf, sagte der Alte und leckte sich die fettigen Lippen und dann die fettigen Finger.

Grillen wird der nicht, sagte der Jüngere und zuckte leicht mit den Schultern, als sollte es ein Lächeln sein.

Ich glaube, der ist tot, sagte der Alte, der sich nach einer Serviette umsah.

Kannst du mir mal eine …, fragte er den Jüngeren und rieb sich die Hände in der Luft.

Ja hier, sagte der Jüngere und reichte dem Alten eine weiße Papierserviette.

Der war nicht viel jünger als wir, sagte er dann noch.

Aber er hat ungesund gelebt, sagte der Alte und legte die Serviette dann ordentlich beiseite, damit er sie noch einmal gebrauchen konnte.

Und daran ist er gestorben?

Vielleicht lebt er ja noch.

Kann uns egal sein.

Na, er war unser letzter Fall, daran hängt man doch, sagte der Alte und schaute den Jüngeren fast vorwurfsvoll an.

Gibst du mir noch eine?, fragte er ihn dann.

Mit Brötchen?

Wie immer.

Und noch ein Bier?

Wir sind ja nicht mehr im Dienst.

Bier trinken, das konnte der auch, sagte der Jüngere und reichte dem Alten eine Bierflasche.

Wer kann das hier nicht.

Hast du das irgendwo gelesen?

Was?

Dass er gestorben ist.

Weiß nicht, kommt mir vielleicht nur so vor, sagte der Alte. Es würde zu ihm passen.

Zu uns würde es nicht passen?

Nicht so wie bei ihm.

Wie meinst du das denn?

Wir sterben wie alle anderen, sagte der Alte und lehnte sich schwer zurück, als wollte er jetzt weit ausholen. Ich meine, wir sind arbeiten gegangen, bis es mit der Arbeit zu Ende war, und dann sind wir in den Ruhestand gegangen, und jetzt werden wir irgendwann sterben. Das ist die normale Geschichte.

Und was war bei ihm anders?

Schon dass eine Krähe bei ihm war, sagte der Alte und machte jetzt den Eindruck, als würde er seinen Gedanken nachhängen. Er schaute etwas versonnen.

Ich erinnere mich, du hast überall nur noch Krähen gesehen, sagte der Jüngere und lachte.

Ich habe nur eine Krähe gesehen, korrigierte der Alte.

Weil du die nicht auseinanderhalten kannst, die sehen doch alle gleich aus.

Der Jüngere winkte mit der Hand ab, was so wirkte, als wollte er seinem ehemaligen Kollegen sagen, er solle ihm mit solchen Geschichten nicht kommen.

Es war nur eine, und sie saß bei ihm, beharrte der Alte auf seiner Version der Geschichte.

Jetzt fang nicht wieder davon an, sagte der Jüngere, und dann wies er mit dem Kinn in eine bestimmte Richtung. Da drüben, sagte er, sitzt übrigens auch eine.

Wo?

Da auf dem Baum links, ziemlich weit oben.

Der Alte bemühte sich, die Krähe zu entdecken, dann rief er: Jetzt sehe ich sie. Ob das seine ist?

Wie viel Bier hast du schon getrunken?, fragte der Jüngere.

Zwei. Aber es könnte ja sein.

Dass das seine ist?

Ja, die kommt uns besuchen, die möchte sehen, was wir so machen.

Er hat sie geschickt, sagte der Jüngere geheimnisvoll, er revanchiert sich und lässt uns jetzt durch sie beobachten.

Das wäre eine Nummer. Der Alte lachte leise in sich hinein. Dann sagte er: So was macht der nicht. Das hätte den nicht interessiert.

Und wegen der Krähe ist er anders gestorben?

Ich weiß ja nicht, ob er tot ist.

Aber der Fall ist erledigt.

Da wäre ich mir nicht so sicher.

Karl dachte,
jetzt geht es endlich los

Im Jahr von Karls Geburt hätte sich in Deutschland kein Kommunist auf der Straße zeigen können, ohne erschlagen oder erschossen zu werden oder in einem Konzentrationslager zu landen. Als Hitler die Macht im Staat übernahm, gingen die Kommunisten, die sich nicht ins Ausland abgesetzt hatten und die den Anschlägen und Verhaftungswellen entkommen waren, in den Untergrund und führten von dort aus einen hoffnungslosen Kampf gegen das Regime. Sie saßen im Dunkeln, dicht aneinandergedrängt, und schöpften Mut aus der Zuversicht, die sich anfühlte, als bissen sie die Zähne zusammen, dass ihr Einsatz, auch wenn er ihr Leben kosten würde, nicht vergebens gewesen sei, dass außerhalb Deutschlands die Genossen aller Länder, vor allem der Sowjetunion, wo sie vorgemacht hatten, was in ihnen und ihrer Partei steckte, sich sammeln würden und dann ausholten zu einem vernichtenden und befreienden Gegenschlag.

Hunderttausende waren für die Idee einer gerechten, einer kommunistischen Gesellschaft gestorben, und Tausende würden für sie noch zugrunde gehen. Auch wenn sie, allein oder in kleinen Gruppen zerstreut, in einen aussichtslosen Kampf mit einem übermächtigen Gegner verwickelt waren, sie fühlten ja und wussten, dass eine unsichtbare Gemeinschaft von Gleichgesinnten hinter ihnen sich angestaut hatte und um sie herum stand, und wenn das nicht reichte, ihnen den Rücken zu stärken und sie den nötigen Mut fassen zu lassen, dann wärmten sie ihre Herzen auf am Lauf einer Geschichte, die in ein gutes Ende münden sollte, das glücklicherweise mit ihrem Ziel zusammenfiel.

Die Kommunisten waren Traditionalisten, wie die Leute aus den regionalen Geschichtsvereinen, sie brauchten alte Bücher und hingen an alten Wahrheiten, an Erzählungen von Helden, Aufständen und Siegen, und auch aus den Niederlagen, für die sie Erklärungen parat hatten, zogen sie den Vorsatz, nicht aufzugeben und umzuschwenken, und die Lehren für kommende Triumphe. Die Vergangenheit, ihre Version der Ereignismasse, die hinter ihnen lag, trieb sie voran, schlug eine helle Schneise durch die Gegenwart und wies, ein langgestreckter Zeigefinger, voraus in die Zukunft, was eine gerade Strecke ergab, gezogen mit einem Lineal aus scheinbar stabilen Erkenntnissen, in denen Wörter wie Proletariat, Klasse, Kapital, Ware, Mehrwert, Produktionsverhältnisse, Produktivkräfte, Kapitalismus eine entscheidende Rolle spielten.

Das Dritte Reich ging unter, Hitler erschoss sich, und Deutschland wurde in zwei Hälften geteilt, in eine westliche, wo aus den Deutschen Demokraten, und eine östliche, wo aus ihnen Sozialisten werden sollten. Der eine Teil des Landes, dessen Bevölkerung zwölf Jahre lang ein Regime ertragen und unterstützt hatte, das der arischen Rasse die Herrschaft über das Glück und die Vernichtung ihrer Feinde versprochen hatte, landete auf der Seite Nordamerikas, der andere wurde der Sowjetunion zugeschlagen.

Karl bekam davon nichts mit. Wenn ihm einer erzählt hätte, was geschah, er hätte es nicht verstanden, er war für die politischen Ereignisse unmittelbar nach dem Krieg noch zu klein, ein unbeflecktes Bewusstsein, das mit Sinneseindrücken und dem Aufkommen der ersten Wörter und dem Bilden von ersten Sätzen beschäftigt war. Später, als junger Mann, theoretisch versiert, intellektuell geschliffen, ein Kristall des Geistes, hat er anderen, die sich mit weniger oder einfacheren Erkenntnissen meinten begnügen zu können, die Zustände und Vorstellungen erklärt, mit denen sie sich abgaben.

Dass aus ihm ein Kommunist wurde, verdankte er auch der Zähigkeit von Ideen, die dem Druck der im Westen gängigen Art und Weise, mit Erfolg, Versagen, Konkurrenz umzugehen, widerstanden, und sei es dadurch, dass die Wörter, die mit ihnen verbunden waren, sich nicht einfach wieder in Buchstaben auflösen ließen. Aus dem Blickwinkel seiner Zeitgenossen gesehen, deren Zufriedenheit mit dem Wohlstand wuchs, machte er mehr und mehr den Eindruck, als würde er dem Lauf der Dinge, die immer billiger wurden, hinterherhinken.

Aus dem Kommunismus war eine Alterserscheinung geworden, so wie die meisten sich schwertaten, dem Fortschritt zu folgen und, Hand aufs Herz, in Zusammenhängen lebten, die sie nicht verstanden. Sobald sie erwachsen waren und sich einen Beruf suchten, freundeten sie sich mit der Erkenntnis an, dass sie von Wirtschaft, Politik, Staat und Technologie überfordert waren. Die Außenwelt war zu groß für einen Kopf, und der Verstand schämte sich zuzugeben, dass er ihr nicht gewachsen war, ihn trieb die Pflicht, mehr herauszukriegen, ihn plagte das schlechte Gewissen, zu versagen und aufzugeben, sein Ehrgeiz stachelte ihn an, Aufgaben zu lösen, sein Hochmut ließ ihn vergessen, dass es Grenzen des Verstehens geben kann.

Karl sah das anders, er wäre sonst kein Kommunist gewesen. Wer die Welt verändern will, muss das Gefühl haben, es mit ihr aufnehmen zu können. Als er starb, hinterließ er kein Vermögen, über das sich andere gefreut hätten, Geld, Grundstücke, Immobilien, Wertsachen, wie sie üblicherweise unter Familienangehörigen weitergereicht werden, es sei denn, einer bewies ein gutes Herz und ließ andere, die nicht zum Clan gehörten, an seinem Reichtum teilhaben. Zu Karls Hinterlassenschaft, Stuhl, Schreibtisch, Bücher, Bett, gehörte die Idee einer Lücke, nicht jene, durch die Sterbende sich von den Lebenden verabschieden, Karl war kein Theologe und kein Schamane, im Gegenteil, wer den von ihm gewiesenen Weg ging, den zu finden er sich Nächte um die Ohren geschlagen hatte, der würde nicht etwa sein Glück machen, seinen Hunger stillen, seinen Wohlstand mehren, sondern, als wäre das die Voraussetzung zu allem weiteren Lassen und Tun, zur Wahrheit über die Wirklichkeit gelangen, er hätte geschafft, sein Leben, Arbeit, nichts als Arbeit, in der Gegenwart zu verstehen.

Verrückt, nicht wahr?

Zwei Jahre nach der Französischen Revolution war in England ein Buch erschienen, dessen Verfasser sich über die Vorgänge im Nachbarland empörte. Er verdammte den Umsturz als Werk geschichtsloser Aktivisten und beschwor die Einsicht in den Sinn und den Wert der alten, bewährten Verhältnisse. Der Leiter der Abteilung für innere Sicherheit, deren Aufgabe darin bestand, den Staat vor gefährlichen Umtrieben zu schützen, mochte das Buch. Er las die Abhandlung in einer deutschen Übersetzung, weil sein Englisch für das Original nicht ausreichte. Er blätterte darin immer wieder, am Wochenende oder auch abends, wenn er neben seiner Frau im Bett lag. Das Buch bestätigte ihm den Nutzen seiner Arbeit, die ihn viel Zeit kostete.

Seine Abteilung befasste sich mit Terroristen und Staatsfeinden. Die Fälle, mit denen sich ihre Mitarbeiter beschäftigten, waren unterschiedlich spektakulär, aber die Mehrzahl der Verdächtigen waren Gewalttäter, die ihren Kampf mit der Waffe führten, oder potentielle Attentäter, die sich und andere in die Luft sprengen wollten. Es hatte schon friedlichere Leute gegeben, die ihre Ziele, einen Umsturz der Verhältnisse, auf andere Weise zu erreichen versuchten. Zu ihnen zählte Karl, der letzte Kommunist. Die Mitarbeiter der Abteilung nannten ihn so, in Erinnerung an eine Zeit, die längst vorbei war und von der die meisten nur aus dritter Hand etwas wussten, aus Berichten, Dokumentationen, selten aus Erzählungen.

Ihrem Chef erging es mit der Französischen Revolution nicht anders. Er las in den Betrachtungen ihres in Irland geborenen Kritikers mit der Neugier eines Menschen, der davon ausging, dass es sich hier um ein Ereignis handelte, das sich nicht wiederholen würde und von dem ihm keine Gefahr drohte. Umstürze würde es weiterhin geben, aus denen in den meisten Fällen Bürgerkriege resultierten, in die andere Länder verwickelt wurden, bis sich die Verhältnisse wieder stabilisierten. Am Ende hatte nur die Macht gewechselt, es gab viele Tote, viel Leid und die Erfahrung, dass der Aufstand für die meisten nichts gebracht hatte, sondern nur für einige, die über alle anderen regieren wollten.

Als wäre er an einem der Pole eingefroren gewesen, hatte sich Karl länger am Leben gehalten und die Abteilung über den Niedergang jener Widerstandsbewegung hinaus beschäftigt, den die revolutionären Nachfahren der alten Franzosen nicht aufhalten konnten. Auch in der Natur gehen Gattungen unter, verschwinden Tiere und Pflanzen. Und stirbt nicht eine Sprache nach der anderen?

Manche behaupteten, er habe sich zu Tode gesoffen, aber das waren böse Zungen, die kein gutes Haar an ihm lassen wollten und ihm Schlechtes nachsagten, als hätten sie noch einen Streit mit ihm auszutragen und nähmen jetzt, da er nichts mehr dagegen einwenden konnte, die Gelegenheit wahr, ihn als Lumpen hinzustellen, einen Säufer und Schwätzer, der endlos redete und die Welt mit Worten überzog. Keiner, der ihn kannte, würde bestreiten, dass er ständig darüber nachgedacht hat, wie er seinen Kopf, seinen Willen und seine Interessen, eine sehr kompakte und widerstandsfähige Masse, durchsetzen konnte. Jeder Schriftsteller, der eine Geschichte erzählen will, machte das genauso.

Wegen dieser Starrköpfigkeit hatte die Abteilung für innere Sicherheit in den Jahrzehnten, als die revolutionären Ideen einknickten wie Blumen, die im Februar aus dem Boden schossen und im März durch einen späten Frost erledigt wurden, sich entschlossen, ihn noch etwas länger zu beobachten. Die unaufhaltsame Zunahme der Einsicht in die Sinnlosigkeit von Revolutionen spielte ihr in die Hände. Er verlor Zuhörer. Aber gegen jeden Instinkt der Selbsterhaltung, der andere aus den linken Kreisen zum Nachgeben bewog, gab er nicht auf. Er zog sich nicht zurück, er redete weiter.

Die konservativen Ansichten des irischen Kritikers über die Französische Revolution schienen sich im Land durchgesetzt zu haben. Ein Gefühl für Traditionen und der Wunsch, das Bestehende zum eigenen Vorteil zu nutzen, schoben sich über jene undichten Stellen des Bewusstseins, die andere Erfahrungen, Einsichten und Hoffnungen gerissen hatten. Karl mochte sich damit nicht abfinden, als sei er resistent gegen Veränderungen. Er war gegen alles, Staat, Geld, Herrschaft, und war gegen alle, die mitmachten beim Geschäft um Gewinn und Glück, und er blieb dabei.

Mit einer solchen Einstellung lässt sich kein angenehmes Leben führen. Das wusste jeder, auch die Mitarbeiter der Abteilung für innere Sicherheit. Ihr pragmatischer Chef hätte sich auch nie bereitgefunden, die Vernunft als ein höchstes Wesen zu verehren, wie es in der Französischen Revolution geschah.

Als Karl gestorben war, hielt ihn kein Gerücht am Leben, dass er im Geheimen fortwirken würde. Seine trauernden Freunde schworen, den Kampf nicht aufzugeben, aber dann packte sie der Wind und zerstreute sie in alle Richtungen. Das war im Oktober jenes Jahres gewesen, in dem der Nobelpreis für Literatur einem südamerikanischen Schriftsteller verliehen wurde, dessen Geschichten von Macht und Widerstand handelten, von Aufstand und Niederlage. In der Behörde für innere Sicherheit war Karls Akte längst geschlossen worden. Seine Wohnung wurde leergeräumt, Möbel und Kleider entsorgt, die Bücher unter Freunden verteilt, die sie wie Andenken behandelten, obwohl sie so taten, als würden sie in ihnen nur lesen wollen. Einen privaten Handel mit Devotionalien scheuten sie sich aufzumachen, auch von Gefühlen mochten sie sich nicht überschwemmen lassen. Sie blickten seinem Tod ins Auge mit jener Ungerührtheit, die entsteht, wenn sich in Gemütern der Satz breitmacht, dass dort, wo gehobelt wird, auch Späne fallen.

Von dem Toten blieb nicht viel zurück, eine Anhäufung von voraussetzungsreichen Sätzen, die keinen Bestand haben würden, und nicht einmal die Erinnerung an einen Plan, der nur ausgeführt werden müsste. Für Karl hat es keine Zukunft gegeben, nur eine Gegenwart, gegen die er nichts eingetauscht hat, keine Hoffnungen, Illusionen, Kompromisse oder Güter des täglichen Bedarfs, kein neues Auto, keine große Wohnung, keine Urlaubsreisen. Die Angestellten der Behörde für innere Sicherheit, die ihn beobachteten, eine Arbeit, die in diesem Fall wenig Talent und Kraft beanspruchte, hatten über diesen Rigorismus ihre Köpfe geschüttelt. In den Augen seiner Mitstreiter war Karl eine Art Held gewesen, auch wenn er keine der üblichen Heldentaten vollbrachte, er hat keinem Menschen aus der Not geholfen, sich nie für jemanden aufgeopfert und nichts entdeckt, was Leben rettet.

Seine Freunde brachten seine Asche nicht auf einen Fried-
hof, sondern streuten sie eines Abends in einen Fluss. Sie warteten, bis es aufgehört hatte zu regnen, dann steckten sie die
Urne in eine Plastiktüte und gingen los. Sie sahen aus wie eine
Gruppe von Touristen, die sich ins nächtliche Stadtleben stürzen wollte. Eine Krähe flog über ihnen und merkte sich die Stelle, wo der Inhalt der Urne ausgekippt wurde. Seitdem ließ sie
sich regelmäßig auf einem der Bäume in der Nähe nieder und
schaute in das Wasser, das die sterblichen Überreste mitnahm.
Zwischen Mensch und Tier bestehen sonderbare Beziehungen,
Hunde halten ihren Begleitern die Treue über deren Ableben
hinaus, und Pferde lassen ihre Köpfe hängen, wenn der Reiter
leblos zu Boden sinkt.

Was machen die dort?

Zwei junge Männer gingen im Gebüsch des gegenüberliegenden Ufers Geschäften nach, die den geltenden Gesetzen zu-
widerliefen, eine jener Tausenden von illegalen Transaktionen,
mit deren Bekämpfung sich andere Staatsabteilungen beschäftigten.

Das ist Gift. Die kippen Gift in den Fluss.

Die müssen sich sicher fühlen.

Und warum sind das so viele? Einer hätte doch gereicht.

Zeugen, das sind Zeugen, dass das Zeug auch wirklich weg
ist.

Wir hauen jetzt ab, das geht uns nichts an.

Karl war ein guter Schwimmer gewesen. Jeden Sommer war
er im Schwimmbad, damals, als er ein Junge war, und auch später, so lange, bis er gar nicht mehr herausfand aus der Arbeit
und deshalb unruhig geworden wäre, wenn er seine Bahnen
hätte ziehen sollen. Die Gedanken ließen ihn nicht los, sie hätten ihn aus dem Wasser zurückgejagt an den Schreibtisch.

Karl, Karl, rief die Krähe und legte den Kopf schief, als könnte sie dadurch besser hören. Aber keine Antwort kam zurück, kein Zeichen, kein Plätschern, kein Fisch, der aus dem Wasser sprang. An schönen Tagen liefen Menschen ahnungslos am Ufer entlang, hielten sich in den Armen, redeten, schwiegen und lachten. So viele lebten und starben unerkannt. Karl wird nicht der einzige Tote im Fluss gewesen sein. Er lag auf dem Rücken und ließ sich treiben, an Liebespaaren vorbei, die über das Wasser sahen, vorbei an Anglern, die ihr Glück versuchten. Er war stumm. Er hatte die Augen offen und musste, das wird er als Strafe empfunden haben, die ganze Zeit in den Himmel schauen. Mit dem Himmel hatte er nichts zu tun, er wollte sich nicht vertrösten lassen.

Eine Weile hing er wie ein Gespenst in den Erinnerungen seiner Freunde, aber die Erinnerungen verblassten, und das Gespenst löste sich auf, bis nur noch ein Name, ein Gefühl und Wörter blieben, die einmal mehr gewesen waren als eine Abfolge von Buchstaben, mehr als Sätze, die alt würden. Wenn Karl Wörter setzte, dann erschuf er eine Welt. Drunter machte er es nicht.

Manche freuten sich, als er tot war, obwohl sie ihn nicht persönlich gekannt hatten. Der Hass brauchte keine Nähe, er scheute Intimitäten, die ihn von seinem Weg, der ein Feldzug war, abbringen konnten. Was hätten sie über den Toten wissen können? Sie durften lesen, was er geschrieben hatte, sie durften ihm zuhören, wenn er Reden hielt, keiner verbot es ihnen. Aber mehr war über ihn nicht zu erfahren. Nur die Familie, Mutter, Vater, Schwester, und die Freunde wussten über ihn in Maßen Bescheid, sie hätten über ihn etwas erzählen können. Aber keiner kam, der nach ihm fragte. Das Leben ging über ihn hinweg, als wäre er nie da gewesen, und weil die Ereignisse, in die er verwickelt gewesen war, keine historischen Dimensionen besaßen, durch die er aus dem Pfannkuchenbrei der Alltagsküchen herausgehoben worden wäre, tauchte er in keinen kritischen oder gutherzigen Betrachtungen über die vergangenen Zeitläufte auf.

Es bleiben in seiner Geschichte dunkle Reste, wer auch immer sich melden mochte und sagte, er wüsste noch etwas über ihn.

Am Abend, wenn die meisten Leute vor dem Fernseher sitzen oder irgendwo draußen Bier trinken, werden junge Männer und junge Frauen, in der Mehrzahl sind es junge Männer, die nicht zur Ruhe finden, wieder auf den Straßen einen Zug bilden, als gingen sie der Geschichte vorweg und zögen den Karren aus dem Dreck. Sie proben einen Aufstand, der kommen wird, wenn sie die Idee der Revolution am Leben erhalten. Das ist ihre Mission. Einige von ihnen sind verletzt oder inhaftiert, in Sammellagern. Rechtsanwälte stehen bereit und werden ihnen helfen. Die meisten sind in den nächsten Tagen wieder auf freiem Fuß, den anderen droht eine Anklage und Strafe wegen Landfriedensbruch, Widerstand gegen die Staatsgewalt und Körperverletzung.

Die jungen Leute sollten wissen, dass sie Glück haben, hier zu sein, in diesem Land, in dem sie nicht ohne Prozess in Gefängnissen verschwinden oder auf Demonstrationen erschossen werden. Aber auch wenn sie es wissen, für sie ändert das nichts. Irgendwann, denken sie, werden hier Schüsse fallen, das liege, sagen sie, am System, es sei eine Frage der Zeit, wann diese Grenze überschritten werde. Da sie davon ausgehen, dass es passieren wird, halten sie sich bei ihren Aktionen nicht zurück. Was sie heute genau machen, ergibt sich aus der Lage, in die sie geraten. Wenn sie provoziert werden, werden sie reagieren. Das lassen sie nicht auf sich sitzen, dass die andere Seite sofort die Regeln verletzt, die es immer noch gibt.

Sie dürfen hier stehen und protestieren, aber sie geben sich damit nicht zufrieden, sie werden den anderen zeigen, dass sie sich nicht einschüchtern lassen. Jetzt gibt es kein Zurück mehr, und diese Aussicht beflügelt sie. Die Sache ist ins Rollen geraten, dieser Tag, die Nacht heute, die kommenden Tage und Nächte, wie lange es auch dauern wird, obwohl sie sich noch keinen Schritt bewegt haben. Doch der Sog ist da, und dann wird sich zeigen, wie sich alles entwickelt, Aktion und Reaktion, was sie und was die anderen tun. Die Konfrontation liegt in der Luft, und die Aussicht darauf wird alle mitziehen, und dass es so weit kommt, ist nicht nur eine Frage der politischen Interessen, sondern einer Art Körpergefühl, das aus der großen Menge von Gleichgesinnten entsteht, die sich hier zusammengefunden hat. Sie sind nicht allein, jeder zieht den anderen mit sich, ein Konzept, das ihrer Vorstellung vom Leben entspricht, von Gemeinsamkeit, sie wollen mit anderen teilen, auch aus der eigenen Erfahrung heraus, dass es gut ist, von anderen etwas zu bekommen. Ein gewisser Mangel an Gütern treibt nur auf dem Markt den Preis in die Höhe und forciert die Konkurrenz, unter den jungen Leuten schafft er Solidarität.

Was ist mit dir los, Karl?, fragte ihn seine Mutter. Hat dich eine Wespe gestochen? Andere konnten schneller laufen als er, schneller schwimmen oder besser zeichnen. Er war eines Tages, nicht einmal er konnte sich später erinnern, wann es gewesen war, innerlich losgezogen. Die Gedanken wurden ihm leicht, sie stiegen auf wie ein Schwarm Vögel und stoben davon. Er rannte in die Welt hinein, aber nicht so, als ginge es einen Gang hinunter und dann links und rechts und wieder geradeaus, bis er da war. Die Welt entstand im Laufen, so wie ein Tag begann, wenn er erwachte, und sich dann Stunde um Stunde ausdehnte, bis er wieder einschlief, ein gesunder, kräftiger Junge, der einige der üblichen Kinderkrankheiten hinter sich bringen würde und sich die normalen kleinen Verletzungen beim Spielen und Herumbalgen zuzog. Die Dinge um ihn herum waren da, weil er sie sah und spürte, das Kinderzimmer, die Wohnung, die Straße, die Schule, und mit jedem Schritt, den er machte, kam etwas Neues hinzu und reizte seine Nerven und Muskeln. Die Beine wurden ihm nicht müde, er geriet im Großen und Ganzen nicht außer Atem, das Los derer, die rasch an ihre Grenzen stoßen und sich dann in einer Mischung aus Demut und Heroismus mit ihrer Mittelmäßigkeit zufriedengeben, und das ging mit ihm so lange, bis er tot war, zu früh gestorben.

Aber jeder geht, wenn er sich erfüllt hat. Karl hatte sich überlebt, die Gegenwart stieß ihn ab. Kaum einer wollte noch etwas von Veränderungen wissen, der Radikalität folgen, die Karl vorantrieb, und Wörtern die Last aufbürden, die Wahrheit zu sagen, wer du bist in dieser heillosen Welt und was du hier tust. Als hätte Karl diesen Verlust an Erkenntnis und Selbstachtung beweisen müssen, hat er ihn mit dem Leben bezahlt. Die Vorsehung, die überall die Hand im Spiel hat, zeigt, was sie sich vorgenommen hat. Sie folgt einem Plan, den keiner kennt und jeder erfüllt, auch Karl wäre darauf nicht gekommen, wenn er an die Möglichkeit gedacht hätte, dass so etwas existiert. Aber in diesen Dimensionen bewegte er sich nicht, mit der Vorsehung wollte er nichts zu tun haben, das war ihm zu metaphysisch, zu abgeschmackt. Komm mir nicht mit so was, sagte er nur.

In keiner einzigen durchwachten Nacht, allein in seinem Zimmer mit Büchern und Zeitungen, kriegte er einen Rappel und dachte, dass auch er nicht aus seiner Haut herausgekommen ist. Das lässt sich nur so erklären, dass gerade die Gedanken, die ja keine Ruhe gaben, in alle Richtungen ausschwärmten, Dinge über den Haufen warfen und die entferntesten Verbindungen zogen, ihn davor bewahrt haben, aufzuspringen und alles stehen und liegen zu lassen und wegzurennen, ganz aus sich heraus, in irgendetwas Neues hinein. Gedanken müssen nicht schwierig sein, um schwer zu wiegen, um ein Gewicht zu haben, das einen Menschen bei allen intellektuellen Turbulenzen am Boden hält, sie müssen nur glaubhaft sein, und dann lässt sich etwas mit ihnen anfangen, da kommt einer zum anderen, und nachher, wenn die Sache sitzt, sind die Fugen nicht zu sehen, keine Ritzen, keine Löcher, luftdicht. Wenn in so einem Gebäude noch geatmet werden soll, dann muss es sehr groß werden, und Karl konnte bauen wie ein Weltmeister, das ging flink und sicher, da kam der Verstand von denen, die zuschauten, nicht mehr mit.

Er konnte wütend werden, er schlug dann nicht um sich, aber er schimpfte. Lass mich damit in Ruhe, sagte er, stiehl mir mit so was nicht die Zeit. In seinem Zorn war noch Platz genug, dass er sich wundern konnte, wie einer darauf verfiel, sich solche komischen, abwegigen Gedanken zu machen, es gab, ja, wach doch auf, Wichtigeres zu tun, und es lief drauf hinaus, dass ein Leben, aber das sagte er nicht: ein Leben, gelebt werden wollte, es lag jedem in der eigenen Hand, und komm mir jetzt nicht damit, dass dir die Hände gebunden seien, dass die Umstände nicht mitmachen, als wäre so ein Umstand eine nette Tante, die sich um dich sorgen soll. Solche Ausflüchte, aber nie hätte er gesagt: Flieh nicht vor dir selbst, du musst dich selbst finden, wollte er nicht hören, das hieße nachgeben vor der Wirklichkeit, sich klein machen, dem Denken aus dem Weg gehen.

Er hatte Glück. Keine schlechten persönlichen Bedingungen, mangelhafte Intelligenz und beschränkte Aufnahmefähigkeit, oder Schicksalsschläge, Mutter tot, Vater tot, und er käme in ein Heim, blockierten den Jungen, der durch die Welt rannte, als gehört sie ihm, schon jetzt, da er nicht daran dachte, sich mit ihr anzulegen.

Der Karl, sagte seine Mutter und sah ihn von der Seite an.

Der Junge wurde eingeschult und dachte: Jetzt geht es endlich los.

Wie war es in der Schule?, fragte die Mutter.

Großartig, sagte er und strahlte.

Was habt ihr gemacht?

Er begann aufzuzählen, was er gelernt hatte an diesem Tag, Flüsse, Berge, Adjektive, jedes Detail, wie die Blätter der Buche sich von den Blättern der Eiche unterscheiden, die Vögel der Region, jeder Satz des Lehrers, Lob, Bestätigung, Ermahnung, war wichtig. Die ganze Stunde wurde wiederholt. Dann die nächste. Bis er das Gefühl hatte, ein umfassendes, der Wahrheit, seiner Begeisterung entsprechendes Bild des Unterrichts geliefert zu haben.

Karl, iss. Dein Essen wird kalt, sagte die Mutter.

Und er schaufelte es in sich hinein, um weitererzählen zu können.

Iss nicht so schnell, sagte die Mutter.

Er sah sie fragend an.

Keiner der anderen Schüler dachte darüber nach, wie es möglich war, mit Buchstaben Bedeutungen zu erfassen. Sie kritzelten die Zeichen von der Tafel in ihr Heft ab, fügten sie zu Wörtern zusammen und bildeten Sätze. Karl war skeptisch. Ein Hund war nicht nur ein Hund, sondern alle Hunde, auch diejenigen, die er nicht kannte. Er wusste nicht, welchen Hund er und welchen die anderen meinten, wenn sie Hund sagten. Später wunderte er sich, dass so viele mit Wörter hantierten, von denen sie nicht wussten, was sie bedeuteten, und wenn sie eine Vorstellung hatten, was sie bedeuteten, dann schienen sie die bei den anderen vorauszusetzen, weil sie ja nie nachfragten und keiner sie fragte, was sie darunter verstanden. Als Junge dachte er, dass es deswegen besser wäre, mehr zu reden, und diese Angewohnheit hat er sein Leben lang beibehalten, er hat nicht aufgehört zu reden, weil er nicht leben konnte, ohne sich mitzuteilen. Er redete von früh an mit Händen und Füßen, als dirigierte er die Wörter, damit sie groß wurden, wenn sie groß gedacht waren, und weit, wenn sie umfassend waren. Es war ausgeschlossen, dachte er, dass ihn einer nicht verstehen konnte.

Beim Fußballspielen verstanden sie sich, auch wenn sie nicht miteinander redeten. Sie wussten, was los war, sie konnten sich vorstellen, was derjenige machen würde oder machen sollte, der den Ball hatte. Sie schimpften und waren enttäuscht, wenn es anders kam, und sie waren sofort unterwegs, kaum dass der Ball in die Richtung flog, die er ihrer Ansicht nach hatte nehmen müssen. Nach dem Spiel, und nicht nur hier, sagten sie vollmundig und treuherzig, sie hätten sich gut verstanden, und meinten damit gerade dies, dass alles ohne Worte gelaufen war. Wenn später die ganz große Sache, die Auflösung der alten Gesellschaft und der Weg in eine neue, nur mit Worten, mit besseren Argumenten eingefädelt werden konnte, dann vielleicht auch deshalb, weil er diese Erfahrung gemacht hatte, dass es möglich war, sich darüber, was falsch und schlecht war, so gut zu verständigen, dass nichts mehr schieflaufen konnte.

Seitdem er das wusste, lief er durch die Gegend, redete wie ein Wasserfall und fragte nach: Verstehst du? Sie müssen mich verstehen, dachte er, wir reden dieselbe Sprache, und wir werden so lange reden, bis die Unstimmigkeiten ausgeräumt, die Hürden genommen sind. Dann würde alles anders werden, jeder würde Bescheid wissen und würde sein Leben nicht mehr für Illusionen und falsche Vorstellungen vergeuden. War es das, was er wollte, was er sich erhoffte?

Wenn Karl ein Typ gewesen wäre, der die Faust ballte, hätte er jetzt, um zu zeigen, wie das aussehen könnte, dass einer die Sache begriffen hatte, die Hand zur Faust geschlossen. Stattdessen leuchteten seine schwarzen Augen auf, und jeder, der ihn sah und ihm zuhörte, dachte, dass das gehen müsste, dass das nicht so schwer sein könnte, leben, ohne sich etwas vorzumachen, ohne Lüge, Heuchelei und Selbstbetrug, die immer dabei sind, damit es einem leichter fällt, halbwegs durchzukommen. Du hast nur eins, und wenn es rum ist, hast du mit einem Mal Zeit nachzudenken, das Nachdenken kostet dich dann nichts mehr, und dann stellst du fest, dass das Leben verbogen worden ist von dem Glück, dem du hinterhergerannt bist, dass es nur ein Existieren war unter Bedingungen, die du akzeptiert und zu deinem Vorteil zu nutzen versucht hast, dass du nicht einen Augenblick gewusst hast, was es heißt, ein Mensch zu sein, auch wenn du einmal vor dem Meer gestanden bist und hinausgeschaut hast und dachtest, wie groß es ist, wie unermesslich, wie frei. Nichts von alldem bist du gewesen, und du hast es nicht einmal versucht. Der Urlaub ist zu Ende, sagst du und packst die Koffer, aber die Wahrheit ist, dass das Leben zu Ende war, bevor es begonnen hat, und es lag bei dir, du hättest nur anfangen müssen, nachzudenken und der Wahrheit ins Auge zu schauen. So hat das Karl gemeint, aber gesagt hätte er es anders, das wäre ihm zu pathetisch gewesen, er war auf keinen Wegen der Selbstverwirklichung, der Selbstfindung unterwegs. Wenn das die Alternative gewesen wäre, er hätte seine Sachen gepackt.

In den ersten Wochen war er morgens zur Schule gerannt und war immer zu früh da. Dann begann die Gewohnheit neben ihm herzulaufen, sie legte ihm eine Hand auf die Schulter und sagte, er könne sich Zeit lassen, er käme rechtzeitig genug. Er wollte nichts vom Unterricht verpassen, das war alles. Wenn er krank war, wurde er unglücklich.

Karl, bleib im Bett, du bist noch krank, sagte seine Mutter.

Er wollte das nicht einsehen, er fühlte sich gesund. Der Unterricht durfte nicht ohne ihn stattfinden, dachte er, und er sah die anderen Schüler im Klassenzimmer, der Lehrer vor ihnen, und sein Stuhl war leer. Keine seiner Begabungen, schnelle Auffassungsgabe, große Konzentrationsfähigkeit, gutes Gedächtnis, musste sich durch eine Decke aus natürlichem Phlegma, psychopathologischen Ablagerungen und moralischen Widerständen arbeiten. Karl blühte sofort auf. Die Natur versäumte bei ihm keinen Tag.

Er war kein Wunderkind, hätte seine Mutter gesagt, er war nur sehr aufgeweckt, ein Bündel Energie, er war nicht still zu kriegen.

Das gibt sich schon, sagte der Vater. Wenn er älter ist, wird er zur Ruhe kommen.

Der Vater täuschte sich, so wie er versucht hatte, sich über sich selbst zu betrügen, weil das der einzige Weg für ihn war, durchs Leben zu kommen, bis es nicht mehr weiterging und er anfing, nach Wörtern zu suchen, die ihm helfen konnten, obwohl er nie ein Mann der Wörter gewesen war.

Wenn aber alles ganz anders gelaufen ist mit Karl? Vielleicht war er ein Spätzünder, einer, der in sich gekehrt war, verschlossen und lethargisch in der Ecke stand und nicht den Mund aufkriegte. Und spät erst schoss er aus sich heraus, zur Verwunderung seiner Eltern, die nie geglaubt hätten, dass er sich noch einmal ändern würde. Irgendwann wird aus einem stillen Gewässer eine Fontäne. Aber würde das etwas ändern, zu wissen, wie er gewesen sein muss, nachdem sich gezeigt hatte, was er tat? Ein früher radikaler Wechsel des Gemüts würde ihn nur daran erinnert haben, dass er sich auf sein Innenleben nicht verlassen konnte, dass die Seele, das Gemüt, das Unbewusste machten, was sie wollten, wenn er nicht seinen Willen stärkte und dagegen aufbot. Wer du bist, was du tust und denkst, hängt vom Willen ab. Das sagte er ständig, wie ein Mantra. Er konnte mit dieser Botschaft anderen sehr auf die Nerven gehen.

Karl, das stimmt doch nicht, was du da behauptest, sagten sie. Aber er blieb dabei. Er hatte es am eigenen Leib erlebt, dass das Denken ein Leben erschaffen kann, indem es den Blick schärft, so dass einer nicht in die Irre geht und dann glaubt und sich einredet, er sei bei sich.

Schon in frühen Jahren, bei Gesprächen mit Freunden, fuhr er mitten in einem Gespräch, über was immer es auch ging, mit der Bemerkung dazwischen:

Das kannst du so nicht sagen.

Seine Augen blitzten. Dann konnte es vorkommen, dass er, vom Überdruss mit der Unzulänglichkeit der anderen gepackt, aufstand und verschwand.

Wo warst du, Karl?, fragten sie, wenn er wieder auftauchte.

Daheim.

Was hast du gemacht?

Da ließ er die Hand niedersausen zwischen sich und den anderen. Meine Sache, hieß das, als wollte er kein Wort darüber verlieren. Aber dann gab er nach.

Studieren, sagte er, und alle um ihn herum, die nicht älter waren als er, schüttelten den Kopf.

Mach du erst die Schule fertig, sagten sie, wie Erwachsene, und dachten, was immer sie damit meinten: Wirst schon noch sehen, und er sah sie zornig an, als verstünde sich das mit der Schule nicht von selber. In die Schule gehen, dazu musste ihn keiner aufmuntern.

Ich erkläre es euch jetzt noch einmal, sagte Karl

Das Land, in dem er aufwuchs, bot viele Möglichkeiten, sich zu entwickeln und einen Beruf zu finden, der einem zusagte. Die Abteilung, deren Chef sich der Kritik der Französischen Revolution widmete so wie ein Archäologe seltenen Funden aus uralter Vergangenheit, die ihn gemahnten, dass auch seine Zeit einmal im Sand vergraben sein würde, war ja gerade deswegen da, damit das Land so blieb, wie es war.

Es lag an Karl, etwas aus sich zu machen. Aber kann ein Held aus einer Tragödie aussteigen wie aus einem Zug, der in die falsche Richtung fährt? Der Zug rattert dahin, und wie einfach wäre es für einen jungen begabten Mann, hier oder dort auszusteigen. Er sitzt mit anderen im Abteil, und wie naheliegend wäre es für ihn, sich mit ihnen zu unterhalten und herauszufinden, was einer in dieser Welt werden kann. Dann fährt der Zug immer schneller, er hält an keinem Bahnhof mehr. Das Abteil hat sich geleert, alle sind irgendwo ausgestiegen, weil es dies oder jenes zu tun gibt, sie wollen sich niederlassen, ein sicheres und gutes Leben führen. Karl war allein. Und es kam ihm so vor, als könnte er jetzt machen, was er wollte. Er wechselte auf den gegenüberliegenden Platz und schaute aus dem Fenster. Er fuhr nicht mehr in Fahrtrichtung, und er konnte den Dingen, die an ihm vorbeirauschten, länger nachsehen und über alles nachdenken.

Er hatte am Küchentisch gesessen, mit seinen Hausaufgaben beschäftigt, und seine Mutter trocknete das Geschirr ab, als die Freundin seiner Mutter zu zittern begann und vom Stuhl fiel. Sie lag starr auf dem Boden und rollte mit den Augen. Schaum trat ihr aus dem Mund, sie stöhnte und lallte. Er dachte, sie würde Spaß machen.

Was macht sie da? Was ist mit ihr?, fragte er seine Mutter, in einer Mischung aus Neugier und Angst. Er war aufgesprungen und zurückgewichen, als die Frau sich auf den Boden geworfen hatte. Jetzt machte er einen Schritt auf sie zu, beugte sich nach vorne. So etwas hatte er noch nicht erlebt. Seine Mutter hatte der Frau ein Tuch zwischen die Zähne geschoben. Damit sie sich nicht wehtut, sagte sie. Und dann kniete sie neben ihrer Freundin auf dem Boden und wartete, bis wieder alles ruhig war, die Nerven sich entspannt hatten.

Ein epileptischer Anfall gehörte zu den Ereignissen, die er sich nicht erklären konnte, die ihm unheimlich waren. Er rubrizierte ihn unter die Kategorie der Albträume, mit denen er sich nachts manchmal herumschlug und in denen sich Fetzen von Erzählungen, die er irgendwo aufgeschnappt hatte, zu Ungeheuern auswuchsen, die ganz real wurden, als er Bilder von Häftlingen aus den ehemaligen deutschen Konzentrationslagern sah oder von Soldaten im Krieg. Die Angst rückte an, wenn er nicht aufpasste. Er musste sich konzentrieren, dann konnte ihm nichts passieren. Dass er sich nicht die ganze Zeit daran hielt, lag in der Natur eines Kindes, das sich beim Spielen vergaß und in Dämmerzustände wegsacken konnte, wo die Gestalten der Einbildung sich selbständig machten. Wenn er sich dabei erwischte, dass er kurz davor war, ins Träumen mit offenen Augen zu geraten, verdoppelte er seine Konzentrationsanstrengungen.

Das ist der große Nachteil des Nachdenkens, dass es nicht auf Augenhöhe mit dem Geschehen ist, es kommt für Bruchteile von Sekunden zu spät und versucht diesen Mangel dann dadurch auszugleichen, dass es sich mit den Dingen intensiver beschäftigt, als könne es sie auf diese Weise einholen. Karl sah das Problem nicht, er war in die Betrachtung der Welt und in seine Gedanken versunken. Die Wörter waren Netze, in denen sich die Ereignisse verfangen sollten.

Als Karl an einem sonnigen Vormittag wissensdurstig und aufgeregt das monumentale Universitätsgebäude zum ersten Mal betrat, eine Tasche mit Papier und Stiften in der Hand, nahm niemand von ihm Notiz. Er war ein junger Student unter vielen anderen jungen Leuten, die unabhängig davon, ob sie schüchtern oder draufgängerisch waren, in der überwiegenden Mehrzahl ein Familienlos teilten, Söhne und Töchter von Vätern und Müttern zu sein, die in irgendeiner Weise vom Krieg durcheinandergeschüttelt worden waren, Täter und Zuschauer, die ihren Teil abbekommen hatten, körperliche und seelische Verletzungen aller Art. Jeder dieser jungen Leute hier war mit sich beschäftigt, mit den Folgen eines schwer zu fassenden historischen Erbes, das die Eltern ihnen durch Schläge, Befehle, Schreierei, Wut, Trauer und Depression weitergereicht hatten. Weder hinter den Bäumen vor der Universität, die grüne Blätter trugen, noch hinter den marmornen Säulen drinnen in den Hallen und Gängen, wo es kühl war und die Schritte und Stimmen einen Klang seltsamer Weltenferne annahmen, hatten sich Männer versteckt, deren Aufgabe darin bestand, ihn zu beobachten.

Der Sommer war sehr heiß, und die Vorstellung, dass nicht weit von hier ein hellgrüner Fluss durch einen weitläufigen Park perlte, prüfte die Standfestigkeit des Geistes. Karl lief mit einem kurzärmeligen Hemd herum und mit Sandalen an den Füßen. Die Hose schlackerte um seine Beine. Ihm war nicht anzusehen, welchen Beruf er ergreifen würde. Er hätte Maschinenbau, Physik, Jura oder Betriebswirtschaft studieren können statt Philosophie. Nichts stand einer Karriere im Wege, keine Schüchternheit, kein schwerer Verstand, keine Vergnügungssucht.

Karl hätte seinen Weg gemacht, dachte die Mutter später. Aber er hatte seinen eigenen Kopf, hatte ihn schon immer gehabt. Er wusste, was er wollte. Manchmal war er schwer mit Worten zu erreichen.

Wenn er sich etwas vorgenommen hatte, dann konnte keiner ihn davon abhalten, auf sein Ziel loszugehen, und er hat diese Konsequenz und Unerbittlichkeit nie bereut. Das war schon so, als er klein war und in die Schule kam. Niemand kannte ihn anders.

Keine Fachdisziplin an der Universität schaffte es, ihm die intellektuelle Unruhe und den geistigen Übermut auszutreiben, ihn an sich zu binden und aus ihm einen verlässlichen und einsichtigen Vertreter eines Forschungszweiges zu machen. Das gelang auch nicht der Angst vor dem Leben, die er nicht kannte und die andere bedrückt, nicht der Unsicherheit, die andere lähmt und in die Enge treibt, und nicht dem Bedürfnis nach Glück und Sicherheit, das anderen den Weg vorzeichnet. Sein lebenslanges Aufbegehren gegen jede Form von Zwang und Unterwerfung war ein Reflex der Eruptionen vergangener Jahrhunderte, aus denen politische und soziale Revolutionen erwachsen waren, Ereignisse, zu denen es nicht noch einmal kommen würde, ihre Zeit, so schien es, war um, sie waren ausgestorben wie Tiere aus der Vorzeit.

Karl saß am Schreibtisch und lernte, ein junger Mann, der seine ersten sexuellen Erfahrungen gemacht und sich vorgenommen hatte, keine Gelegenheit, mit Frauen ins Bett zu gehen, ungenützt verstreichen zu lassen, aber der ganzen Sache nicht mehr Bedeutung aufzubürden, als sich mit seinen Interessen und seinen Freunden vertrug. Er nahm, wie er dort saß, ein Reiter fest im Sattel, jedes Wort, das vor ihm auftauchte und geprüft wurde, ernst, als hätte er es mit komplizierten Gedichten zu tun, wo jede Silbe auf die Waagschale zu legen war, und nicht mit Sätzen, die einfach ihren Teil dazu beitragen wollten, dass ein Sinn im Ganzen entstand, gleichsam als Reaktion gemeinsamer Bemühungen um Verständnis. Karl hat nicht mit den Wörtern gespielt und sie nicht benutzt, um Wirkungen zu erzielen, sie waren für ihn kein ungedeckter Wechsel auf die Zukunft und keine Decke, in die sich einer hüllen und mit der er sich vor besseren Einsichten, die schwerer, nur mit mehr Kopfzerbrechen zu haben waren, schützen konnte. Er machte aus ihnen keine attraktiven Geschichten, an die sich glauben ließ und die etwas versprachen, das die zerfaserte, rüde Wirklichkeit nicht hielt, mitmenschliche Wärme und Geborgenheit.

Aber Romane wird er in frühen Jahren gelesen haben, die klassischen Erzählungen aus der Zeit der Villen und Ahnengalerien, der unglücklichen Ehebrüche und scheiternden Einzelgänger. Er beherrschte mehrere Sprachen, Englisch, Französisch und Italienisch und eine osteuropäische Sprache, Serbokroatisch oder Slowenisch, als wäre jemand aus seiner Familie, und mag es die Großmutter gewesen sein, von dort gekommen und habe sie ihm als Kind beigebracht. Er wird die Romane im Original gelesen haben, um sich in den Sprachen zu üben. Und bei all den fremden Vokabularien und Grammatiken, die er im Kopf hatte, wird er genau darauf aufgepasst haben, was ein Wort bedeutet und wie es verwendet wird. Da bleibt es nicht aus, dass die Wörter etwas Besonderes werden, wie beim Geld, wenn nur von einer Währung in die andere getauscht wird, der Wert des Geldes eine andere Rolle spielt, als wenn damit eingekauft wird. Das eine Mal ist der Wert noch da, das andere Mal ist er mit dem Geld weg.

Wenn einer sagte, das habe ich nur dahingesagt, dann fuhr

er auf, sag lieber nichts, bevor du nicht nachgedacht hast. Er war anstrengend, und Leute, die locker waren, machten einen Bogen um ihn und sagten, er sei verkrampft, mit dem kannst du nicht reden, der hört dir nicht zu und weiß alles besser. Und wenn er Bier beim Reden trank, und das kam oft vor, damit er nicht so schnell die Geduld verlor, dann passierte dennoch, er mochte trinken, so viel er wollte, genau das, er verlor letztendlich die Geduld. Jetzt denkt doch mal nach, sagte er dann immer wieder, erst freundlich, dann lauter. Und die anderen, die nachdenken sollten und sich schwer damit taten, runzelten die Stirn, um die Gedanken beieinanderzuhalten, und probierten es erneut. Aber Karl war schwer zufriedenzustellen. Sie probierten es zum dritten Mal, stützten den Kopf in die Hand und hatten jetzt das Gefühl, sie hätten alle Kräfte beisammen, sie starrten ihn an, um den Faden nicht zu verlieren. Karl nahm einen Schluck aus der Flasche und stellte sie erst gar nicht wieder auf den Tisch, sondern behielt sie vorsorglich in der Hand. Ich erkläre es euch noch einmal, sagte er und schaute sie mit seinen schwarzen Augen an, und dann begann er wieder von vorne, und die anderen spitzten die Ohren und vergaßen zu atmen, um jeden Flügelschlag der Wörter mitzubekommen, die anders wurden, filigraner, komplizierter, sobald sie Karl in den Mund nahm und daraus Sätze bildete, in denen ihnen, wenn sie ihnen zu folgen versuchten, der Sinn so oft aus Unachtsamkeit und Mangel an Konzentration und im schlimmsten Fall, der einer Kapitulation gleichkam, aus logischem Unvermögen verlorenging. An den Wörtern, dachte Karl, hängt die Wirklichkeit, und an der Wirklichkeit hing sein Leben, das er nicht vertun wollte, so wie er immer sagte, was er dachte, und danach handelte. Deswegen war er ja so angespannt und hellwach, wie einer, der durch ein feindliches Gebiet läuft, wo hinter jedem Busch, hinter jedem Baum eine Gefahr lauern kann. Kaum hat er nicht aufgepasst, er träumt vor sich hin, er sieht nicht richtig hin, hat es ihn schon erwischt, und er landet im Schlamassel.

Die Wörter ließen sich auch wie Dinge des täglichen Bedarfs behandeln, und wer sie auf diese Weise benutzte, der erwartete von ihnen nur, dass sie eine Art Stellvertreter für die Dinge waren, auf die sie hinwiesen, wie Wasserkocher, Staubsauger, Bett. Die Wörter hielten diese ruppige Behandlung aus, sie machten nicht den Eindruck, als würden sie sich dagegen auflehnen, indem sie den Bezug zu den Dingen verweigerten und sich abkapselten. Das geschah nur bei sehr abstrakten Begriffen, wie System, Geist, Staat. Wenn Karl auftauchte, begann er die Sätze, die kursierten, zu kritisieren, und die Leute, die sich über die Wörter keine großen Gedanken machten und sie einfach verwendeten, so wie sie aßen, was sie im Supermarkt kauften, ohne darüber nachzudenken, was sie in sich hineinstopften, bekamen schlechte Laune. Sie wollten denken und reden, wie es ihnen gefiel, und sich von niemandem reinreden lassen.

Er kann uns gestohlen bleiben, sagten sie und hatten für ihn gleich den Ratschlag parat, dass er mal lieber arbeiten gehen sollte, statt Reden zu schwingen.

Mit Karl konnte es nicht gut enden, aber es war keiner da, der ihn aufgehalten hätte. Das ließ die Vorsehung nicht zu, als wollte sie mit ihm ein Exempel statuieren, dass die Welt, ein Wort, das für Karl ein Synonym war für alles, was sich denken ließ, nicht in Worte gefasst werden könne, sie sträubt sich, und keiner soll sich einbilden, dass es ihm gelänge, der Wahrheit einen Sack mit Wörtern über den Kopf zu stülpen oder sie in Sätze zu stopfen und diese Sätze wie ein Band um die Welt zu legen.

Das Glück und die Sorgen der anderen gingen schon zu Karls Lebzeiten über ihn hinweg wie über einen, der tot am Boden liegt. Sein Name löste sich von ihm ab, so wie Ideen von den Büchern abblättern, in denen sie zum ersten Mal auftauchen, und darauf ein stichwortartiges Dasein zu führen beginnen, der Naturzustand, die reine Vernunft, das Unbewusste, das kommunikative Handeln. Der redselige Wind der Zeiten, der nur dadurch entsteht, dass die Erde sich weiterdreht, treibt sie vor sich her, bis sie sich irgendwo verfangen und zurückbleiben, der absolute Geist, der Mehrwert, die negative Dialektik. Sie werden zu Laub, das verrottet.

Die Masse der Menschen, die sich um Freundlichkeit und Toleranz als Substanz des Zusammenlebens bemühten, wuchs. Sie nahmen hin, was sie nicht ändern konnten, sie sahen keine Alternativen, sie mussten auf dem Weg bleiben, den sie eingeschlagen hatten, auch wenn das Gefühl durchbrach, dass es der falsche war. Unter dem Druck der Bedürfnisse hatte sich der Sinn für die Kräfte, die notwendig waren, um das Leben im Gleichgewicht zu halten, verschärft.

Wenn Karl mit offenen Augen durch die Straßen gelaufen wäre, rechts runter und dann die nächste gleich links, da wäre er auf eine Prachtstraße und unter viele Menschen gekommen, hätte er gesehen, dass die Menschen um ihn herum nicht nur ihre Köpfe in ganz anderen Dingen stecken hatten als er, sondern dass sie ihre Fühler ausstreckten, damit sie nicht aneinanderstießen. Sie versuchten, sich selbst und den anderen Raum zur Entfaltung zu geben und die Bedingungen des Zusammenlebens zu achten. Karl wollte nur wissen, warum und wie etwas geschah und was falsch daran war, er hatte kein Gefühl dafür, wo er im Augenblick war. Deswegen rempelte er gegen die anderen und musste sich dann sagen lassen, er solle nicht vor sich hin träumen und schauen, wohin er laufe. Auf der Straße schritt er aus wie einer auf dem Weg zu einem Duell.

Karl, reg dich nicht auf, sagten seine Freunde.

Seine schwarzen Augen glühten.

Ich stelle mich nicht dumm. Da wäre ich eine arme Sau, sagte er und fing an zu grunzen.

Wenn er einen Blick von irgendwo auf sich ruhen fühlte, in den wenigen Sekunden einer Irritation, die wie ein Hauch des Todes ist, ein pfeildünner Luftzug aus dem All, drehte er sich um, so schnell er konnte, überraschend und überwältigend sollte das wirken, damit kein Unbefugter auf den Gedanken kam, so etwas noch einmal zu machen. Aber dann stierte er nur in eine augenlose Leere, zuckte mit den Schultern und ging weiter. Er sagte zu sich bei diesen Gelegenheiten nicht einmal im Spaß: Du wirst noch verrückt.

Die Männer, die ihn beobachteten, waren nicht unsichtbar, sie sahen nur nicht so aus wie Männer, die andere Leute beobachteten. Sie waren Profis.

Die meisten Demonstranten in den westlichen Städten sind friedlich. Sie gehen auf die Straße, tragen Schilder und Spruchbänder, singen Lieder, skandieren Parolen und bilden im äußersten Falle zivilen Ungehorsams Blockadeeinheiten. Sie protestieren, um auf etwas aufmerksam zu machen, was ihren Interessen und ihren Wünschen zuwiderläuft. Protest gehört zu ihren Bürgerpflichten, und sie erwarten, dass einer von denen, die sie gewählt haben oder die sie nicht gewählt haben oder die sie nicht mehr wählen werden, wenn es so weitergeht, ihnen zuhört und sich besinnt. Sie sind tagsüber unterwegs, sie wollen gesehen werden, sie kommen in guter Absicht. Die Forderungen, die sie stellen, können sie selbst nicht erfüllen, das liegt nicht in ihrer Macht und nicht in ihrer Kompetenz. Dafür sind in ihren Augen Politiker zuständig.

Unter diesen Demonstranten sind andere, die nicht erkannt werden wollen. Sie zählen sich zum Widerstand. Dieses Gefühl, diese Idee wird zu einem Ereignis, wenn sie sich unterhaken und loslaufen. Sie sind guter Dinge, wenn sie zusammen auf der Straße sind und zeigen können, wer sie sind, als Masse und Macht. Die Regeln, die von der Polizei aufgestellt wurden, werden sie nicht einhalten, sie werden Verbote nicht achten, Gesetze überschreiten. Von solchen Lappalien wie Regel, Verbot und Gesetz lassen sie sich nicht aufhalten. Wenn sie das täten, dann hätten sie schon verloren, klein beigegeben, denken sie. Und dann ist es doch auch so, dass die anderen die Regeln, Verbote und Gesetze aufgestellt haben und nicht sie. Warum sich daran halten?

In kleinen Gruppen haben sie sich abgesprochen, was heute zu tun ist, im Großen und Ganzen. Wie es dann kommt, wird sich zeigen. Sie sind flexibel, reagieren schnell, sie sind sehr beweglich. Früher stießen auf einem Schlachtfeld zwei Heeresblöcke aufeinander, bis jemand auf die Idee kam, kleine Abteilungen zu bilden, die hier und dort angriffen, von links kamen, von rechts einfielen, und die Vorgaben des Geländes nutzten.

Die umliegenden Straßen haben sie im Kopf. Das Gebiet, auf dem sie kämpfen, ist ihnen nicht unbekannt, sie werden sich verteilen, hier und dort auftauchen. Diese Taktik gefällt ihnen, sie entspricht der Art, wie sie über die ganze Sache denken, über das, was sie hier tun und warum sie es tun. Das ganze System muss, wenn es nach ihnen ginge, abgeschafft werden, und dafür braucht keiner von ihnen große Theorien, lange Diskussionen und bessere Argumente. Jeder muss nur zeigen, dass er dagegen ist, und das tut er am besten und am effektivsten, wenn er in einer kleinen Gruppe, einer Aktionseinheit, unterwegs ist, einer von vielen, der nicht in der Masse untergeht, sondern sich einen Weg schafft, ein Zeichen zu setzen.

Sie wissen ungefähr, wie viele sie sind, heute, aber sie haben keine Ahnung, wie viele von ihnen es grundsätzlich gibt. Sie sind keine Partei, in die Mitglieder aufgenommen werden, sie

bilden nur eine Art lockeres Geflecht, das sich über die Landes-
grenzen erstreckt. Vielleicht sind sie schon viel mehr, als sie zu
hoffen wagen. Ihre Existenz messen sie am Grad ihres jeweiligen Erfolges auf der Straße, an der Intensität ihres Auftretens
bei Demonstrationen.

Einer wie Karl konnte nach den Gesetzen des unfairen Lebens,
das sich den größten Schuften in die Arme warf und sie wie
Freunde an sich drückte, nicht alt werden. Mehr Jahre, hätte
der unparteiische Regent des Alls gesagt, seien für ihn nicht
vorgesehen. Andere sind früher gegangen, junge Männer, die
sich in den Kriegen, ob es nun eigene oder fremde waren, erfüllten. Er hat die Zeit, die ihm zustand, bekommen, so wie alle
Leute. Bei wem hätten sie sich über das Maß, das ihnen zugemessen wurde, beklagen sollen? Sie schulterten die Ungerechtigkeit wie die Last des eigenen Körpers.

Er ist nicht auf tragische Weise gestorben, durch keine Kugel
und keinen Unfall. Es wäre übertrieben gewesen, solche harten
Mittel einzusetzen, um ihn loszuwerden. Seine Gegner waren
bald davon überzeugt, dass die ganze Angelegenheit sich auf
friedliche Weise von selbst erledigen würde. Sie sollten recht
behalten.

Und doch sah es so aus, als sei er vorzeitig gestorben, zu
früh. Vielleicht tauchte dieser Eindruck nur bei denen auf, die
von der Nachricht seines Todes überrascht wurden. Wer bei
dem Sterbenden war oder von seinem schlechten gesundheitli-
chen Zustand wusste, konnte sich an den Gedanken gewöhnen,
dass Karl nicht mehr lange unter den Lebenden sein würde. Die
anderen fühlten keine Trauer, als sie von seinem Ableben er-
fuhren. Sie haderten kurz mit dem Schicksal, das ihn ereilt hatte. Es hatte ihn rasch mit sich genommen, wie ein Geschäfts-
mann eine gute Gelegenheit, an Geld zu kommen, schnell er-

greift. Biographien sind nicht umkehrbar. Noch diejenigen, die sich gegen sich selbst kehren und einen neuen Weg einzuschlagen scheinen, unterliegen dem Gesetz des Widerstandes, der sich nicht von dem Gegner befreien kann, gegen den er sich wendet.

Die Lebendigsten werden zuerst verschlungen, als wolle sich das Leben an ihnen rächen, weil sie sich großzügig aus dem Reservoir einer Energie bedienen, die für alle reichen muss und die zu kostbar ist, als dass nicht alle vorsichtig mit ihr umgehen sollten. Karl setzte seine Kräfte hemmungslos ein, er nahm auf sich keine Rücksicht. Als ihm klar geworden war, dass er nur ein einziges Leben hatte und dass es an ihm lag, es sich nicht nehmen zu lassen, packte ihn eine große Unruhe und ein unstillbarer Hunger herauszufinden, wie er das anstellen musste.

Als Junge trieb er sich draußen herum, zuerst auf den Schutthügeln der zerbombten Häuser, dann in den noch nicht fertiggestellten Neubauten, bis er nicht mehr auf den Füßen stehen konnte und sein Tatendrang für heute genug hatte. Beim Abendbrot fielen ihm die Augen zu, und die Mutter sagte: Karl, geh ins Bett. Noch in den Traum, der sich von der Winzigkeit des Zimmers nicht abschrecken ließ, sich zu grandiosen Dimensionen jungenhafter Blüten auszudehnen, begleitete ihn das Gefühl eines geglückten, ausgekosteten Tages und blieb in ihm lebendig wie ein Versprechen auf eine mehr als rosige Zukunft. Die reine Gegenwart, von nichts verstellt und verzerrt, lag vor ihm, und er wollte sie erobern. Er hat auf diesem Weg alles, was ihn hindern würde, dieses Ziel zu erreichen, abgelehnt, zurückgedrängt und intellektuell vernichtet. Aus dem Kampf, den er mit lauteren Mitteln führte, kehrte er nicht zurück.

Dann war er tot, und es sah so aus, als wäre er allein gewesen. Der Tod hebt den Toten aus dem Kreis der Lebenden, die so tun, als würden sie sich gegenseitig verstehen und auf diese Weise ihre Einsamkeit überbrücken. Der Tod isoliert den Toten von den anderen. Karl war in dieser Hinsicht kein besonderer Fall. Keiner der Trauernden weiß im Detail zu sagen, auf welche Weise der Verstorbene, den sie gekannt zu haben meinen, sich mit dem Leben verbunden, wie er sich im Tiefsten in ihm gefühlt hat. Diese Unkenntnis ist mehr als die Lücke, die dadurch entsteht, dass ein Toter von seinen Freunden und Verwandten vermisst wird. Er bleibt jetzt den Zurückgebliebenen endgültig verschlossen, und die späte Einsicht legt sich über ihn, dass er es schon zu Lebzeiten gewesen ist, als jeder davon ausging, er sei irgendwie einer von ihnen. Der eine versteht den anderen nicht, auch wenn beide so tun, als verstünden sie sich. Sie tauschen Wörter miteinander aus, aber die Wörter sind jetzt leer.

Der Saal in der Universität, der einem bischöflichen Kirchenschiff hätte Konkurrenz machen können, war voll gewesen, mehrere Hundert hatten sich versammelt, um ihm zuzuhören. Licht fiel auf der einen Seite durch die riesigen hohen Fenster herein, die den Wandelgang unten, der an beiden Längsseiten entlanglief, in größeren Schritten zu wiederholen schienen. Karl fuhr sich mit der Hand nicht durch die schwarzen Haare und nicht über das jungenhafte schmale Gesicht, er legte seine klare Stirn nicht in Falten oder räusperte sich, wie das Menschen tun, die sich ihrer selbst nicht sicher sind. Er war kein Grübler, der nie zum Ziel kommen würde. Dann fing er an zu reden und schien nicht mehr aufzuhören, er redete von der Macht und dem Willen, von der freiwilligen Unterwerfung und der Freiheit, die durch die Erkenntnis kommt, durch die richtigen Wörter am richtigen Platz, durch die Wahrheit über die Wirklichkeit, wie die Welt war, in der er und die anderen lebten, wenn sich das Hier und Heute der Gegenwart zu einem Jetzt verbanden, das kein Gefühl war und keine Erleuchtung, sondern ein makelloser Gedanke, der keine Lücke übersah, durch die einer sich aus der Zeit davonstehlen konnte. Er wusste ja selbst, dass ein Leben sich auf Wissen gründen ließ. Das hatte er sich bewiesen, sonst stünde er hier nicht vor den anderen, die es auch spürten oder ahnten und die, wenn sie es schon wussten, sich einredeten oder so taten, als seien sie überzeugt, dass die Wirklichkeit zu begreifen war, dass sie ihr nicht ausgeliefert waren, dass sie aus ihrem Leben ein Leben machen konnten, das sich zu leben lohnte. Zur Wahrheit und von der Wahrheit überzeugt sein, das war eine Form von Intensität, die keine Alternativen zuließ, ein totales Gefühl, wie der letzte Grund aller Dinge, wenn keine weitere Begründung möglich und nötig ist, weil das geheißen hätte, einen Schritt zur Seite machen und auf diese Weise aus der Wahrheit herauskommen zu können. Aber wäre das nicht darauf hinausgelaufen, sich selbst zu verlassen und sich nicht mehr ernst zu nehmen? Komme jetzt keiner und behaupte, die Wahrheit sei ein Besitz für alle Zeiten. Sie geht mit dem Leben, zerfällt und wächst, und dieses Werden im Vergehen war es, das Karl so hellwach machte und ihn keine Ruhe finden ließ, so dass er nie auf den Gedanken gekommen wäre, er hätte sich irgendwo und mit irgendetwas eingerichtet, mit seiner Wahrheit in seiner Wirklichkeit.

Der Abteilung, die ihn beobachten ließ, war bekannt, was er öffentlich tat. Aber kein psychologisches Fahndungsbild reichte an ihn heran, es gab keinen offiziellen Grund, ihn im Feld des Authentischen zu suchen, wer er war als Mensch, und es bestand keine Aussicht, ihn hier zu finden. Die Abteilung interessierte sich für Pläne und Taten, nicht für Emotionen, Stimmungen und Gemütslagen. Wen hat interessiert, wer er wirklich war? Auch seine Freunde bohrten nicht in der Seele herum, nicht in ihrer, nicht in seiner. Das hätte ihn nur zornig gemacht. Solche Pfuscherei am Leben mochte er nicht.

Als er auf dem Sterbebett lag, hat ihn die Vernunft nicht verlassen. Damit hatten viele zu rechnen, nicht nur diejenigen, die älter waren als er und denen das Glück, für das sie nichts konnten, und die Gesundheit, um die sie sich kümmerten, zugeneigt waren und die sie schützten vor einem frühen Tod. Sie überlebten ihn um zehn, zwanzig, dreißig Jahre. Er wird bei Sinnen gewesen sein, es konnte gar nicht anders sein, in den letzten Augenblicken, als er die Welt verließ, trotz der Schmerzen.

Die dünnen Arme hatte er um den Kopf geschlungen. Er wollte nichts mehr sehen und hören. Dann wieder lag er ausgestreckt da, den Kopf gerade auf dem Kissen ausgerichtet, die Arme an den abgemagerten Körper gepresst, als hielte er die Luft an und zählte die Sekunden. In den ersten Wochen seiner Krankheit hatte er sich zu einem Stuhl schleppen können, auf dem er zusammensank und wartete, bis er genügend Kraft gesammelt hatte und sich zurückmachen konnte auf den Weg ins Bett. Er würde nie mehr an einem Schreibtisch sitzen, nie mehr ein Buch lesen und keine Seite mehr schreiben. Was sollte er noch auf dieser Welt, zu der er durch die Bücher gekrochen war wie durch einen Tunnel, der zum Licht führt? Eine Welt, die er in Sätzen eingefangen hatte, aus denen sie nicht mehr entwischen sollte, so fest waren die Sätze miteinander verbunden.

Noch jetzt, da er zu solch einer anstrengenden intellektuellen Arbeit nicht mehr in der Lage war, tauchten Sätze auf ohne seinen Willen, aus den Zusammenhängen gerissen, Wörter, die für ihn von großer Bedeutung gewesen waren, an die er sein Leben gehängt hatte. Keine Klage kam über seine Lippen, dass alles, was er getan hatte, vergeblich gewesen sei. Nur wenn die Not sehr groß war, sagte er, der Arzt solle kommen, er brauche Hilfe. Der Widerstand gegen den Verfall war hoffnungslos.

Aber solange er Ich sagen und denken konnte, solange er wusste, wer er war, hatte er das Gefühl, der Geist halte noch die Zügel in der Hand.

Er war da und war, kaum dass einer ihn gesehen hatte, wieder weg gewesen, wie wenn er auf einem Bahnsteig gestanden hätte, kurz bevor der Zug, auf den alle warteten, einfuhr. Die wenigen Minuten hätten gereicht, ihn sich einzuprägen. Doch wie es so geht, die Aufmerksamkeit ist ein unstetes Wesen, sie schweift hin und her, sucht Halt und Erregung. Als der Blick zu ihm zurückkehren wollte, fand er ihn nicht. Er war verschwunden, untergetaucht in der Menge der anderen Reisenden.

Mit den engsten Familienmitgliedern, Vater, Mutter, Geschwister, Kinder, ergeht es uns nicht besser. Wir sind im Besitz einiger Daten, Erinnerungen und Gegenstände. Doch wenn wir festzuhalten versuchen, wer sie waren, geraten wir ins Stocken. Ganz sicher sind wir nicht in dem, was uns vorschwebt. Wir haben unsere Eindrücke, die wir verteidigen oder korrigieren. Im Grunde aber ist es nur ein Gefühl, das mit einem Namen wachgerufen wird und dann Karten mit unseren Erinnerungen und Vorstellungen aus einem Stapel zieht, der im Gedächtnis verstaut ist. Wir leben, auch auf engem Raum, sehr im Vagen. Was wissen wir schon von den uns am nächsten stehenden Menschen. Wir wissen so wenig von ihnen und kommen ihnen nicht näher, sie bleiben uns ein Rätsel, so wie auch wir selbst uns nicht näherkommen und uns ein Leben lang ein Rätsel bleiben, und diejenigen, die von ihrer Identität sprechen, wollen nur an dem bisherigen Ergebnis festhalten, daran, was sie von sich wissen oder zu wissen meinen und womit sie sich gut zurechtfinden. Sie stehen still, als hätte sich eine Art persönlicher Wahrheit in Stein verwandelt.

Mittags ging Karl in eine Kneipe, eine Küche für jedermann mit Holztischen und einem Zapfhahn, getaucht in jenes ölig gelbe Licht abendfüllender Gemütlichkeit, das noch den einsamen Trinker, der hier eine rare Erscheinung war, milde mit seinem Los gestimmt hätte. Karl mochte nichts einkaufen und kochen. Wenn er sich mit dem Essen beeilte, war er rasch wieder zurück und konnte weiterarbeiten. Bei seinen Mahlzeiten war er nicht anspruchsvoll, er aß schnell. Sie kannten ihn dort und grüßten ihn mit seinem Vornamen, wie das unter einfachen Leuten und unter denen, die es sich einfacher und ungezwungener machen wollten, üblich war, als seien sie froh, irgendwo zusammenzutreffen, wo die Dinge handlich waren und einen Namen hatten, den alle verstanden. Das war der kleinste gemeinsame Nenner einer zulässigen Wahrheit, wie er sich im Alltag herausstellte und bewahrt wurde.

Karl war umgänglich, nicht verschlossen, aber er erzählte wenig von sich. Das hätte hierher auch nicht gepasst, dass einer sein Seelenleben ausbreitete und von seinen psychischen Problemen mit sich und der Welt zu erzählen begann. Über Geld, Sport und Politik ließ sich immer reden, solche Themen brachten sie zusammen, aber nicht über Sachen, die sie auseinander- und jeden in sich hineintrieben.

Und wie läuft es bei dir daheim?

Ach.

Ich sag nur, noch ein Wort, und mir rutscht die Hand aus.

Musst dir dein Recht und deine Ruhe verschaffen.

Sonst tanzen sie dir auf der Nase rum.

Sie haben nirgendwo gehorchen gelernt.

Um alles musst du dich heutzutage selbst kümmern.

Trink nicht so viel, heißt es. Und ich sag, ich trink so viel, wie's mir passt.

Das Trinken verbieten, das wär ja noch schöner.

Gehst einfach, machst die Tür zu, und weg bist du.

Damals, du weißt schon, schlimm konnte es sein, es war nicht einfach, aber es war kein Gerede um einen herum.

Jetzt sitzen wir hier.

Ein Glück.

Er suchte sich keinen Platz an einem leeren Tisch, er setzte sich neben sie und ließ sich in kein Gespräch ziehen, bis der Teller leer war. Aber er hörte zu, nickte mit dem Kopf, gab unartikulierte Laute von sich, bestätigende oder ablehnende, schaute kurz vom Teller auf und vertiefte sich wieder in sein Essen. Sein Herz schlug stark und gleichmäßig. Er war ein junger Mann im Vollbesitz seiner Kräfte, die von seinem Temperament genährt wurden. Gabel und Messer hielt er in den Händen, die Ellenbogen hatte er aufgestützt. Er hörte alles, bekam alles mit. Dann wischte er sich mit der Hand über den Mund und riss das Gespräch über Politik und die Politiker, über Arbeit und Geld, Sorgen und Nachsichtigkeit, Hoffnungen und Parolen für eine Weile an sich, er wollte einige Dinge richtigstellen, bevor er ging. Er machte das mit einfachen Worten. Ruhig blieb er dabei nicht. Es ging ja nicht um Lappalien. Jeder sah und hörte, dass er nicht einfach daherredete, wie es ihm gerade einfiel. Er wirkte nicht arrogant, er sprach frei heraus und machte nur den Eindruck, als hätte er länger darüber nachgedacht und als wüsste er Bescheid. Vielen war das schon zu viel.

Darauf klopfte er kurz auf den Tisch, schob das Kinn vor, als wollte er sich selbst von weiteren Erläuterungen abhalten, und stand auf, egal, ob einer Anlauf nahm, ihm zu widersprechen.

Als er auf die Straße trat, warf er keinen Blick in den Himmel, er kümmerte sich nicht darum, ob es regnete oder die Sonne schien. Der Geist war frei und stark und nicht vom Wetter abhängig. Er zog die Schultern leicht nach oben, senkte den Blick und lief mit raschen Schritten davon, seinen Gedanken hinterher, die sich vor ihm ausrollten wie ein Teppich aus Wörtern. Die Welt um ihn herum zerfiel in Menschen und alte Häuser, die seine Neugier, ob sich hinter den Gesichtern und Fassaden etwas Ungeklärtes verstecke, nicht anstachelten und sein Interesse an neuen Bekanntschaften und persönlichen Verhältnissen nicht weckten. Das Meer all der Nebensächlichkeiten, die für die meisten Leute ein ganzes Leben sind, wie du dich kleidest, wie du wohnst, was es zu kaufen gibt, teilte sich und gab ihm den Weg frei. So zielstrebig und bestimmt wie er ging nur einer, der sich seiner Sache sicher war, der Wichtiges zu tun hatte. Nicht einmal auf einer Strecke von einigen Metern fiel der gerade und aufrechte Gang der Vernunft in das leichtfüßige Schlängeln eines Spaziergängers, der versunken ist in seine Träumerei.

Abends saß er mit seinen Freunden zusammen, die meistens zu ihm kamen, als wäre es bei ihm sehr gemütlich gewesen. Nicht ein einziges Bild hing an der Wand, was ihnen gar nicht auffiel. Sie saßen in der Küche am Küchentisch und strahlten vor sich hin, als würden sie aufs Mittagessen warten, das eine unsichtbare Frauenhand ihnen servieren würde.

In den Wörtern, die unter ihnen kursierten, spiegelten sie sich schemenhaft wie in den Fensterscheiben, durch die die Nacht hereinschaute. Stundenlang saßen sie hier zusammen, eine verschworene Gruppe von Außenseitern, die der Ansicht waren, im Zentrum zu stehen, dort, wo Wort und Ding, Satz und Ereignis so eng zusammenhingen, dass sie auseinander hervorzugehen schienen. Alles, was sie dachten, war real, von wirklichem Gewicht. In den gegenüberliegenden Altbauten gingen langsam alle Lichter aus. Die Dunkelheit, die draußen herrschte, ließ die Freunde Theorien und Pläne schmieden. Angriffe auf die staatliche Macht wurden organisiert, als würde sich kein Widerstand dagegen regen und alles von selber sich ergeben, wenn die richtige Sache einmal ins Laufen gekommen war.

Im Lichtkegel der Wörter, in denen die Wahrheit glühte, schrumpfte die Wirklichkeit, wurde handlich, rund und fest. Allen schwirrte der Kopf. Wenn einer daran dachte, riss er ein Fenster auf und ließ frische Luft herein. Die ersten Züge fuhren, als sie mit schwerem Kopf auseinandergingen. Karl machte in der Küche das Licht aus und legte sich ins Bett. Er lag auf dem Rücken, die Arme hinter dem Kopf verschränkt, und sah seinen Gedanken dabei zu, wie sie zur Ruhe fanden. Die Welt fiel von ihm ab, er zog sich in sich zurück, bis nur noch er da war, ein langsamer und regelmäßiger Atem, ein Austausch zwischen zwei Unbekannten, Drinnen und Draußen. Irgendwo dazwischen, so fühlte es sich jetzt an, musste er sein, oder was oder wer auch immer. Als er daran dachte wie an einen Unsinn, der einen überkommt, wenn die Gedanken nachlassen, fiel er in den Schlaf. Die Träume, wenn sie ihn aufgesucht hatten, scheuchte er am nächsten Morgen mit einer Handbewegung weg.

Der Neigungswinkel einer Geraden, die durch ein Leben gezogen werden kann und es wie ein Faden zusammenhält, wird von den Erlebnissen der frühen Kindheit festgelegt. Karl hat von den Theorien der persönlichen Entwicklung nichts gehalten. In seinen Augen stellten sie eine Art Rechtfertigung für ein Leben mit beschränkter Haftung bereit. Sie sollten für alle Menschen gelten und hätten deswegen auch auf ihn angewandt werden können. Er wollte in die Zufälle seines Lebens nicht wie in eine vorgezeichnete Bahn hineingezogen werden. Für die feinen Geflechte höherer und niederer Ordnung, die ein Leben formten und leiteten, hatte er keinen Sinn. Solche Ideen hielt er für Betrug an der Gegenwart.

Karl hält einen Knochen
in der Hand

Er wurde an einem jener Tage geboren, als feindliche Flugzeu-ge den Bewohnern deutscher Städte zu verstehen gaben, es wäre besser für sie gewesen, nicht in den Krieg gezogen zu sein. Die Alliierten legten das Land in Schutt und Asche, ohne Rück-sicht auf jene, die keine Schuld traf, weil sie nichts zu entschei-den hatten, die Kinder, die das Pech hatten, an Orten auf die Welt gekommen zu sein, wo die Chancen, am Leben zu bleiben, sehr viel geringer waren als anderswo. Zu den ersten Lauten, die sich Karl einprägten, gehörten der Lärm der Flugzeuge, das Sirren und die Detonationen der Bomben, das Tosen einstür-zender Häuser, die Schreie von Schutzsuchenden und Verwun-deten. Wo er, noch kein Jahr unter den Sterblichen, Ruhe und Geborgenheit hätte finden sollen, spürte er das rasende Herz seiner Mutter und roch ihren Angstschweiß. Er schrie aus Lei-beskräften, bis der Lärm zurückwich. Der Donner der Welt gab nach, wurde zu einem leisen Grollen, einem Wimmern, Brö-ckeln und vereinzelten Rufen. Dann schlief er aus Erschöpfung ein.

Wenn er dasaß, später, und alles um ihn herum war still, nichts lenkte ihn ab, und er fiel zwischen zwei Sätzen, die wi-derspenstig waren und sich nicht logisch fügen und schließen wollten, ins Leere, dann hörte er manchmal ein Echo von frü-her. Im Keller alter Häuser stieg ihm ein Geruch zu Kopf, der ihn für Sekunden mit sich fortzog, über die Ebene von Jahr-zehnten hinweg, und ihn schwindelig werden ließ. Der Schutt und das Geröll auf Baustellen, an denen er vorbeikam, schossen in einem Augenblick, der sich in die Gegenwart drängelte wie ein letzter Fahrgast durch die sich schließende Tür eines Busses, zusammen zu einem Bild, in dem er sich dann wie gefangen fühlte. Er stand vor einem Haufen Steine und starrte darauf, als wäre dort etwas von ihm vergraben, das er finden musste, mehr als eine periphere Erinnerung, etwas Substanzielles. Das dauerte nicht länger als ein Aufatmen, und doch hatte es eine unterschwellige Wirkung, als hätte die Zeit stillgestanden und den sinnlichen Eindrücken Tür und Tor geöffnet, so dass sie sich in ihm ausbreiteten und ihn herausrissen aus der Gegenwart und seiner Zuversicht. Er wankte innerlich kurz, wie auf einer Brücke aus Holzlatten, die an Seilen hing.

Er mochte solche Zustände nicht, wenn ihm die Kontrolle über sich verlorenging. Das war dann, als würde er für Augenblicke unter seinem Niveau existieren. Er hat das Denken leidenschaftlich geliebt, dass er sich seiner selbst bewusst war, dass er wusste, wo er war und wer er war und was es mit der Welt, in der er sich für einige Jahrzehnte bewegte, auf sich hatte. Träumen konnten auch Blinde und alle, die sich taub stellten.

Die Erwachsenen wussten, was geschah, auch wenn sie es zum ersten Mal erlebten, die Ereignisse und Dinge hatten einen Namen, Flugzeugangriff, Bombe, Alarm, Tod. Sie hielten sich die Ohren zu, schlossen die Augen und versteckten sich im Keller. Karls Aufnahmefähigkeit wurde weit über das normale Maß eines Säuglings strapaziert, sie dehnte sich unter der Last der Eindrücke wie ein Pullover aus empfindlicher Wolle, der sich beim Waschen mit Wasser vollgesogen hat und jetzt schwer an einer Leine zieht. Diese Empfindlichkeit gehörte zu dem Erbe der Zeit, das für ihn vorgesehen war, sie ließ ihn nie stumpf und grob werden, was er hätte sein müssen, um sich mit dem Lauf der Dinge, in den er geriet, abzufinden.

Als wieder Frieden war, keine Schüsse mehr fielen und keine Bomben niedergingen, waren die Sinne des Jungen wundgeschürft. Ihm fehlten einige Schichten Haut, die nie nachwachsen würden. Der Krieg verhinderte, dass sich Zuversicht, Vertrauen und Gleichmut wie ein Schutzmantel um seine Nerven und sein Gemüt legten und sie davor bewahrten, in die Höhe und Breite zu wuchern und es mit der Wirklichkeit aus eigenen Kräften aufzunehmen. Eine elementare Substanz, jene Art Sedativ, das ihn zum Träumen mit offenen Augen, zu Schüchternheit und Zurückhaltung verleitet hätte, setzte sich bei ihm nicht fest. Das wäre die Voraussetzung gewesen, um sich dem gesellschaftlichen Leben und den politischen und wirtschaftlichen Ordnungen, die er vorgefunden hatte, zu unterwerfen und sich mit einer Herrschaft abzufinden, in deren festem Gefüge unablässig Hoffnungen auf ein besseres Leben versickerten und Schicksale verendeten.

Ist ja gut, beschwor ihn seine Mutter, ist ja gut. Als hätten dieser beschwichtigende Satz, ihre um Ruhe ringende Stimme seinen Widerspruch instinktiv herausgefordert, hat er es dazu nie kommen lassen.

Mach's gut, sagte einer der beiden Männer aus der Abteilung für innere Sicherheit, die ihn beobachteten, zu dem anderen. Er war alt und hielt nicht mehr viel von Aktivitäten, die zu nichts führten und bei denen nur Kräfte vergeudet wurden, die für sinnvollere Dinge hätten aufgespart werden sollen. Er dachte, dass ein Streit sich leicht vergessen lässt, wenn Zeit vergeht, und dass es besser sei, eine Krankheit auszukurieren, statt zu früh wieder zur Arbeit zu gehen.

Du auch, sagte der andere, der nicht viel jünger und davon überzeugt war, dass Unkraut nicht vergeht und dass es besser sei, eine Sache laufen zu lassen, statt sie auf Wege zu zwingen, die nicht die ihren sind. Erst dann würde eine Geschichte sich nach ihren Maßstäben entwickeln und sich wieder von alleine einrenken, wenn sie in die Irre gelaufen war.

Die Männer waren keine Kampfsportler, die bei unmittelbaren Konfrontationen mit dem Gegner zeigen durften, was in ihnen steckte. In eine solche Lage hätte Karl sie nie gebracht. Er hat niemandem ein Haar gekrümmt.

Der eine ging, der andere blieb, sie wechselten einander ab, nicht ohne den Wechsel hinauszuzögern und noch ein wenig miteinander zu plaudern, Beobachtungen auszutauschen, die ihren Fall betrafen, oder Erfahrungen mit dem Leben weiterzugeben. Sie waren jetzt in dem Alter, in dem jede vertraute Nähe belebend wirkt, ganz so, als könnten zwei sich dadurch gegenseitig festhalten und davor bewahren, dem Ende entgegenzurutschen, das auf sie wartet. Je näher dieses Ende kam, umso größer wurde ihr Bedürfnis nach menschlicher Wärme, als wiederholten sich die Bedürfnisse und Erfahrungen der ersten Jahre auf dieser Welt, in der sich alle wie verloren und ausgesetzt vorkommen, ein Schicksal, das sie um Hilfe und Zuneigung rufen lässt.

Gemeinsam ließ sich das Los der letzten Runde besser tragen. Sie mussten darüber kein Wort verlieren, sie spürten ja, wie gut ihnen der andere bekam, wenn er einfach so tat, als ginge das Leben noch lange weiter. Auch aus diesem Grund hingen sie an ihrer Arbeit. Wie es mit ihnen würde, wenn sie aufhörten, konnten sie nicht wissen, länger als drei, vier Wochen waren sie nie krank gewesen, und vorstellen konnten sie es sich auch nicht, sie hofften einfach für sich das Beste, und in dieser Hoffnung versuchten sie, sich gegenseitig zu bestärken. Karl interessierte sie nur am Rande. Sie hatten andere Sorgen, nicht politische, sondern existentielle, und sie wunderten sich, wie es anders sein konnte. Jeder lebte doch nur ein Mal, und da war es vernünftig, sich so gut wie möglich durchzubringen und in gewissem Maße dankbar zu sein für die Möglichkeiten, die sich einem öffneten, für geregelte Verhältnisse, für Frieden und Sicherheit. Wer anders denkt, der soll sich, dachten sie, nur einmal umschauen in der Welt, was im Grunde jeder täglich tut, wenn er Nachrichten hört oder Zeitung liest. Hunger und Krieg und Katastrophen, wo einer auch hinsieht. Sie gingen mit diesen Bildern von einer glücklicherweise fernen Welt ins Bett, ihre eigenen Sorgen verblassten vor diesem Hintergrund, und sie fanden schnell in den Schlaf, nicht der Gerechten, aber der Geretteten, was irgendwo auf dasselbe hinauslief, sie würden ja morgen wieder arbeiten gehen, so wie all die Jahre davor, sie hatten sich ihr Leben verdient, das sie auch durch Trägheit, vermessene Wünsche, Illusionen oder irgendeinen Irrsinn hätten verspielen können. Politik war für sie immer nur die Verlängerung ihrer unmittelbaren Bedürfnisse nach Stabilität und Kontinuität gewesen, und solange es ihnen gutging, änderte sich daran nichts. Leute wie Karl waren ihnen völlig fremd. Sie verstanden nicht, wie einer so werden, wie er zu solchen Ansichten kommen und ein solches Leben im Widerspruch führen konnte. Ihnen erging es da nicht besser als allen anderen, die auch nicht nachvollziehen konnten, warum einer nicht zugriff, wenn ihm die Möglichkeit eingeräumt wurde, vom Schicksal, vom Staat, vom Jahrzehnt, auf seine Weise in diesem Land, in dem er geboren worden war, oder woanders, wohin ihn seine Wünsche und seine Karriere trieben, glücklich zu werden.

Keine Erfahrung geht verloren, sie taucht nur woanders wieder auf. Der frühe Mangel an sensitiver Nachlässigkeit und Geborgenheit forderte in den kommenden Jahren von Karls Entwicklung einen Ersatz, er musste gefüllt werden mit Sinn, Worten und Taten. Nur so konnte sich ein Gleichgewicht herausbilden zwischen ihm und dem, was er nicht war. Er wäre sonst verrückt geworden, er hätte sich in die Illusionen der Selbsttäuschung, die an Psychosen grenzten konnten, und in die Ordnungssysteme der Ängste zurückgezogen, unter denen auch andere in seiner Nähe gelitten hätten. Von solchen Ersatzhandlungen der Seele erzählten die Trauerspiele, die in den Mietwohnungen und in den Eigenheimen von den Erwachsenen aufgeführt wurden. Die letzten Schlachten waren nach dem Ende eines Krieges, als der Frieden verkündet wurde und der Wiederaufbau begann, noch nicht geschlagen, die unsichtbaren Feinde saßen überall und saßen dort noch, als der Eindruck sich breitgemacht hatte, dass nie ein Krieg gewesen sei, ein Morden und ein Zerstören.

Die Lehren, die Karl vom Krieg erteilt wurden, ohne dass ein Wort darüber fallen musste, liefen darauf hinaus, dass Verfall und Zerstörung das Leben beherrschen und dass die Erwachsenen hilflose Zuschauer sind. In sein kindliches Gemüt sank der Keim einer Ahnung, die erst Jahre später die Gestalt der Idee annehmen würde, dass nur ein Kommando, ein Plan, eine gemeinsame Anstrengung die Ruinen des Daseins wieder mit Vertrauen füllen konnten. Nach weiteren Jahren würde ihn diese Ahnung zu der Einsicht gelangen lassen, dass ein Kommando, ein Plan und eine gemeinsame Anstrengung, ihn umzusetzen, sich aus dem Willen ergäben, der Erkenntnis der Wirklichkeit keine intellektuellen Hindernisse in den Weg zu legen. Tiere wissen instinktiv, wie sie ihr Nest bauen und sich in der Welt einrichten müssen, sie haben keine Alternativen. Familien tun sich mitunter schwer damit, sie scheitern daran, sich zu erhalten und sich in einen umfassenderen Rahmen einzufügen. Und größere soziale Ordnungen, Gesellschaften kämpfen täglich auf allen Ebenen, Ernährung, Recht, Arbeit, Bildung, um ihren Fortbestand.

Einen Plan verfolgte Karl schon auf der Universität, als er begann, sich konsequent und systematisch in bestimmte Bereiche des Wissens einzuarbeiten, ohne sich dabei von Vorgaben und Anforderungen des Studiums ablenken zu lassen, die er nebenbei erfüllte. Auch Gott soll in den Augen treuherziger Theologen und Philosophen einem Plan gefolgt sein, als er die Erde erschuf, die andernfalls dem Chaos und dem Zufall ausgeliefert gewesen wäre, eine Aussicht, die das Vertrauen in die rettende Hand Gottes und seine Fürsorge für den Menschen erschüttert. Ein Plan war eine Art Geländer am Abgrund der Sinnlosigkeit.

Wenn Karl auf einem Bauernhof groß geworden wäre, fern der Kriegsereignisse, er hätte gelernt, mit Kühen und Schweinen zu sprechen. Als Kind wäre er staunend auf einem Feld stehengeblieben, sobald über ihm ein Flugzeug dahinzog. Da, da, und der Arm fuhr in die Höhe und folgte dem aufblitzenden Punkt am Himmel und dem Lärm. Dann zog die Stille wieder ein. Die Natur sank in sein Herz, ein Schatz, den er nicht vergessen würde, der ihn später aus dem Schacht des Wissens ziehen und in ihm die Vorstellung von einer Schönheit erhalten würde, die nicht von Menschen gemacht war, Kornfelder und Obstbäume, ein gelber Sonnenaufgang und ein roter Sonnenuntergang, Mond und Sterne.

Wo ist der Karl?, fragte die Mutter.

Wo er immer ist, sagte der Vater.

Karl war im Stall, im Heu, auf einem Baum, am Ursprung von allem, was aus ihm werden würde, wenn den Erbanlagen an seiner Entwicklung zuteilgeworden war, was sie beanspruchten. Er sog sich schon mit seinen ersten Erfahrungen in sich selbst hinein, ohne sich dessen bewusst zu sein, und er würde, wenn er heranwuchs, alles Angesammelte als seine Eigenart aus sich hinaustreiben. Den Anfang vergisst keiner, auch wenn er sich nicht mehr daran erinnert. Ein Leben lässt sich wie eine Schnur vom Ende her aufspulen, und dann gelangt einer dorthin, wo die wesentlichen Dinge, die ihn prägen werden, sich entscheiden und Konturen annehmen.

Er hatte zwischen Trümmern laufen gelernt. Sie machten auf ihn den Eindruck, als sei ein Spiel unter Erwachsenen mit einem Handschlag beendet worden. Die Welt, die er zuerst sah, war kaputt, Ruinen, Krater, Schutthaufen. Soweit er es mit seinen kindlichen Kräften vermochte, half er mit beim Aufbau des Landes, das er später noch einmal neu aufbauen wollte, als wäre damals ein riesiger Fehler passiert, weil keiner so recht Bescheid wusste, weil keiner gut nachdachte und alle nur das machten, was die anderen taten. Das Durcheinander der Dinge wurde von den Erwachsenen beseitigt, Ordnungen für Zwecke und Handlungen geschaffen, die zu mehr Zwecken und Handlungen führen würden. Überlebenswille, Fleiß, Ausdauer, Not und systematisches Vorgehen hatten Jahre zuvor zum Sieg führen sollen. Jetzt dienten sie dazu, die Zeugnisse vom Scheitern einer Staatsidee und Staatsform zu beseitigen.

Was ist das?

Er hielt einen Knochen in der Hand.

Wirf das weg, sagte seine Mutter.

Aber was ist das?

Ein Knochen.

Und als sie sah, dass er sie nicht verstand, sagte sie: So was hat jeder, ich, du, Tiere. Das steckt in uns drinnen, und wenn wir sterben, kommt er heraus.

Sie nahm seinen Ellenbogen und drückte daran.

Spürst du ihn? Das ist ein Knochen.

Er sah sie erstaunt an, dann sah er den Knochen an, den er in der Hand hielt.

Von wem ist der?

Ich weiß nicht.

Von einem Menschen?

Oder von einem Tier. Wirf ihn weg. Aber draußen, nicht hier in den Mülleimer.

Die Erwachsenen hatten eine Vorstellung davon, wie eine Stadt aussieht, bevor sie zerstört wird. Karl konnte an kein Vorbild anknüpfen. Die Erfahrung, dass es sinnvoll und möglich war, eine neue Welt aus Häusern, Straßen und Geschäften einfach so hinzustellen und das Spiel von vorne zu beginnen, setzte sich in ihm fest, wie die Sonne eines heißen Sommertages, den er draußen verbracht hatte, nachts unter der Haut nachbrannte. Müde lag er in der Kühle der Dunkelheit, die Bettdecke weggestrampelt, ein Bündel nachlassender Energie, in einem jungen Körper, der ganz auf der Höhe seines jungen Geistes schien, noch war der eine nicht von dem anderen abgekoppelt, wie es kommen würde, mit zunehmendem Alter und Wissen, wenn das Selbstbewusstsein die Herrschaft übernimmt über das Selbstgefühl, das in jenen kindlichen Tagen sich hingab an die Regungen der Muskeln und Zuckungen der Nerven, an das leise Dröhnen des Blutes, das durch ihn hindurchtrieb und ihn zum Träumen verleitete, zu den leichten Nachbeben des Tages und seiner Erlebnisse und den pulsierenden Ankündigungen von Lust und Verausgabung, wenn die Brust wie ein Schiff bei hohem Wellengang auf und nieder ging.

Es war Sommer, er schrie und tobte mit den anderen Jungen am Beckenrand des Schwimmbads. Sie hatten Spaß. Dann riss er sich von allen los und sprang kopfüber ins Wasser. Die Welt wurde schlagartig stumm, das Lärmen der Kinder wie mit einem Handgriff ausgeschaltet. Er war ganz bei sich und fühlte sich unbeobachtet. Hier unten war keiner, er war allein in einem blauen Dunst der Schwerelosigkeit, in dem Steine zu Boden sanken, aber Menschenleiber sich in der Schwebe hielten, als wären sie zu leicht für ein Leben auf der Erde. Er musste nur die Luft anhalten und abtauchen. Als er die anderen ins Wasser stürzen sah, schnellte er an die Oberfläche zurück. Dieses Gefühl, eingeschlossen zu sein von einer Stille, in der er nur sein Blut rauschen hörte, keinen Laut sonst, blieb in ihm hängen, wie ein Versprechen, dass es möglich ist, ganz bei sich zu sein. Dieses Versprechen hat sich eingelöst, immer wieder, wenn er nachdachte. Denken war wie Abtauchen, ein grandioses Erlebnis von belebender Einsamkeit.

Dieses Gefühl fuhr mit ihm, als er mit dem Fahrrad nach Hause sauste, nur einen halben Blick nach rechts, eine winzige Wendung mit dem Kopf nach links, wenn er die Kurven nahm, seine Mutter hätte aufgeschrien, er solle achtgeben, aber er hörte nur den Wind in den Ohren. Er raste über Schotter und bohrte sich eine Glasscherbe in den Reifen. Später hockte er vor dem Rad und reparierte den platten Reifen, eine Schüssel Wasser neben sich, um im Schlauch das Loch zu suchen und es zu kleben, damit er morgen wieder fahren konnte.

Karl, kümmere dich um deine Sachen selbst, sagte die Mutter. Wenn du aufgepasst hättest, wäre das nicht passiert.

Er mochte keinen Fehler machen.

Das Selbstvertrauen, das bei ihm in den Jahren des Aufbaus eines Landes entstand, strömte in den kommenden Jahren nach allen Seiten hin aus, es nährte seine grenzenlose Zuversicht in seine Kräfte und Fähigkeiten. Seine Augen leuchteten durchgehend. Niemand zwang ihn, in der Schule besser zu sein als andere, er war es, ohne es sich vorzunehmen. In den ersten Jahren interessierte er sich bedingungslos für alles, was der Lehrer sagte, als säße er in einem Haus und überall würden Türen und Fenster aufgemacht und er wüsste nicht, wohin er rennen, was er sich zuerst anschauen und in die Hand nehmen sollte. Langeweile, Müdigkeit oder Überdruss kannte er nicht. Er graste die Dinge ab. Er war schnell, eine drahtige rasende

Gliederpuppe, deren dünne Arme und dünne Beine endlos wirbelten.

Er hatte Männer gesehen, denen Arme und Beine fehlten.

Was ist mit denen passiert?

Das war der Krieg, sagte seine Mutter. Da haben sie ihr Bein, ihren Arm verloren.

Er würde aufpassen, dass ihm das nicht auch geschah. Nur ein Bein, nur ein Arm, das war zu wenig. Haare wachsen nach, Beine und Arme nicht. Er wäre in den Krieg zurückgegangen und hätte nach dem Bein, nach dem Arm gesucht.

Wollten sie die Arme und die Beine nicht wiederhaben?

Sie waren schon weg, sagte die Mutter.

Wenige Tage später erzählte seine Mutter, jemand habe seinen Kopf verloren. Karl rief: Seinen Kopf?

Das schien ihm unmöglich. Ohne Kopf ging nichts.

Im Winter lag Schnee, im Sommer war es heiß, noch fegten keine Stürme über das Land, Ost und West, wozu es erst Jahrzehnte später kam, als die apokalyptische Aussicht auf eine Klimakatastrophe auftauchte, und im Deutschen Bundestag stritten ehemalige deutsche Wehrmachtssoldaten mit Sozialisten und ehemaligen Widerstandskämpfern, die von großen Teilen der Bevölkerung als Vaterlandsverräter beschimpft wurden.

Wer damals Briefe schrieb oder ein Tagebuch, Sätze, in denen ein Ich vorkam, das nicht nur ein Knotenpunkt der Ereignisse war, sondern eine Form, Erfahrungen zu sammeln und zu prüfen, eine Art Zentrum der Selbstreflexion, der war dem jungen Karl um einige Schritte voraus und wird sich ihm überlegen gefühlt haben, wie es üblich ist, wenn Ältere mit Jüngeren zusammentreffen und ihre lebenssatten Sprüche ins Spiel bringen. Karl hat diese Tagebücher aus der Nachkriegszeit, unter denen auch einige gewesen sind, die eine gewisse Berühmtheit erlangten, nicht gelesen, er las grundsätzlich keine Tagebücher und Briefe von anderen, und mochten deren Autoren noch so berühmt sein. Er interessierte sich nicht für die Entwicklung eines fremden Ich, für die Erfahrungen, die ein anderer machte und aufschrieb, und zwar nicht für sich allein, sondern auch für andere, als wären sie für Dritte wichtig, als hätte einer, der nicht dabei gewesen war, etwas davon zu lesen, wie es einem Fremden erging, wie er mit seinem Leben zurechtkam. Wenn er sie sich angeschaut hätte, dann hätte er vielleicht ein Gefühl dafür bekommen, wie es damals war und was er von der Zeit, in der er laufen und sprechen lernte, übernommen hatte, ohne es zu wissen.

Der Karl hat immer so getan, dachte seine Mutter, als beginne die Welt mit ihm, und wenn einer anders war als er, dann hat der Karl das akzeptiert oder er hat es nicht akzeptiert, aber warum einer anders war als er, das hat er nicht herausfinden wollen. Wenn er das gekonnt hätte, wenn er sich dafür interessiert hätte, dann wäre er vielleicht nicht so stur geworden, ich meine, dann wäre er vielleicht nachsichtiger gegenüber den anderen geworden und hätte eingesehen, dass alles nicht so einfach ist, wie er sich das vorgestellt hat, dass das Leben aus Kompromissen besteht und es keine Wahrheit gibt, die für alle gilt, sondern nur ein kleines Häufchen Wahrheit, das für einen selbst gilt und mit dem keiner hausieren gehen kann. Aber der Karl wollte immer nur überzeugen und hat dann zu reden angefangen und nicht aufhören wollen, das hat er schon als kleiner Junge gemacht, er wollte einen immer auf seine Seite ziehen, so wie er seine Sache sah. Als dann sein Vater krank wurde, ist ihm nicht viel eingefallen, und er hat geschwiegen, obwohl es gerade damals wichtig gewesen wäre, mit ihm zu reden. Es kommt eben keiner aus seiner Haut heraus, der Karl hat es ja nicht böse gemeint, und er war immer ein guter Junge gewesen, und alle haben ihn gemocht, bis er fortging und sich veränderte und keiner ihn wiedererkannte, so anders ist er geworden in der Stadt. Er hat sich nicht aufhalten lassen, er wollte fort, lernen, studieren.

Karl, willst du denn keine Kinder, keine Familie haben?

Jetzt komm mir nicht damit. Ich weiß schon, was ich tu.

Ich frag ja nur. Du bist alt genug.

Und ich sag, nein, ich will jetzt nicht, und wir müssen darüber nicht weiterreden.

Aber es wär halt schön.

Es wär nur anstrengend. Und eine Frau dafür hab ich gerade auch nicht.

Die wird sich finden lassen, Karl.

Klingel nur nicht bei den Nachbarn und erzähl denen, dein Sohn suche eine Frau.

Du wirst das schon selber tun, du sollst es nur nicht vergessen, bei all den vielen Sachen, die du machst, bei all der Politik, in die du dich begeben hast.

So träumte sie manchmal vor sich hin. Aber geholfen hat es nicht.

Als kleiner Junge hatte er vor dem Spiegel im Badezimmer gestanden, er schaute sich, weit über das Waschbecken gelehnt, in die Augen und sagte: Ich, und fragte sich, wo das Ich eigentlich steckte, wie es in ihn hineingekommen war, ob es verschwinden konnte, wie er wüsste, dass es sein Ich war und dass es immer gleich bleiben und nicht durch ein anderes ersetzt würde, wie es möglich war, gleichzeitig Ich zu sagen und Ich zu denken. Bei dem Gedanken daran konnte ihm schummerig werden. Dann schnitt er sich eine Grimasse und musste lachen, schob die Zunge vor die untere Zahnreihe, dass er aussah wie ein Affe, und veranstaltete einen solchen Lärm, dass sein Vater rief: Karl, was machst du da?

Er begann sein Ich zu festigen, er versuchte, es zusammenzuhalten, und beschwerte es mit Wissen, damit es sich nicht davonmachte und ihn zurückließ. Er baute es auf, und später hat er sich die Ordnung, die es gefunden hatte, noch einmal vorgenommen, das Wissen und die Logik, und ist das alles systematisch durchgegangen, hat verbessert, aussortiert und ergänzt, bis die ganze Sache saß.

Sein Ich hat Karl nicht wie ein Psychologe betrachtet, wie es geworden ist, ganz so, als ließe sich nichts mehr ändern, sondern eher wie ein Automechaniker ein Auto prüft, es wird in seine Einzelteile zerlegt, die guten bleiben und werden weiterverwendet, die schlechten oder kaputten werden durch neue, die funktionieren, ersetzt, und dann wird alles wieder zusammengefügt und das Auto fährt tadellos. Du wäschst dir die Hände und denkst, das hat sich gelohnt, und wenn du irgendwo hinfahren musst, dann weißt du, das Auto funktioniert, du wirst ankommen, und wenn es irgendwo im Auto klappert, dann weißt du, oder du ahnst, was das sein könnte, und kannst dir selber helfen.

Mit der Welt hat Karl es nicht anders gemacht, als sei sie ein Baukasten. Er ordnete jedem Teil ein Wort zu, und wenn die Teile schwierig waren, kompliziert, nicht eindeutig wie ein Stein, ein Baum, ein Haus, dann hat er sich überlegt, welche Bedeutung in dem Wort drinstecken musste, damit es ein festes, in sich geschlossenes Wort wurde, mit dem sich etwas anfangen ließ, das eine Wahrheit enthielt, weil es etwas, was wirklich war, nicht nur bezeichnete, wie ein Schild im Zoo, auf dem der Name eines Tieres, oder ein Schild im Museum, auf dem der Name eines Künstlers steht, sondern es auch in seinem Wesen, in seinem Kern bestimmte.

Karl hat seinen Vater gemocht und seine Mutter geliebt. Er hatte auch seinen Vater geliebt, aber das war etwas anderes als bei seiner Mutter, und erst als sein Vater starb und er daran dachte, wie es damals, in den Kindertagen, mit ihm und seinem Vater war, wurde ihm klar, dass er auch seinen Vater geliebt hatte. Bei seiner Schwester war das anders gewesen, sie hat beide, ihre Mutter und ihren Vater geliebt, da gab es keine besondere Phase wie bei Vater und Sohn, als der Sohn anfing zu glauben, dass das, was zwischen ihnen beiden jetzt war, eine Sache unter Männern sei. Seine Schwester Emilie war noch ein kleines Mädchen, als er von zu Hause auszog.

Sein Vater hielt viel von seinem Sohn, aber nicht deshalb, weil aus seinem Sohn etwas wurde, weil er studierte und in die große Stadt gegangen war, sondern weil er glaubte, dass sein Sohn, der Karl, ein guter Mensch sei. Und das, dachte sein Vater, ist viel wichtiger als alles andere und wird nur immer wieder vergessen, weil davon ausgegangen wird, dass aus einem Menschen nur etwas wird, wenn er einen Beruf ergreift, als wäre er dann das, was er gelernt hat. Alle jungen Männer in meinem Alter haben lernen müssen, mit der Waffe umzugehen, und sind Soldaten geworden, und dann konnten sie gute oder schlechte Soldaten sein, so wie einer ein guter oder schlechter Maurer oder Bäcker sein kann, geschossen und Befehle ausgeführt haben sie alle, und keiner hat mehr gefragt, ob sie gute Menschen seien, als wären sie nur noch Soldaten gewesen. Aber beim Karl, dachte er, wenn ich ihn mir so ansehe, wird das nicht passieren, ich kann nicht sagen, wieso das so ist bei ihm. Das siehst du.

Die Kritik lebt davon, dass es etwas gibt, gegen das sie sich richten kann, sie erfindet nichts, sie ist nicht kreativ, sie reibt sich an dem, was ist, und reibt daran so lange herum, bis es so aussieht, als käme etwas Neues zum Vorschein. Dabei glänzt nur das Alte in einem neuen Schein. Das hat Karl nicht bemerkt, dass er an der Welt kleben blieb, von der er doch loskommen wollte, dass er in gewissem Sinne so wurde wie sie, dass sich etwas von ihr auf ihn übertrug. Die Art und Weise, wie er mit ihr umging, entsprach der Art und Weise, wie sie mit ihm und allen anderen umging, rational, zweckgerichtet, wissenschaftlich.

Aber vielleicht hat er sich so verausgabt, weil er geahnt hat, dass es dahin mit ihm gekommen war, dass er und sie nicht voneinander lassen konnten, weil sie sich nahe waren, vielleicht wollte er die Welt, die in ihn eingesunken war, aus sich heraustreiben mit jedem der vielen Wörter, die er über sie ausschüttete wie einen Eimer Steine. Er tat es nicht aus Hass, und doch, wenn er all die Leute sah, die sich nicht darum scherten, was er sagte, die einfach weitermachten und über ihn lachten, er sei ein Träumer, ein Spinner, sagten sie im besten Fall, ein Terrorist, ein Verbrecher im schlimmsten, dann wird er sich nur mit Mühe davon abgehalten haben, sie zu verachten. Erst empörte er sich und wurde zornig, dann übte er sich in Geduld und wurde wütend.

Es half alles nichts. Er kam an sie nicht heran, sie waren für ihn und seine Argumente unerreichbar. Und da wird die Einsamkeit ihn überfallen haben. Einer wacht auf und findet sich unter Menschen wieder, die seine Sprache nicht sprechen, die ihn nicht verstehen. So muss das für ihn gewesen sein. Und umgekehrt, er hat die anderen nicht verstanden oder verstehen wollen, die mitmachten, er hat sie nicht so tief verstanden, dass er nachgab und nichts mehr gegen sie sagte, als wären sie Fremde, die leben, wie sie leben wollen, und er muss sich damit abfinden oder gehen.

Wenn draußen die Welt im Schnee der Unschuld gelegen hätte, wenn er sich nicht mit der Kritik in sie hineingedacht hätte, bis es kein Zurück mehr für ihn gab, dann wäre Karl ein anderer geworden, dann hätte er sich der Welt und allen, die auf ihr herumwerkeln, anschmiegen können. Er hätte die Augen und die Ohren nur aufmachen müssen, um Freude zu empfinden, Lust am Leben, dass es so ist, wie es ist, von Krankheit und Schmerzen abgesehen, die aus dem Los der Sterblichen nicht zu vertreiben sind. Was er erreichen wollte und wofür er sich mit seiner ganzen Kraft einsetzte, das überstieg die Möglichkeiten einer Lebensaufgabe, obwohl er sie genau darin gefunden hatte. Was er sich vorgenommen hatte, das war für einen zu viel, und wie sich im Laufe der Jahrzehnte gezeigt hatte, war es auch für eine Handvoll Mitstreiter zu viel, für eine gut organisierte Gruppe.

Da hätte einer, der sich von solchen Tatsachen einschüchtern ließ, denken können, so eine radikale Idee, solch ein umstürzendes Projekt durchzusetzen, das sei gar nicht vorgesehen. Damit seien alle überfordert. Aber Karl sagte, sollen sie doch endlich machen, was sie machen wollen, und nicht nur das, was ihnen erlaubt ist. Sollen sie doch endlich leben, statt sich durchzumogeln, zu tricksen und von ihren Verdiensten zu reden, ihren Leistungen. Sollen sie doch endlich das tun, was sie interessiert. Sollen sie sich doch endlich fragen, was und warum es sie interessiert. Und dann reden wir über das Interesse, weil das Interesse das Leben ist, das einer führt, und weil keiner leben mag, ohne zu wissen, wer und wo er ist. Es ist doch nicht so, dass du hier stehst und da steht die Welt. Ihr kommt zusammen und ihr geht zusammen, und es ist keiner hier, der sich nicht eine Vorstellung von alldem da draußen gemacht hat und in dieser Vorstellung lebt, und es ist nichts davon vorhanden, wenn da nicht einer ist, der die Welt sieht, hört und anschaut und sich über sie Gedanken macht, weil er in ihr und mit ihr leben möchte und leben muss.

Noch auf dem Sterbebett, als Müdigkeit und Schwäche, Erschöpfung und Leid die Oberhand gewonnen hatten und das Häuflein Existenz so in die Enge trieben, dass es sich nicht mehr aufspielte, etwas begehrte und sich nach etwas sehnte, fühlte er sich der Welt gewachsen, als seien sie beide gleich groß und stark. Er schrumpfte nicht vor ihr zusammen, auch wenn die Schmerzen, die in ihm waren, ihn dahin brachten, dass er sich zusammenzog, als könnte er, wenn er sich klein machte, ihnen entkommen oder sie zähmen. Er war dünn geworden, durchsichtig, aber sein Geist, ein unermüdlich sich wälzendes, aufbegehrendes Ich, hatte nicht aufgegeben.

Am Ende seines Lebens redete er manchmal wirres Zeug. Er machte den Eindruck, als wüsste er nichts davon, als sei es nicht er, der da rede. Er fiel von einem Zustand in den anderen, keine Erinnerungen, wie es hier und wie es dort gewesen war, schlugen Brücken. Diejenigen, die nach ihm schauten, sagten ihm nicht, was mit ihm vorging. Sie riefen ihn, sie wollten ihn zurückholen. Aber er hörte sie nicht, er war zu weit weg, verschollen in sich selbst. Keiner von ihnen zweifelte daran, dass er noch derselbe war, mit dem sie in den wachen Stunden redeten. Aber einen Beweis, Wörter, die ihn als denjenigen verrieten, den sie erkannten, wenn sie mit ihm reden konnten, hatten sie nicht. Wo war er und wer war er, hier und dort?

Der Karl ist der Karl, sagten seine Freunde, und fast schien es, als hätten sie sich ein Leben ohne ihn nicht vorstellen können, und wenn sie daran dachten, wie es war, das Leben, bevor sie ihn kennenlernten, dann waren sie froh, dass sie ihn kennengelernt hatten, aber sie taten so, als spielte Freude dabei keine Rolle, als ginge es nur darum, dass sie jetzt mehr wussten, dass ihnen Dinge klar geworden waren, die ihnen vorher nicht klar waren, und wenn sie diesen Schritt auch Karl zu verdanken hatten, so taten sie so, als ginge es nicht um ihn, sondern nur um das, was er sagte, sie lösten die Argumente von ihm ab, und dann sah die ganze Geschichte, die sie mit ihm hatten, unpersönlich aus, als wäre er nur eine Art Überbringer oder Vermittler gewesen, auswechselbar, was er gerade nicht war. Ohne Karl wäre vieles nicht so gelaufen, und das wussten sie auch, sie wollten es aber nicht zugeben, denn das hätte bedeutet, abzurücken von der Objektivität, von der Wahrheit, die in ihren Augen keine persönliche Unterstützung brauchte, sondern ganz alleine zurechtkam. Froh waren sie alle, dass es ihn gab, aber die Freude behielten sie für sich, ja, manche gestanden sich nicht einmal ein, was er für sie bedeutete und dass sie glücklich waren, ihn kennengelernt zu haben, als hätten sie sich geschämt für solche Gefühle, die eine Abhängigkeit verrieten, eine persönliche Nähe, die mit Objektivität nicht gut zusammenpasste. Und als er dann nicht mehr da war, haben sie die Zähne zusammengebissen und so getan, als ginge jetzt einfach alles weiter, was es nicht tat. Alles wurde anders, als wäre nicht nur Karl gegangen, sondern auch die Zeit, in der einer wie er möglich gewesen war, er hat sie mitgenommen, wie eine Schleppe nach sich gezogen, und die zurückblieben, sahen nur die Spur und dachten, wir müssen dort entlanglaufen, wir müssen einfach in diese Richtung weiterlaufen, und sie merkten nicht, dass die Zeit nicht mehr mit ihnen ging, dass die für sie und ihre Ideen und Projekte vorgesehenen Jahre mit Karl verschwunden waren, so wie die Helden, die in vergangenen Geschichten auftauchten, mit der Epoche, in der diese Geschichten eine Rolle spielten, untergegangen sind. Jeder Mensch, wenn er geht, nimmt ein Stück von der Zeit mit sich, in der er gelebt hat, und wenn er mit ihr stärker verbunden war als andere, dann nimmt er ein größeres Stück mit, und wenn er für einen ganzen Zeitraum steht, dann reißt er ihn mit sich fort und lässt für die anderen, die glaubten, auch dazuzugehören, nichts mehr übrig.

Einer wie er war nicht unter jeden historischen Umständen möglich gewesen. Schon zu seinen Lebzeiten veränderten sich die Bedingungen zu seinen Ungunsten. Wenige Jahre nach seinen ersten großen öffentlichen Auftritten schien er sich überlebt zu haben. Jedes Ding, jede Erscheinung hat seine Zeit, und die der Revolutionen, der Umwälzungen war vorbei, lange bevor Karl starb.

Aber warum nachgeben? Warum sich ihrem Lauf beugen, als sei sie ein Gott? Warum sich freiwillig fremden Mächten unterwerfen?

Wenn er nicht tot wäre, wenn er wieder auftauchte und liefe hier herum, er würde für einen lebenden Toten gehalten, für einen Wiedergänger, der auf Erden ein längst vergangenes Leben weiterzuführen versucht wider alle gängige Vernunft. Er irrte in seinem Viertel durch die Straßen und redete mit sich selbst, um sich nicht abhandenzukommen. Wer ihn sieht, der weicht ihm aus, und wenn er sich irgendwo hinsetzt, der Stuhl neben ihm bleibt leer. Ein Verrückter, würde jeder denken, einer, der nicht versteht, wo er lebt, der die Wirklichkeit nicht zur Kenntnis nimmt und sie mit seinen Reden überschwemmt.

Doch die Zeit, die für sein Erscheinen vorgesehen war, hätte andererseits sehr lange auf ihn warten müssen, wenn er ihr nicht mit seinen Eigenarten und Begabungen entgegengekommen wäre. Jeder läuft seinem Schicksal in die Arme, auch wenn er sich einredete, er habe die Richtung, in die er sich aufgemacht hat, selbst gewählt. Diese unerbittliche, fatale Notwendigkeit, die jede Entscheidung schluckt, macht die Tragik eines jeden Lebens aus, auch des geglückten.

Karl sank in die Masse derer zurück, von denen niemand spricht. Sein Verschwinden hing damit zusammen, dass er Leben und Wahrheit, Authentizität und Totalität nicht trennen mochte, so wie im Alltag die gute Absicht und die schlechte Handlung zusammen auftreten, wodurch sich jeder, der es mit sich nicht so genau nimmt, Erleichterung verschaffen kann.

Die meisten Menschen, die nicht von der Geschichte fort-
gerissen werden, verstehen ihr Leben als Ausdruck ihrer persönlichen Wahrheit. Von der Realität wollen sie nur das wahr-
haben, was ihrer Identität nicht schaden kann. Sie versuchen,
alles, was ihnen begegnet, unter einen Hut zu kriegen, damit sie
gut durchs Leben kommen. Der Instinkt der Selbsterhaltung
treibt sie dazu, sich mit Verhältnissen abzufinden, die ihnen
kurzfristig oder zufällig dienen, aber langfristig schaden können. Sie winken ab, wenn sie darauf hingewiesen werden, und
sagen, es sei nicht gut, sich unnötige Sorgen zu machen. Eine
solche Nachlässigkeit und Ignoranz sich selbst und der Welt gegenüber hat Karl aufgeregt, er hätte sich umdrehen und weggehen müssen, lass sie machen, aber das hat er nicht gewollt. Wohin hätte er gehen, wohin hätte er sich einschiffen sollen?

Die Männer, die ein Auge auf ihn gerichtet hatten, wussten
im Groben Bescheid über das, was in ihrer Abteilung vor sich
ging. Mehr oder alles zu wissen war nicht ihre Aufgabe, sie hatten dafür keine Zeit, sie brauchten, wie alle, ihren Schlaf und
ihre Erholung. Was sie nicht erledigten, das taten andere, so wie
sie wiederum ausführten, was andere nicht tun konnten, weil
sie mehr davon verstanden als jene. Zu dem Bericht, der über
ihn erstellt wurde, trugen sie ihre Beobachtungen bei, die jeden
Leser in dem Eindruck bestärkt hätten, dass von Karl keine Gefahr ausging. Eine im Sinne der Abteilung und ihrer Aufgaben
ausreichend informative Darstellung würde erst entstanden
sein, wenn andere Mitarbeiter ihren Teil dazu beigesteuert hatten. Die Beobachter vertrauten ihren Kollegen, und die Kollegen verließen sich auf die Beobachter. Keine Seite mochte überprüfen, ob die andere Seite das Richtige tat und richtiglag mit
ihren Einschätzungen. Das wäre zu aufwendig gewesen und
wäre auch an ihren jeweiligen Fähigkeiten gescheitert.

So kam eins zum anderen und beteiligte sich daran, ein

Ganzes zu bilden, auf Grund des Vertrauens, das zwischen den Kollegen herrschte, nicht auf Grund einer umfassenden Einsicht in den Sinn und Zweck ihrer Aktivitäten, eine Variante, die Karl vorgezogen hätte, die aber praktisch nicht durchführbar war, so wenig wie ein Taxifahrer versteht, was ein Aufsichtsrat den ganzen Tag über macht, oder ein Arzt in der Lage ist, einen Flughafen zu bauen. Wenn Karl einem großen Unternehmen vorgestanden hätte, das international agiert, wäre ihm sofort klar geworden, dass er bei dieser Arbeit mit einer umfassenden Theorie der Gesellschaft und Wirtschaft nicht weit kommen würde. Dass er der Ansicht gewesen ist, über die Wirklichkeit etwas zu wissen, war vielleicht auch das Resultat einer Weltfremdheit und eines Mangels an Erfahrungen, die Praktiker gerne Theoretikern vorwerfen.

Die Mehrheit der Demonstranten möchte keinen Umsturz der Verhältnisse, und die Aussichten, was sie sich damit einhandeln, sind für sie düster und katastrophal, sie würden auf einen Bürgerkrieg hinauslaufen, auf Bandenterror und den Ausfall aller notwendigen Versorgungsleistungen. So schlecht geht es keinem von ihnen, als dass sie diese Zukunft riskieren möchten.

Ginge es nach ihnen, würden die Demonstrationen friedlich verlaufen. Sie sind nicht hier, um zu provozieren, sie möchten nur ihre Meinung kundgeben, sich Gehör verschaffen und etwas fordern, was im Geschäft der Politik untergeht. Hin und wieder planen sie auch Aktionen, die über die Grenzen des vom Staat Erlaubten hinausgehen, aber sie möchten damit nicht zeigen, dass sie den Staat abschaffen wollen, im Gegenteil, sie wollen ihn verbessern, und da er sich stur stellt, sehen sie sich gezwungen, zu besonderen Mitteln zu greifen, als wollten sie ihn aufwecken und zur Besinnung bringen.

Keiner von denen, die zu den radikalen Minderheiten gehören und vom Umsturz reden, weiß, was im Fall einer Revolution auf ihn, seine Freunde und auf das Land, wenn sie so weit denken, zukommt. Ertragen sie den Frieden nicht, in dem sie leben dürfen? Sie kennen den Krieg nur von Bildern. Aber dass Krieg in der Welt ist, reicht ihnen, um den Frieden, in dem sie leben, an den Krieg, der in der Welt ist, zu verraten. In der Gesellschaft, in der sie leben, gibt es ihrer Ansicht, ihrem Gefühl nach keine Lücke, aus der sie sich in einen heilen Frieden davonstehlen können, so wie das, in ihren Augen, all jene machen, die sich mit den Verhältnissen und dem scheinbaren Frieden, der hier herrscht, arrangieren, die sich blind und taub stellen vor der Not rings um sie herum. Sie sagen, das System, was immer sie darunter verstehen, sei schuld an den katastrophalen Zuständen, die in der Welt herrschen, an Hunger, Ausbeutung und Krieg.

Von Verbesserungen, Reformen und direkter Hilfe versprechen sie sich nichts. Das System hat einen Namen, Kapitalismus. Wie sie darauf gekommen sind? Das Wort war schon da, sie mussten es nur mit Inhalt füllen, mit ihren Vorstellungen und Erfahrungen, so wie das üblich ist bei großen Wörtern, vor allem bei solchen, die aus der Geschichte der Kämpfe kommen, wie Klasse, Staat und Macht.

Sie laufen jetzt aus allen Richtungen dorthin, wo die Demonstration beginnen soll. Sie sind viele, und je mehr sie werden, umso stärker fühlen sie sich. Unter ihnen sind erfahrene Aktivisten, die wissen, was sie zu tun haben, und die mit ihrer Gruppe, die eine gemeinsame geplante Aktion eint, oder mit ihren engen Freunden, mit denen sie sich abgesprochen haben, unterwegs sind. Eine Gesamtkoordination aller Aktivitäten existiert für diesen Tag nicht. Auch die Demonstranten werden sich überraschen lassen müssen, was auf sie zukommt, nicht nur von der Gegenseite, von der Staatsmacht, sondern aus ihren eigenen Reihen. Weder intellektuell im Hinblick auf Gesellschaft, Politik und Wirtschaft noch in Hinblick auf die bevorstehenden Aktivitäten herrscht unter den Demonstranten Einigkeit. Die Ereignisse werden zeigen, wie stark das Band des Protestes und des Widerstandes ist, ob es hält oder zerreißt.

Um Karls Kopf
drehte sich der ganze Saal

Meine Devise ist: Du machst, was du kannst, sagte der eine der beiden Beobachter und rieb sich die Nase. Die Frage, wie er herausgefunden hatte, was er konnte, ohne es vorher gemacht zu haben, hatte sich ihm noch nie gestellt.

Die beiden Beobachter mochten sich, wie sich zwei mögen, die der gleichen Arbeit nachgehen, von der beide wissen, dass sie sich gut dazu eignet, die Vorstellung zu pflegen, dass sie etwas Sinnvolles tun, ohne sich dabei zu überanstrengen, eine Mischung aus höherer Pflicht und tieferem Phlegma, mit der sie die Tage verbringen. Ihre Ansprüche an das Leben hatten sich auf das Machbare und das Gewordene eingependelt. Sie mussten keine Veränderungen mehr befürchten, durch die ihnen die Ruhe abhandengekommen wäre, von der sie still schwärmten als von dem Zustand, in dem sie am liebsten waren. Leute beobachten, die sich nicht mit dem Gegebenen abfanden und anfreundeten, war eine Aufgabe, die ihnen als eine Form der friedlichen Zukunftsvorsorge nahelag.

Alles andere wäre Stümperei, pflichtete sein Kollege ihm bei.

Richtig falsch können wir nichts machen, sagte der Ältere. Wir sind keine Chirurgen und keine Piloten. Bei denen zählt jede Sekunde, jeder Handgriff. Ein Glück, dass das bei uns nicht so ist, das wäre nichts für mich. Ich brauche meine Zeit.

Er legte die Hände übereinander, und wenig hätte gefehlt, dass er sie gefaltet vor seinen Bauch gehalten hätte, als hätte er zeigen wollen, dass er auch mit der Ewigkeit zu rechnen verstünde, wenn es darum ging, sich die nötige Portion Zeit zu nehmen.

Wir könnten ihn aus den Augen verlieren, und dann hätten wir ein Problem, sagte sein Kollege. Er hielt das für sehr unwahrscheinlich, aber da er sein Leben darauf gebaut hatte, zu tun, was ihm als das wahrscheinlich Sinnvollste und Beste erschien, war es nur konsequent, das Unwahrscheinliche mit ins Kalkül zu ziehen. Dann war er rundum abgesichert, auf der sicheren Seite.

Die beiden sahen unscheinbar aus, wie aus jener Masse der Zufriedenen geknetet, die weich genug ist, um sich allen Engpässen des Lebens anzupassen und dabei die Freundlichkeit und Heiterkeit nicht zu verlieren, mit der ein Leben, das sich nie ganz in die eigene Hand nehmen ließ, ihrer Ansicht nach besser zu bewältigen ist als mit Zorn und Widerspenstigkeit.

Den? Ich könnte eine Runde schlafen, und wenn ich aufwache, ist er immer noch in seinem Zimmer und hätte keinen Fuß auf die Straße gesetzt.

Die Zuversicht, mit der sie gesegnet und gewappnet waren, konnte auch bei ihnen unbedacht und schnell in Überheblichkeit kippen. Seinem Kollegen war dieser voreilige Schluss in seiner Unberechenbarkeit unheimlich.

Gerade in den Momenten, wo du glaubst, dass alles ruhig ist, passiert etwas, sagte er deshalb.

Beiden Männern war klar, dass es auch bei ihnen nicht so laufen würde, wie es laufen sollte, wenn sie nicht vorsichtig waren. Sie hatten genügend Erfahrung in ihrem Beruf gesammelt, um das sagen zu können. Wenn sie Anfänger gewesen wären, hätte die Vorsicht, einen Fehler zu machen, der einem Profi nicht unterlief, ihnen geraten, nicht davon auszugehen, dass etwas nur deswegen nicht geschehen werde, weil es im Augenblick nicht danach aussah. Die Dinge waren nie so eindeutig, wie sie sich darstellen mochten. Es war immer besser, nachzufragen und nachzusehen.

Dass Karl in der unmittelbaren Nähe der Universität wohnte, fiel den beiden nicht als bemerkenswert auf. Sie erkannten den Sinn von scheinbaren Nebensächlichkeiten auch dann nicht, wenn sie von dem Objekt ihrer Beobachtungen abrückten und die Ereignisse später vor ihrem inneren Auge abspulten. Sie mussten zum Lesen eine Brille aufsetzen, und ihnen hätte deswegen einfallen können, dass Nähe und Ferne eine wichtige Rolle spielen, sobald es um die Wahrnehmung und die Erkenntnis der Zusammenhänge von Dingen und Ereignissen geht, wie das bei einer bestimmten Anzahl von Buchstaben der Fall ist, die zusammengesetzt ein Wort ergeben sollen. Aber Schlüsse, die auf Analogien beruhen, lagen beiden fern. Dafür hätten sie über eine bildliche Intelligenz verfügen müssen, eine Art ästhetischer Einbildungskraft, deren Anfänge durch den fast täglichen Filmkonsum früh zerstört worden waren. Wenn etwas nicht eindeutig war, schien es ihnen nicht geheuer zu sein.

Die Bilder, die sie im Kopf trugen, waren starr, sie bewegten sich nicht und standen unverbunden nebeneinander wie die Dinge der Welt, die sie umgab. Die einzige Möglichkeit, dort eine Art roten Faden einzuziehen, bestand für sie darin, dass sie darauf beharrten, die Dinge so zu sehen, wie es ihnen gefiel. Der Faden war nicht lang, aber er hielt eine Weile, und sie hatten dann das Gefühl, dass nicht alles um sie herum in Einzelteile zerfiel, sondern dass es einen Zusammenhang gab, dessen Fülle sie nicht durchschauen mussten, es reichte ja, dass sie wussten, er sei da.

Karl kam aus einem der alten Häuser, die die Alliierten stehengelassen hatten, als sie mit ihren Flugzeugen über Deutschland flogen und Bomben auf das Land und seine uneinsichtige

Bevölkerung fallen ließen, lief über die schmale, kaum befahrene Straße und nahm den Hintereingang des in ehemaliger deutscher Geistesgröße und vergangenem wissenschaftlichem Weltrang ruhenden Universitätsgebäudes, ein Weg von zwei Minuten, den er auch mit verbundenen Augen gefunden hätte. Wenn er über die Straße gehen wollte, konnte es geschehen, dass er sich durch parkende Autos schlängeln musste. Dann trafen sich ein unschuldiger und ein wissender Blick. Der Mann im Auto tat so, als hätte er eine Verabredung und müsse in Eile seine Sachen zusammenpacken. Wenige Sekunden später folgte er Karl in das Gebäude und in den vollen Saal.

Durch den Haupteingang gingen die Dozenten und Studenten. Karl tauchte gleichsam von der anderen Seite der Welt auf, so wie er die Dinge des Geistes, an dem er hing, als wäre er ein Professor der Philosophie, anders sah als die offiziellen Statthalter von Lehre und Forschung. Die Beobachter, die nur die hintere Seite der Universität im Blick hatten, bemerkten auch diesen Zusammenhang von Architektur, Gewohnheit und Geist nicht, er lag außerhalb ihres Aufgabengebietes.

Karl nahm die Stufen der marmornen Treppen federnd und mit der auftrumpfenden Gründlichkeit, mit der er seinen Gedanken nachhing. Er beeilte sich nicht. Die Veranstaltung würde erst beginnen, wenn er da war. Der Mann, der ihm auf den Fersen folgte, war der einzige Zuhörer, der auf die Minute pünktlich war. Alle anderen erwarteten Karl schon mit Spannung, einer Mischung aus Ahnung und Erregung.

Jeder im Saal, der ihn noch nicht kannte, merkte sofort, kaum dass Karl zu reden begann, dass er radikal und unerbittlich war, einer, der Umwege und Ausflüchte mied, der nicht tuschelte, nichts verheimlichte und keine argumentativen Intrigen einfädelte. Sein Reich, das größer war als je ein asiatisches Imperium, dichter besiedelt als jede südamerikanische Megacity und von argumentativer Spannung geladen wie Rechtsfälle vor dem Internationalen Gerichtshof, war das Wort, das er prüfte und zügelte, war der Geist, den er vorantrieb und bändigte, und doch sprach er nur von Politik, Wirtschaft und Staat, als gäbe es nichts Erfreulicheres und Erbaulicheres in seinem Leben, das er anderen mitteilen könnte. Er las keine Geschichten vor, er entführte seine Hörer nicht in Gebiete, die dem Alltagsverstand verschlossen waren, er breitete vor ihnen kein Wissen aus, das ihre persönliche Sicht der Welt, ihren Vorrat an Meinungen und Ideen bereicherte. Jeder Satz hinterließ eine Schneise gefällter Bäume, und das Licht, das am Ende eines Vortrags auf die Zuhörer fiel, kam nicht herab vom blauen Himmel der Einbildungen und weitreichenden Vermutungen, sondern floss aus dem glitzernden Grau der Wirklichkeit.

Der Mann, der im Auto in unmittelbarer Nähe des Hauses, in dem Karl wohnte, gewartet hatte, langweilte sich. Er schaute verstohlen umher, ob er bekannte Gesichter entdeckte und um sich unbekannte Gesichter einzuprägen. Ein gutes Personenwissen gehörte zum Fundus seiner Profession. Er sah nur junge Leute, die ihren Beruf noch finden mussten. Künftige Kollegen vermutete er unter ihnen nicht. Aber wer weiß, dachte er, nicht alles im Leben lässt sich planen. Und er dachte daran, dass er in dem Alter der anderen Zuhörer sich auch nicht hätte träumen lassen, in einer Universität sitzen und einem Vortrag zuhören zu müssen, nur weil der Redner sich eigenartige Vorstellungen über Dinge machte, die jeder normale Mensch zu kennen glaubte, die ihm aber fremd vorkamen, kaum dass der dort vorne darüber zu sprechen begann. Er konnte ihm nicht folgen, die Sache wurde ihm zu schwierig, zu abstrakt, und er dachte, dass er nicht der Einzige war, dem es so erging, und dass die anderen nur so taten, als seien sie mit ihren Gedanken noch ganz dabei.

Mit seiner Art, wie er die Welt sah, hat sich Karl nicht in das Leben hineingedacht, sondern aus dem Leben, wie alle es führten, hinausmanövriert. Das ist nach und nach vielen Zuhörern, die ihn zu verstehen versuchten, klar geworden. Sie blieben weg, sie kamen nicht wieder, nicht weil sie sich langweilten, wie bei einem Theaterstück oder einem Kinofilm, da standen sie mitten in der Aufführung auf und verließen den Saal, sondern weil sie der Ansicht waren, hier würde ihnen etwas aufgetischt, das ihrem Leben zuwiderlief und das sie sich nicht weiter anhören müssten. Was Karl sagte, kam ihnen wie eine persönliche Beleidigung vor, ein Affront gegen ihren Lebenslauf, gegen die Art und Weise, wie sie sich abgefunden hatten mit der Wirklichkeit, die nicht zu ändern, im besten Fall zu verbessern war.

Diejenigen, die sich erst zu langweilen begannen und immer unruhiger wurden, hatten Karls Ende, sein langfristiges Scheitern, instinktiv geahnt und daraufhin innerlich abgeschaltet. Sie blieben sitzen, aus Gewohnheit, mangelnder Initiative und fehlenden Alternativen für den Nachmittag, aus einem Rest von Neugier, aber sie waren woanders. Sie dachten an den Abend, der vor ihnen lag, ob sie noch etwas zum Essen einkaufen mussten, ob sie Freunde treffen oder alleine ins Kino gehen würden, sie dachten an junge Männer und junge Frauen, die sie kannten oder kennenlernen wollten, an Sex, an das Wochenende und daran, wo der Pegel ihres Glücks gerade stand. Die Wörter zuckten auf, prasselten auf sie herab und verglühten dann auf dem alten steinernen Boden, der seit Jahrzehnten das Rücken der Stühle und das Scharren der Füße von zahlreichen willigen und unaufmerksamen Zuhörern ertrug.

Die Zusammenhänge, die das Funktionieren eines Systems garantierten, waren für die meisten jungen Zuhörer im Saal so schwierig zu erkennen wie für die beiden Beobachter die unsichtbaren Verbindungen zwischen Ereignissen und Dingen, die außerhalb ihres Zuständigkeitsbereiches lagen. Karl schien den Ausbruch aus der Welt, wie sie war, geschafft zu haben. Er stand dort vorne, vor den anderen, und war schon nicht mehr einer von ihnen, er war auf der anderen Seite angelangt. Dorthin, wo er jetzt war, kam einer nur, wenn er alles einriss, was ihm lieb und teuer war. Aber wer machte das schon? Diese Frage schwebte im Raum, und es hat sich bald gezeigt, dass sie schwerwiegend genug war, um die Zuhörer zu vertreiben.

Der Beobachter, der bei der Ausübung seines Berufs Karl immer einige Schritte hinterher war und sich bedeckt hielt, war, vor dem Hintergrund der allgemeinen Einstellungen zum Leben betrachtet, Karl um einige Schritte voraus und hätte damit nicht hinterm Berg halten müssen, wenn ihn jemand um seine Meinung gefragt hätte. Jeder vernünftige Mensch, dachte er, hätte die Sache genauso gesehen wie er. Es gibt eine Art Vernunft des gelingenden Lebens, der schwer zu widersprechen ist und der alle Leute, die er kannte, folgten.

Die geistigen Gaben, die ihm von der Natur geschenkt worden waren, hatte Karl dankbar angenommen, er wusste etwas damit anzufangen, so wie er als Junge sein erstes Fahrrad keinen Tag unbenutzt stehengelassen hatte. Er trat in die Pedale, die Muskeln spannten sich, die Lunge dehnte sich, das Herz pumpte, und er flog dahin im Wind. Das Gefühl der Einsamkeit war ähnlich erhebend wie beim Tauchen.

Verstehst du das schon?

Die Frau bei der Ausleihe der Stadtbibliothek schaute den Jungen skeptisch an.

Karl nickte mit dem Kopf, er war sich seiner Sache sicher.

Das ist doch zu schwierig für dich, beharrte sie.

Er wollte davon nichts wissen und nicht darüber reden, wie hätte er beweisen sollen, dass er nicht so klein war, wie er aussah, irgendwie noch hinterher, wie die Frau das glaubte, und er schüttelte wortlos den Kopf.

Das ist nichts für dich, glaub mir, sagte die Frau, und sie machte den Eindruck, dass sie dabei bleiben würde, ein Felsbrocken in einem Procedere, das ihm normalerweise kein Hindernis in den Weg räumte.

Er zuckte mit den Schultern, gab nach und zog, nach einigem Stöbern, ein anderes Buch aus dem Regal. Er las den Titel, schaute sich den Umschlag an, las die Zusammenfassung und entschied sich. Erneut sah er die Frau bei der Ausleihe erwartungsvoll an. Sie kannte ihn gut, der Junge kam oft.

Das ist besser für dich, sagte sie, bestimmt und aufmunternd, als wollte sie ihn belohnen für sein einsichtiges Betragen. Das kannst du mitnehmen.

Er packte die Bücher in seine Tasche, schwang sich auf sein Fahrrad und fuhr nach Hause.

Ohne Bücher wäre er ein anderer geworden. Die Erfahrungen, die er im Laufe seines Lebens sammelte, hätten nicht genügt, aus ihm den zu machen, der er wurde. Und doch, ständen die Bücher, die er gelesen hatte, in einer Reihe und einer begänne von vorne und läse sie durch bis zum Ende, er wäre trotzdem nicht Karl.

Die Summe aus all den Teilen, die er verstand, ergab erst im Lauf der Zeit ein Ganzes, das mehr war als eine bloße Addition, es machte die einzelnen Stücke rückwirkend verständlicher. Dinge sind kaputt und funktionieren nicht, wenn bestimmte Teile fehlen oder Zusammenhänge sich aufgelöst haben. Bei einer Melodie ruft ein Ton den anderen herbei, so wie eine Sache von allen Seiten betrachtet werden muss. Karl entwickelte durch die Geschichten, die er las, ein Gefühl für die Vollständigkeit von Gedanken und ausgedachten Welten. Die Teile spielten dem Ganzen zu. Das Ergebnis zeigte, ob sie am richtigen Platz standen. Das war wie bei einer Rechenaufgabe, die einzelnen Schritte führten zur Lösung. In der Abfolge der Abschnitte und Stücke ließ sich erst dann der Weg erkennen, der zum Ziel hatte führen müssen, wenn ihre Teile dazu beigetragen hatten, dass die Geschichte vorankam und zu einem Ende gelangte. Die Handlung durfte nicht mittendrin stehenbleiben oder die Richtung wechseln.

Die Erfüllung liegt in der Notwendigkeit. Das war eine Entdeckung seiner Kindheit, die er nicht in Worte fassen konnte, aber er fühlte sie. Das Ganze war die koordinierte Bewegung der Teile. Er konnte sich auf dem Fahrrad nur halten, wenn er fuhr.

Am Morgen hatte er ein frisches weißes Hemd aus dem Schrank gezogen. Die Stadt war erst zum Teil erwacht, als recke sie nur einen Arm, ein Bein. Der Rest konnte noch schlafen. Diejenigen, die wenig verdienten, machten sich zuerst auf den Weg zur Arbeit, ein jeder in sein professionelles Los und in seine Träume von einem anderen Leben gehüllt.

Der große Vernichter in seinem weißen Hemd begann die Sense durch das Gestrüpp der falschen Vorstellungen und falschen Urteile zu schwingen, bis zum Abend würde das gehen, die verrotteten Felder der Wahrheit mussten gerodet werden, bevor dort etwas wachsen konnte, das sich sehen lassen durfte. Es wäre für ihn eine ungewohnte Erfahrung und Erholung gewesen, sich eines Nachts auf einem schneebedeckten Acker wiederzufinden, und nirgendwo sähe er eine Furche, einen Strauch, einen Baum, einen Gegenstand, einen Unterschied, der ihn zur Kritik herausforderte, sogar der Horizont hatte sich weit vor ihm zurückgezogen, als wollte auch er nicht durch Illusionen auffallen, nichts war da, das Karl aufregen, worüber er sich empören, was seinen Zorn und seine Verachtung über die Trägheit müder Geister wecken konnte. Die Welt sah aus wie nach erfolgreich getaner Arbeit. War es das, was er sich erhoffte, eine reine weiße Fläche, grenzenlos, die keine Spuren der Verwüstung trug, der Gewalt und der Herrschaft? Die Wahrheit, die ihm vorschwebte, kannte keine Kompromisse, sie akzeptierte kein Geröll, kein Unkraut, kein Gestrüpp und keinen Moder.

Der demokratische Teil Deutschlands ist sehr stolz auf sich, weil der wirtschaftliche Aufbau sehr schnell voranging und die Leute begriffen haben, dass sie einen Staat mit einer guten Verfassung haben und dass sie alle vier Jahre zur Wahl gehen sollen. Fast sieht es hier wieder so aus, als hätte es nie einen Krieg gegeben, von dem so und so keiner mehr etwas wissen will, nur viele der alten Stadtviertel, ja manchmal ganze Stadtzentren sind vom Erdboden verschwunden und statt ihrer stehen Neubauten da, die ihren Architekten keinen Ruhm machen. Der sozialistische Teil Deutschlands ist auch stolz auf sich, weil er sozialistisch ist und die Leute verstanden haben, dass sie dafür Opfer bringen müssen, sie verfügen über weniger Konsumgüter und dürfen nicht alles sagen, was sie denken, vor allem, wenn es gegen den Staat geht.

Das Kriegskind Karl, das in Trümmern aufwuchs, schätzte die Größenverhältnisse, die sich im Land der ehemaligen Herrenrasse wieder herstellten, falsch ein, als würde er unter einem Sehfehler leiden, der zu optischen Täuschungen und falschen Schlüssen über die Wirklichkeit führte. Alles kulturell und geistig Bedeutende, das sich jahrzehntelang bewährt und die zwölf Jahre Diktatur überstanden hatte, Erkenntnisse, Fragestellungen, Lösungsversuche, oder das über Jahrhunderte hinweg tradiert worden war, Theorien, Verfahrensweisen, Deutungen, erschien ihm nicht größer, als er selbst war. Er brachte, wer oder was ihm auch begegnete, auf Augenhöhe mit sich selbst. Psychoanalytiker hätten gesagt, dass er gut daran täte, bei ihnen vorbeizuschauen. Karl hat auch von diesem Berufsstand, der das Innenleben umstand wie Zuschauer ein Sportfeld, nicht viel gehalten. Zwischen ihm und einem Vertreter dieses Fachs ist es deswegen zu keinem Treffen gekommen. Niemals hätte er vor einem Fremden über seine Familie, seinen Vater und seine Mutter zu reden begonnen, über seine Schwester und seine Kindheit. Das alles blieb in ihm verschlossen, es gehörte ihm und wurde von ihm verwahrt, und jede Frage, die sich in diese Richtung bewegte, hat er zurückgepfiffen, ob er sie selbst losgeschickt hatte oder ein anderer darauf gekommen ist.

Von wenigen Erinnerungsschüben abgesehen, hat er diese alten Bestände nie ans Licht gezogen. Er war überzeugt, dass dort nichts zu entdecken sei, das über ihn Aufschluss geben konnte. Dass dort etwas zu finden wäre, das erklären würde, warum er die Welt auf eine bestimmte Art und Weise sah, das hat er nicht einsehen wollen. Die Seele war ihm suspekt. Die Scheu vor ihr, ein Widerwille, sich in sich selbst einwickeln zu lassen, hat ihn auf die andere Seite getrieben, in eine Art absoluten Realismus, der den Dingen, Ereignissen und Menschen keinen zweiten, doppelten Boden gestattete, wo Unheimliches, Unfassbares und Unerklärliches vor sich gehen sollte. Er trat dem Leben gegenüber wie einer, der ohne Umschweife, weil für Abweichungen die Zeit nicht reichte, weil er die Ungerechtigkeit zu groß fand, die Macht zu perfide, die Herrschaft zu gewalttätig, wissen wollte, was etwas in seinem Kern war, wie es funktionierte, zu was es taugte, ob es sich verändern ließ und wie, und ob es dem Leben nützlich sein konnte. Das war das Ziel, auf das sein Eifer und seine unnachgiebige Empörung hinausliefen, dass er das Leben, seines und das der anderen, durch die Erkenntnis der Zwänge, Nöte und scheinbaren Notwendigkeiten, die es unterdrückten, befreite.

Kaum dass er mit Frauen im Bett lag, konnte es passieren, dass er wieder in diese privaten Kämpfe gegen Beschränkungen aller Art hineingezogen wurde, statt sich von ihnen zu erholen, wie er es sich erhoffte, wenn er seinen Schreibtisch und seine Arbeit verließ und einmal nicht mit seinen Freunden Bier trinken ging oder Fußball spielen, sondern nach einer Frau Ausschau hielt, um dorthin zu gelangen, wo er jetzt lag.

Sag mir, dass du mich liebst.

Wie oft noch?

Noch einmal, so oft hast du es mir nicht gesagt, beteuerte sie, noch eine Woche nach ihrem ersten Mal.

Ihr Frauen mit euren Liebesschwüren.

Nun sag schon, bettelte sie. Das kann doch nicht so schwer sein.

Sie war jünger als er, und es war ausgeschlossen, dass er mit ihr proben wollte, wie es wäre, wenn sie ein gemeinsames Leben führten. Die Geschichte dieser Liebe würde, wie andere, die er hatte, kurz sein.

Es ist nicht schwer, es ist nur nicht notwendig, es versteht sich von selbst, sonst lägen wir doch nicht zusammen im Bett.

Das ist was anderes.

Wie kommst du denn darauf?

Das gehört zusammen, aber es ist was anderes, sagte sie.

Ich geh gern mit dir ins Bett, sonst wäre ich ja auch nicht mit dir zusammen.

Du liebst mich, weil du mit mir ins Bett gehst?

Umgekehrt. Und wenn das eine nicht wäre, dann wäre das andere auch nicht.

Aber die Liebe ist immer zuerst da. Bei mir wenigstens. Erst habe ich mich in dich verliebt, und dann bin ich mit dir ins Bett gegangen.

Ich glaub nicht, dass ich mich in dich verliebt hätte, wenn

ich nicht mit dir ins Bett gewollt hätte, sagte Karl, der ungeduldig wurde. Und deswegen muss ich auch nicht immer, nachdem wir miteinander geschlafen haben, sagen, dass ich in dich verliebt sei, so als sei die Liebe weg durch den Sex.

Und wenn du nicht mehr mit mir schlafen willst, dann ist es vorbei.

Was soll dann vorbei sein?

Die Liebe.

Sie hätte das Gespräch jetzt am liebsten beendet, um zu vermeiden, dass es irgendwo landete, wo sie enttäuscht dastände, aber dann hätte sie abwinken und sagen müssen: Lass uns von etwas anderem reden, und das traute sie sich nicht.

Wenn ich nicht mehr mit dir schlafen möchte, dann will ich nicht mehr mit dir schlafen, so einfach ist das. Dann bin ich auch nicht mehr in dich verliebt.

Sie sah ihn etwas verwirrt an, ungläubig, ob er wirklich meine, was er da behaupte.

Dann liebst du nicht mich, sagte sie.

Wie meinst du das?

Du liebst nicht mich persönlich.

Karl holte tief Luft.

Heißt das, ich liebe dich unpersönlich?, fragte er.

Du liebst nur eine Frau, die Frau, irgendeine.

Mit Männern gehe ich nicht ins Bett.

Ich meine, du liebst in mir nur eine Frau.

Was sonst?

Er schaute sie fragend an.

Mich als Person, sagte sie, und in dem Ton, in dem sie das sagte, schwang Behauptungswille mit, wie um den Zweifel, der sich rührte, zu beschwichtigen.

Dann müssten wir vorher lange Gespräche führen, ob mir das alles so zusagt, wer und was du bist und wie du denkst. Und ob wir dann zusammenkommen? Solche Gespräche können sich hinziehen und kompliziert werden. Frauen sehen erst einmal gut aus.

Du hast Ansichten.

Ich sage nur, wie es ist. Es ist doch eher umgekehrt, zwei gehen miteinander ins Bett und dann bleiben sie zusammen und lernen sich kennen und dann trennen sie sich, weil sie festgestellt haben, dass sie nicht zusammenpassen.

Es kann aber auch gut ausgehen, sagte sie mit einer gewissen Tapferkeit, als kämpfe sie nicht nur um sich, sondern um sehr viele Paare, und dann lieben sich zwei, nicht nur als Mann und Frau, sondern als dieser Mann und als diese Frau.

Du bist auch diese Frau, so wie du aussiehst. Ich geh ja nicht mit allen Frauen ins Bett.

Wir verstehen uns nicht, sagte sie, sanft und wie nebenbei, als wolle sie nicht auf etwas beharren, das zwischen ihnen keine Rolle spiele.

Karl war mit dem Ausgang des Gesprächs zufrieden.

Siehst du, sagte er, da fangen die Probleme an, nach dem Sex.

Seine Mutter sah voraus, dass er sich um sein Glück bringen würde. Was macht der Junge bloß aus sich, dachte sie, und sie lief die Stationen seines Werdegangs ab, sie suchte die Stelle, wo das Gleis zum Guten und Gewohnten, die beide ihrer Ansicht nach oft zusammenfielen, die Spur verloren hatte, ein Ereignis, eine Erfahrung, die nicht in das Muster der normalen und gelungenen Lebensläufe passte. Der Krieg ist schuld, dachte sie. Wenn Frieden gewesen wäre, würde er jetzt in Frieden leben, worunter sie verstand, dass er dann wie alle anderen ein zufriedenes Leben führen würde, Frau, Kind, Familie, Beruf, dass er Ruhe gäbe.

Wenn er nur wurde, der er immer schon war, wenn er eine

Entwicklung nach einem inneren Gesetz durchmachte, dem auch Tiere und Pflanzen auf ihre Weise folgten, dann hat er sich die Gründe nachträglich zusammengesucht, die er brauchte, um von sich behaupten zu können, er bliebe sich aus eigenem Willen treu. Das biographische Resultat der erfüllten Notwendigkeit war seine Geschichte, ein Produkt der Vorsehung und der Vorgaben, der individuellen Anlage, eine Ansammlung von Plausibilität, die wie eine Klammer den Sinn eines Lebenslaufs zusammenhält. Das intellektuelle Ergebnis dieser Treueschwüre auf die eigene Kraft, das für ihn entscheidender und wichtiger war als alle Machtdemonstrationen von Zufall oder Schicksal, war sein unbedingter Glaube an die eine Wahrheit, in der sich alles fassen ließe, was der Geist berührte und zu Erkenntnissen machte.

Die Freunde der Eltern sagten, er hätte nicht weggehen sollen, als wäre er ein Opfer dunkler fremder Mächte geworden. Sobald sie, als säßen sie vor dem Fernseher und schauten sich die Nachrichten an, darüber nachdachten, wie weit er sich von ihnen entfernt hatte und wo er jetzt stand, war ihre Geduld mit ihm zu Ende, und sie wurden zornig. Für sie war die Sache klar, er bedrohte sie mit seinen politischen Ansichten, und sie mussten sich wehren. Es gibt Grenzen, sagten sie, als wäre er gekommen, sie aus ihren Wohnungen und Häusern zu vertreiben und ihnen wegzunehmen, was ihnen gehörte, ihr Geld, ihr Auto, ihr Vergnügen.

Als ihnen wieder bewusst wurde, wie viele sie waren und dass sie sich in Sicherheit wiegen konnten, erinnerten sie sich an seinen Vater, seine Mutter und seine Schwester und sagten großmütig: Der Karl ist verrückt geworden. Sie hatten den Krieg erlebt und wussten, was es heißt, durchzuhalten und heil davonzukommen. Keiner konnte von ihnen erwarten, dass sie nachgaben und den Erfahrungen, die Karl irgendwo machte, und dem Denken, auf das er sich einließ, das Recht einräumten, ihr Leben durcheinanderzubringen, das aufzubauen und zu erhalten sie täglich Mühe kostete.

Wenn es nicht anders geht, wird die Polizei ihn festsetzen, sagten die einen.

Vielleicht kommt er dann zur Besinnung, sagten die anderen.

Wofür hat er seinen Kopf?

Um diesen Kopf drehte sich der Saal der Universität wie ein Karussell um die eigene Achse, und wie die Kinder, die auf den Holzpferden sitzen, aufjauchzen, wenn das Karussell Fahrt aufnimmt, so wurden die erwachsenen Zuhörer, die sich den Realitäten nicht fügen wollten, vom Sog des Vortrags erfasst und davongetragen. Für zwei Stunden wuchsen sie über sich hinaus, über ihre intellektuellen und bürgerlichen Maßstäbe, und die Wirklichkeit, nicht nur konkret als Leistungsanforderungen, Konkurrenz, Studienordnung, Arbeitsmarkt und Gesetzbuch, sondern abstrakt als Wirtschaft, Geld und Staat, die ihnen täglich Hindernisse in den Weg zu ihrem Glück zu legen schien, wurde unter ihnen mit jedem Satz kleiner und übersichtlicher.

Sie waren für kurze Zeit zu Herren der Lage geworden, und das Wettrüsten der beiden Supermächte in Ost und West, die sich gegenseitig mit einem Atomschlag bedrohten, sank zusammen zu einer Erklärung des Imperialismus und der Konkurrenz zweier Staaten, die sich gegenseitig auszuschließen schienen. Wenn sie Karl dankbar waren, dann für dieses Gefühl intellektueller Überlegenheit, das aus eigenen Kräften zu wecken und zu erhalten ihnen nicht gelang. Sie brauchten ihn, und wer von ihnen alt genug war, sich dieser Einsicht zu stellen, den überkam ein Anflug von Scham vor der eigenen Hilflosigkeit, in der sie vor der Welt verharrten und aus der nur er sie befreite, solange sie ihm folgten. Da er die Wahrheit sprach und nicht von sich zu reden schien, unterwarfen sie sich nicht ihm, sondern dem, was er sagte, als wäre er nur ein Sprachrohr für das, was vor aller Augen zutage lag und auch von allen anderen hätte entdeckt und gefunden werden können. Dass es zu dieser Einsicht nicht kam, irritierte sie lange nicht, sie nahmen dieses Versagen ihrer Erkenntnisfähigkeit hin wie ein Opfer, das sie der Objektivität bringen mussten. Wenn sie verstanden, was er sagte, dann gehörte dieses Wissen auch ihnen, und sie wiederholten es so lange, bis es so aussah, als wären sie selbst darauf gekommen. Die Wahrheit hatte für sie kein Gesicht, sie war nicht subjektiv und schloss niemanden aus, der sich ihr unterwarf, so groß war ihr Herz, und sein Herz konnte nicht kleiner sein, es schlug nur im Takt von richtig und falsch, prüfte Einwände und Widerspruch und fand in seinen eigenen Rhythmus immer wieder zurück.

Der Mann, der Karl beobachten sollte, nickte ein. Er träumte, er säße in der Schule und wüsste nichts. Er hatte den Stoff nicht gelernt. Beim Versuch, sich hinter dem Rücken seines Vordermannes zu verstecken, damit der Lehrer ihn nicht sah und zur Tafel rief, rutschte er auf seinem Stuhl immer tiefer.

Wer den Saal mitten im Vortrag verließ, sei es aus Desinteresse, weil er den Zusammenhang verloren hatte oder weil er auf Toilette gehen musste, mit den voraussehbaren Folgen, nie mehr Anschluss an die Rede zu finden, wenn er zurückkehrte, den umgab, kaum dass der hohe schwere Türflügel hinter ihm ins Schloss gefallen war, die wohltuende Atmosphäre des Einverständnisses, in der das normale Leben sich abspielte, auch wenn überall Autos fuhren und hupten, Menschen riefen, lauthals lachten und sich übers Ohr hauten, Musik an allen Ecken erscholl, die Fernseher in den Wohnungen liefen und irgendwo eine Bombe hochging. Für wen, den die gewohnte Welt wieder aufnahm, hätte es Sinn gehabt, erneut in den Saal zu gehen, jetzt, da der Faden gerissen war, mit dem Karl versuchte, eine ungerechte Ordnung umzunähen und ihr das Mahnmal einer radikalen Veränderung aufzusticken? Alle müssten ihr Leben ändern, wenn sie wüssten, was er wusste, wenn sie ehrlich und selbstbewusst genug wären, ihrem Wissen zu folgen und es nicht zu verleugnen und so zu tun, als sei der Geist ein Wicht, der sich nur für Schandtaten hergibt, für Geschäfte, Kriege und Verbrechen aller Art.

Durch die Tür drang leise seine Stimme, sie kam von weit her, aber dass sie die Entfernung und die Hindernisse zu überwinden vermochte, ließ darauf schließen, dass hier keiner sprach, dem der Zweifel die Worte abwägen hieß, ob sie genug Gewicht hätten für eine Aussage von allgemeiner Gültigkeit. Karl sprach frei, auch wenn er Papiere vor sich liegen hatte. Er brauchte keine Stichworte, sobald er eine Sache durchdacht hatte, und er war auch nicht nervös oder unkonzentriert, er ließ sich von niemandem ablenken. Kaum trat er ans Pult, war er mit sich und den Gedanken allein, die er alle kannte und die ihn jetzt beflügelten. Er füllte den großen Saal mit Sätzen, die sich sofort der Weite des Raumes anzupassen schienen. Kein ausgesprochener Satz kippte zusammen und wollte zurück in die dunkle Kammer des Geistes. Im Grunde waren die Reden, die Karl hier hielt, ein Fest, eine Art Vorwegnahme der künftigen Revolutionsfeiern.

Auf dem Sims eines der hohen Fenster, durch die das Licht der Nachmittagssonne in den Gang fiel, der Tür direkt gegenüber, saß eine Krähe und schaute herein. Es heißt, dass Krähen intelligente Tiere seien, es werden sogar Bücher über sie geschrieben, die an die Eigenarten und an das Verhalten der Tiere erinnern, als wären sie schon ausgestorben. Doch wer beachtete sie, solange sie unter uns lebten? Sie saßen unbemerkt in den Bäumen, an denen wir vorübergingen, und wenn sie krächzten, schauten wir nicht hin. Wir registrierten sie, wenn sie unmittelbar vor uns aufflogen oder wenn sie auf dem Bürgersteig hüpften wie kleine schwarze Mönche, aber wir hatten keine Zeit, sie zu beobachten, und wenn wir Zeit gehabt hätten, dann hatten wir Besseres zu tun, Arbeit, Einkäufe, Freizeit. Das war ein Fehler gewesen, der sich nicht mehr korrigieren lässt, eine verpasste Chance, mit Wesen in ein Gespräch zu kommen, die den Eindruck machten, als würden sie über uns den Kopf schütteln und mit uns schimpfen, Künder eines drohenden Unglücks. Keiner hat jemals kehrtgemacht und ist zu dem Baum zurückgegangen, in dem eine Krähe saß, um herauszufinden, was los war, was sie ihm sagen wollte, warum sie da war und dort oben saß und krächzte und dann Kreise am Himmel zog, als dehnte sie ihren Beobachtungsradius aus, ihre Einflusssphäre.

In den Jahren, da Karl noch das Gefühl haben konnte, mit der Zeit zu gehen, reiste ein Schweizer Schriftsteller, der dreißig Jahre älter war als er, in die Vereinigten Staaten von Amerika. Der Gast war berühmt, erfolgreich und nannte sich selbst einen Sozialisten. Er reiste mit seinem deutschen Verleger, der auch berühmt und erfolgreich, aber kein Sozialist war. Die beiden besuchten das Weiße Haus und trafen sich dort mit dem amerikanischen Außenminister Henry Kissinger, der ein Studienfreund des deutschen Verlegers war und zu den Politikern gehörte, an denen das Schicksal von Millionen hing. Die drei aßen zusammen in der Kantine des Weißen Hauses, sprachen miteinander, gingen durch einige Zimmer und schließlich durch den Garten. Dann war der Besuch zu Ende. Nordamerika führte damals Krieg in Asien, und auf Demonstrationen gegen den amerikanischen Militäreinsatz wurden Studenten von der Polizei erschossen.

Der Autor war kein schüchterner Mann. Er hielt Reden, er war eine öffentliche Figur, er dachte laut über die Rolle des Schriftstellers in der Gesellschaft nach. Jetzt stand er im Zentrum der größten Macht der Welt. So nah war er der Macht noch nie gewesen, und so nah würde er ihr kein zweites Mal in seinem Leben kommen. Ihm fiel auf, dass der amerikanische Außenminister seine Hände gerne in die Hosentaschen steckte, mal nur eine, mal beide. Henry Kissinger erhielt Morddrohungen und wurde deswegen bewacht, aber er gab sich ungezwungen. Der Schweizer Schriftsteller hielt diese Begegnung mit der amerikanischen Weltmacht in seinem Tagebuch fest, das Karl sicherlich nicht gelesen hat. Was sollte er anfangen mit solchen Beobachtungen? Diese Passage hat der Schriftsteller einmal im sozialistischen Teil Deutschlands vorgetragen, als dort sein Tagebuch veröffentlicht wurde.

Eine Bemerkung in diesen Betrachtungen über die Art und Weise, wie sich die Macht einem fernen Gast darstellte, der von sich sagen konnte, er sei ein Intellektueller, bezog sich auf das überragende Wissen des amerikanischen Außenministers. Kissinger, stellte der Schweizer Beobachter des Weltlaufs fest, wisse besser als alle anderen Zeitgenossen Bescheid über die Interessen und Absichten der amerikanischen Politik. Später erst würden Historiker herausfinden, was Kissinger alles gewusst habe. Es muss für den Besucher aus der Schweiz ein eigenartiges Gefühl gewesen sein, neben so viel verborgenem Wissen, das die Geschicke sehr vieler Menschen betraf, durch die Zimmer und durch den Garten des Weißen Hauses zu laufen.

Karl hätte sich nicht damit zufriedengegeben, der Dümmere zu sein. Er fühlte sich keinem unterlegen, der an der Macht war, im Gegenteil, und es wäre ihm auch nicht wichtig gewesen mitzuteilen, ob der amerikanische Außenminister die Hände in die Hosentaschen steckte. Wahrscheinlich hätte er es nicht einmal bemerkt. Auf das Wissen, das im Kopf von Henry Kissinger lagerte, war er nicht neugierig. Was hätte er erfahren, um welche Einsichten hätte es sich gehandelt? Er wusste, wie die Welt funktionierte, das sagte sie selber mit ihren eigenen Worten und Taten, Tag für Tag, Ereignis für Ereignis, da kam es ihm nicht auf geheime Absprachen und strategische Pläne an, deren Kenntnis einen Beobachter über die politischen Absichten der Vereinigten Staaten aufklären würde. Nie ist er nach Amerika geflogen, und er hat auch nie das Weiße Haus besucht und sich mit Henry Kissinger getroffen.

Das Denken tat sich offensichtlich schwer damit, gleichauf mit Eindrücken und Gefühlen zu sein, die so viel schwerer im Leben wogen und auch den Geist zu lenken verstanden. Es verpasste dadurch die Hälfte der Geschichte, die andere Seite der Welt, wo die Dinge verschwammen und sich nicht nach Begriffen sortieren ließen, wo unbekannte Kräfte am Werk waren, die sich den logischen Analysen und Erklärungen widersetzten, wo wichtige Entscheidungen in der Nacht der unsichtbaren Vorgaben gefällt wurden. Als in den sechziger Jahren in Paris Studenten und Arbeiter in seltener Solidarität zu Tausenden auf die Straße gingen, um gegen soziale und ökonomische Verhältnisse zu protestieren und auf radikale Veränderungen zu drängen, fuhr Karl nicht ins Nachbarland, um Aufruhr, Befreiung und Protest zu schnuppern.

Er hat von den Gefühlen, ihrer Macht, ihrer Wirkung, nichts verstanden, wie einer, der nur mit der linken oder mit der rechten Hand zu schreiben und zu werfen vermag. Irgendwann nimmt einer einen Bleistift in die Hand, und da hat sich die Hand gleichsam selbst gewählt. Karl stolperte nicht über die Gefühle, sie rissen ihn nicht mit sich fort, sie täuschten ihn nicht. Es sah für ihn sofort so aus, als käme er mit ihnen klar, als seien sie kein Problem und würden keine Probleme machen, er hat sie immer wie eine Nebensache behandelt, durch die er sich von seinen Unternehmungen nicht ablenken lassen werde.

An den warmen Sonntagen im Sommer, wenn die Stadt am Morgen lange schläft und die Straßen und Häuser sich ungestört sonnen, erwachten in ihm nicht der Zweifel der Vergeblichkeit, der Bruder der Lust, die sich blindlings verströmen möchte, nicht die leichte Melancholie, die weiß, dass sie den Wettlauf mit der Zeit verlieren wird. Er hörte das Säuseln der lauen Luft nicht, die ihn verlocken wollte, sich zu vergessen, und nicht das Tuscheln der Träume aus den geöffneten Fenstern des Hauses gegenüber, die erzählten, wie angenehm ein Leben auf der faulen Haut wäre.

Was einer wird, das wurde nicht nur von den Bedingungen ausgehandelt, unter denen er aufwuchs und die sich ihm als Erfahrungen einprägten. Er selbst brachte etwas mit, das verschlossen in ihm lag, einen Rucksack, vollgepackt mit weit ins Ungewisse und Unbekannte zurückreichenden Familienähnlichkeiten. Sein Inhalt wurde ausgeschüttet, eine Art Mikado aus Schicksalsstäben, aus dem Holz gemacht, das einer sein Eigen nennen konnte. Das bin ich, könnte er zu dem Haufen sagen, der vor ihm lag. Es blieb ihm nichts anderes übrig, als sich in diesem Gewirr, dieser Struktur zu erkennen und anzunehmen. Sein Leben erfüllte sich darin, dass er nur diese Chance hatte, diese eine Gelegenheit, auch wenn er mit sich haderte, sich wehrte, weitreichende Pläne schmiedete, Wunsch gegen Pflicht ausspielte, seiner aufbegehrenden Lust nachgab und nicht seiner einsichtsvollen Vernunft, wider besseres Wissen handelte und in den glücklichen Momenten seines wackeligen Daseins der Ansicht war, eine Entscheidung getroffen, eine Wahl gefällt, seine Freiheit ergriffen zu haben.

Die Felder des Ruhms
und des Glücks

Im Nachhinein sah es so aus, als hätte es eines einzigen Son-
nenaufgangs bedurft, um die Zeit der jungen Hoffnungen und
großen Erwartungen, der Naivität und des Zutrauens verschwinden zu lassen. Sie entzog sich der Erdenschwere wie der
Nebel, der auf den Feldern ruhte in der Verschlafenheit eines
kaum erwachten Tages. Jeder, der ihn sah, verlor sich in frühe
Träumereien. Phantasien und erste Begierden regten sich. Die
Zeit sollte stillstehen, bevor sie ihren Lauf für den Tag aufnahm. Doch das weiße Tuch, das auf der Erde lag, hielt nicht
ruhig, es begann sich zu bewegen, wurde luftiger und würde
sich ganz zurückziehen. Die Gewichte in dem flüchtigen Ge-
webe verschoben sich, ein neuer Tag, der Konturen, Unterschiede und Grenzen brachte und auf diese Weise die Welt ge-
bar, drückte sich durch. Die Sonne stieg auf. Es war, als hätte sie
den Nebel geschluckt.

Keiner konnte erklären, wie das Verschwinden der unschul-
digen Zeit im Einzelnen, als Prozess und Ereignis, abläuft. Der
Vorgang im Großen und als Ergebnis war mit einem registrie-
renden und klassifizierenden Verstand zu fassen, aber das Ganze, die Gründe, Antriebe und die Geschichte, war auf Anhieb
nicht immer zu verstehen. Dabei hängt jeder Mensch, dem der
Himmel nicht die Sinne geraubt hat, an dieser Erde und an einer glühenden Vorstellung von sich und seinem Gelingen.

Die Felder des Ruhms und des Glücks, die die begehrlichen
wachen Blicke auf sich zogen, wirkten jetzt wie neugeboren,

der junge Tag schwang sich auf, und der Nebel, in abertausend Tropfen Wasser zersprungen, glitzerte auf Gräsern, Halmen und Blättern gleich winzigen Sternen der Sehnsüchte, und ließ sie leuchten. Wenn einer fragt, wo der Nebel hingegangen ist, sage ihm, dass er im hellen Schein der Dinge steckt, den der weiße Schleier zuvor den müden Blicken entzog, als wollte er die Farben und Formen für sich alleine besitzen. Jeder will ein Leben für sich haben, damit das Versprechen, das er in sich spürt, sich erfüllen kann, ein Geheimnis, das ausgesprochen werden muss, eine Botschaft, die der Welt übermittelt werden soll, und nicht ein Leben, das ihm nicht gehört oder das ihm nur passen soll wie ein geliehenes Kleidungsstück, das aber nicht seines ist und nicht sein kann, weil er es sich ganz anders vorgestellt hat.

Abends lag Emilie mit dem Gefühl im Bett, dass die Zukunft von ihren Wünschen gemacht werden könne, und ihr Herz klopfte vor Aufregung wie an den besonderen Tagen, an denen sich alle bemühten, freundlich zu sein und zueinanderzufinden. So war ihre Stimmung, in der Zeit vor dem Umbruch, der unvorhersehbar war. Wer verbrachte seine Stunden damit, in Ereignissen und Vorfällen Zeichen zu sehen und sie auf eine Zukunft hin zu lesen, von der jeder sich doch wünschte, dass sie besser sein sollte als die Gegenwart und nicht mit dem Schlimmsten aufwartete? Emilie lebte in den Tag hinein, der in Lust, Aufregung, Schmerz, Hunger, Müdigkeit und Wohlgefühl zerfiel.

Und bei euch ist alles gut?, fragte Karl. Wie läuft es bei dir in der Schule? Hast du gute Noten?

Er rief sie an, wenn er gerade Zeit hatte, wenn ihm aus irgendeinem Grund einfiel, dass er eine Schwester hatte, die noch zu Hause war und die ihn liebte und die anders war als er, wilder und ungezügelter. Das wird sich legen, dachte er, oder es wird sich nicht legen. Und dann machte er sich Sorgen und dachte, ich muss mal mit ihr reden, und rief sie an.

Emilie? Ich bin es.

Und sie sagte: Karl, und versuchte, es möglichst gelassen zu sagen, sie wollte ihm nicht zeigen, wie sehr sie sich freute, dass er anrief, aber dann sagte sie doch: Ja?, und in diesem Ausruf steckte sie ihre ganze Freude.

Selten war es umgekehrt, dass sie ihn anrief, sie wusste, dass sie ihn nicht stören durfte, er war dann kurz angebunden, und das machte sie traurig, und deswegen hielt sie sich zurück und dachte nur: Wann ruft er mal wieder an, oder: Warum ruft er nicht an. Sie mochte ihren Bruder sehr und sie hoffte, dass er sie genauso gernhatte wie sie ihn. Sie traute sich nicht, ihn zu fragen, und von alleine sagte er es ihr nicht. Wie hätte das geklungen, wenn sie ihn zu einem Bekenntnis aufgefordert hätte: Magst du mich, so wie ich dich mag? Er war viel älter als sie, und sie dachte, sie müsste sich verhalten wie eine Erwachsene und nicht so zu ihm hindrängeln. Zu ihrem Kummer behandelte er sie häufig wie eine kleine Schwester, auf die er Rücksicht nehmen müsste. Dann redete er mit ihr wie mit einem Kind, das sie nicht war. Die Beziehung der Geschwister war in ihren Augen kompliziert, verdreht, wie so vieles, was mit den Erwachsenen zusammenhing.

Du mit deinen Noten, sagte sie, als das Gespräch bei der Schule gelandet war, wo es meistens landete. Ja.

Sie mochte nicht über Noten reden, nicht jetzt und nicht mit ihm.

Was heißt ja?

Es läuft gut.

Sie ließ alles stehen und liegen, wenn er sie anrief, aber er konnte sie mit bestimmten Fragen quälen, und sie verstand nicht, dass er das nicht merkte.

Hast du welche?

Was?

Ob du gute Noten hast, Emilie.

Ja, nur Mathe ist nicht so gut. Aber sonst ist alles gut. Ganz gut.

Damit war das Thema für sie erledigt, und sie hoffte, dass er das einsehen und mitziehen und kein Wort mehr darüber sagen würde. Er sah das aber anders, und im Tiefsten wusste sie, dass er das anders sehen würde, und es war jedes Mal eine kleine Enttäuschung für sie, wenn er nicht aufhörte mit den Noten. Das ist typisch großer Bruder, dachte sie. Karl hätte sich, wenn er Lehrer gewesen wäre, bei den Strebern in seiner Klasse, bei denen, die immer mitmachten und so taten, als sei alles ganz leicht und als ginge es nur darum, gute Noten zu bekommen, sofort beliebt gemacht. Emilie setzte sich in der Schule am liebsten in die letzte Reihe, um dort möglichst ungestört vor sich hin träumen zu können.

Hast du keine Lust zum Lernen? Wenn ich komme, kann ich dir bei Mathe helfen.

Mathematik war für ihn kein Problem, Mathematik war Logik, eine Welt für sich, Gleichungen, die Lösungen finden mussten, was sein Gefühl für die Vollständigkeit der Dinge bestätigte. Alles würde sich, mathematisch betrachtet, zum Guten wenden, wenn das Gute gedacht würde, wenn einer herausfand, wo die Probleme lagen und wie die Lösung aussehen konnte.

Kommst du am Wochenende?

Die Aussicht, ihren Bruder zu sehen, ließ sie die leidige Schule vergessen. Sie sah ihn nicht oft, sie freute sich, wenn er nach Hause kam, und war jedes Mal traurig, wenn er wieder wegging, sie wäre am liebsten mit ihm gegangen, und weil das nicht ging, dachte sie an ihre Freundinnen, dann konnte sie sich dareinfinden, dass sie hierbleiben würde. Am Anfang war das so, später wurde das anders.

Ich weiß nicht, sagte er. Das klang so, als machte er einen Rückzieher, als müsste er die schwerwiegenden Folgen eines unbedachten Schrittes bedenken. Ich habe viel zu tun, schob er erklärend nach, aber da er ihr nicht den Eindruck vermitteln wollte, dass das Studium gerade für ihn besonders anstrengend und schwierig sei, sagte er: Aber das ist normal, alle haben hier viel zu tun.

Ist es so schwer an der Universität, dass du keine Zeit mehr hast und nur noch lernen musst? In ihrer Stimme mischten sich Mitleid mit dem Bruder und Zweifel, ob die Universität etwas für sie sei, was sie hoffte, weil ihr Bruder ja studierte und sie manchmal glaubte, ihm nacheifern zu müssen.

Auch nicht schwerer als in der Schule, und die war doch leicht.

Mit solchen Sprüchen konnte er seine Schwester nicht überzeugen, und er wusste es, aber er konnte sich nicht zurückhalten, ganz so, als hätte er sie anstacheln wollen.

Das finde ich nicht. Aber das sagst du immer, dass es in der Schule leicht sei.

Er ließ sich nicht beirren und erklärte mit dem Ton des großen Bruders, den sie nicht mochte:

Das wird noch kommen. Warte ab.

Dann machte er eine Pause, als wollte er ihr jetzt schon etwas Zeit zum Warten geben, und dann fragte er:

Und wie geht es Vater und Mutter?

Über seinen Vater und seine Mutter dachte er nicht nach, sie waren sein Vater und seine Mutter gewesen, als er klein war, und sie waren jetzt Vater und Mutter auf eine andere Art, die ihn dazu brachte, sich nach ihnen zu erkundigen wie nach zwei Menschen, auf die hin und wieder ein Auge zu haben ganz gut war. Er machte sich keine Gedanken über die Eigenarten der Familie, in der er groß geworden war. Er war aus dieser Familie gekommen, wie er aus einem Zimmer oder einem Haus trat, wenn er durch die Tür ging. Mehr war darüber nicht zu sagen. Er verließ einen Kreis, und ein anderer Kreis begann, wie bei den Hausaufgaben in Mathematik, die eine Aufgabe war fertig, und dann nahm er sich die nächste vor.

Mama geht es gut und Papa geht es, glaube ich, auch gut, sagte Emilie.

Was heißt, du glaubst es? Geht es ihm nicht gut? Ist er krank? Was hat er denn?

So etwas gab es für ihn nicht, dass einer nur krank zu sein schien und nicht wirklich krank war. Er mochte keine halben Sachen, keine Unentschiedenheit, kein Lavieren. Grau lag für ihn nicht zwischen Schwarz und Weiß, sondern entstand, wenn die Dinge, um die es ging, nicht klar gesehen wurden.

Manchmal kann ich nicht mit ihm reden, es ist so, als wollte er nicht reden, sondern lieber nur dasitzen, sagte Emilie. Dann ist es für mich schwer mit ihm, und oft gehe ich weg und lass ihn lieber in Ruhe.

Sie überlegte, ob es so war, wie sie gesagt hatte, und entschied, dass sie der Sache recht nahe gekommen war.

Du musst dir keine Gedanken darüber machen, das kommt von der Arbeit. Wenn du den ganzen Tag arbeiten müsstest, wärst du am Abend auch müde und hättest gerne deine Ruhe.

Karl mochte Gründe. Sie gaben den Dingen einen Halt. Dann stand eine Sache fest und wackelte nicht herum. Ständig war er auf der Suche nach Gründen, wie andere nach guten Gelegenheiten suchten, um sich zu vergnügen, oder Ausschau hielten nach attraktiven Objekten, Kunstwerken, Immobilien, Aktien, die für eine Geldanlage geeignet waren.

Ich kann nicht so lange warten, bis er sich ausgeruht hat, weil ich irgendwann ins Bett gehen muss, auch wenn ich nicht müde bin.

Warum sollte immer ich diejenige sein, die Rücksicht auf andere nehmen muss?, dachte sie.

Wann kommt er von der Arbeit?

So gegen fünf, denke ich. Und später essen wir zusammen Abendbrot.

Das ist nicht spät.

Für ihn irgendwie schon, sagte sie, sonst würde er nicht sagen, er wolle seine Ruhe haben. Er sitzt auf dem Sofa und tut nichts, und dann macht er den Fernseher an.

Es wäre anders, wenn Karl da wäre, dachte sie. Karl wüsste, was zu tun ist. Dann wäre alles viel einfacher. Karl würde sich neben Papa setzen und mit ihm reden, und ich würde mich auf die andere Seite von Papa setzen und zuhören, oder ich sitze neben Karl. Wenn ich neben Karl säße, würde ich Papa besser sehen, und wenn ich neben Papa säße, würde ich Karl besser sehen.

Das wird wieder, sagte er. Es wird früh dunkel. Wenn es wieder länger hell bleibt, sieht alles anders aus. Und Mutter, wie geht es ihr?

Er dachte, dass sein Vater schon mit sich klarkommen würde, er kannte es nicht anders, und er hätte sich auch nicht vorstellen können, was mit seinem Vater hätte sein sollen. Wenn irgendetwas gewesen wäre, hätten sie miteinander reden müssen, das ging jetzt viel besser als früher, weil er ein junger Mann war, der seinen eigenen Sachen nachging und mehr von allen Dingen verstand. Das war nicht nur ein Gefühl, davon war er überzeugt. Er wusste mehr, und das merkte er auch, wenn er mit anderen redete.

Mama ist nie müde, dabei steht sie morgens früh auf, aber das macht ihr nichts aus.

Das glaube ich nicht, dass sie nie müde ist, sie tut nur so.

Ich sehe sie doch, du siehst sie nicht.

Sie ärgerte sich. Was wusste er? Sie musste ihm manchmal Grenzen setzen, ihn daran erinnern, dass sie etwas wissen konnte, das er nicht wusste, weil er es nicht wissen konnte.

Ich werde sie sehen, wenn ich euch besuche, dann schaue ich sie mir genau an, und dann weiß ich ja, ob du recht hast oder ob du dich täuschst.

Soll er herkommen und sich Mama ansehen, dachte Emilie, und sie sah ihren Bruder vor ihrer Mutter stehen und sah, wie ihr Bruder ihre Mutter hin und her drehte, um sie von allen Seiten anzusehen und sie zu untersuchen, ob ihr etwas fehlte. Sie fand das komisch, als würde ihr großer Bruder sich wie ein kleiner Junge verhalten, der sich irgendetwas genau anschaute und prüfte, ob nichts daran kaputt war. Und mit dem Schwung der jüngeren Schwester, die gemerkt hat, dass sie gar nicht so klein war, wie die Erwachsenen immer taten, sagte sie:

Du könntest ruhig öfter kommen, wenn du mich fragst.

Jetzt war sie bei ihrem Lieblingsthema angelangt. Das interessierte sie am meisten, wenn sie miteinander telefonierten, wann er wieder zu Hause wäre.

Wenn du studierst, dann hast du am Wochenende nicht frei, so wie das bei dir in der Schule ist. Du kannst doch am Wochenende tun, was du willst.

Er hielt sich eine Tür offen, er wollte sich ihr gegenüber nicht festlegen. Dann hätte er sie enttäuscht, wenn er nicht gekommen wäre, und enttäuschen mochte er sie nicht, so wenig wie er ihr alle Wünsche erfüllen konnte.

Das kann ich nicht, widersprach sie empört. Ich muss auch am Wochenende etwas tun. Wenn wir eine Arbeit schreiben, muss ich am Sonntag lernen. Und wenn ich noch Hausaufgaben für Montag machen muss? Da kann ich nicht einfach sagen, am Wochenende tue ich nichts.

Er hat keine Ahnung, dachte Emilie und war enttäuscht, weil er so etwas sagte und sie nicht verstand, warum er das machte. Wenn er hier wäre, würde er sehen, dass er nicht recht hat. Dann wurde sie traurig, weil genau darin das ganze Problem lag, das sich gar nicht stellen würde, wenn er wieder bei ihnen leben würde.

Dann müssen wir beide am Wochenende etwas tun, sagte er, und er meinte es nicht beschwichtigend, sondern eher so, dass es gut sei, wenn es bei ihr nicht anders sei als bei ihm, dann müsste er nicht lange um den heißen Brei herumreden. Dann weißt du ja, wie das ist, und dass ich nicht einfach wegkann.

Musst du Arbeiten schreiben?

Das muss ich auch.

Ob ich dann noch studieren will wie du, sagte sie. Das war keine Frage, die sie ihm stellte, sondern der Anfang eines Selbstgesprächs, das sie weiterführen würde, wenn die Zeit gekommen war, darüber nachzudenken, ob es die richtige Entscheidung für sie wäre, zur Universität zu gehen wie ihr Bruder. Das muss ich mir noch überlegen.

Du musst nicht studieren, du kannst was anderes machen, aber lernen ist doch gut.

Einerseits schon, andererseits nicht, sagte sie. Das war ein schwieriges Thema, sie hatte oft darüber nachgedacht, war aber zu keinem endgültigen Schluss gekommen. Mama sagt immer, nimm dir ein Beispiel an deinem Bruder. Und ich sag dann, Karl ist viel älter als ich. Und er ist ein Junge.

Ich bin schon ein bisschen mehr als ein Junge, sagte er, obwohl er wusste, dass er sich manchmal wie ein Junge fühlte, so frei wie ein Junge auf seinem Fahrrad, der einen Abhang hinuntersaust und nicht einen Gedanken daran verschwendet, dass er stürzen und sich verletzen könnte, so etwas schien für ihn nicht vorgesehen zu sein.

Ich meine ja damals.

Da war ich auch jünger.

Das sagt Mama auch.

Da hat sie recht.

Ich sehe schon, du verstehst das auch nicht.

Damit war das Gespräch mit ihrem Bruder an einem Punkt angelangt, an dem Emilie einsehen musste, dass sie ihren Weg allein würde gehen müssen, obwohl sie nicht hätte sagen können, was das bedeutete und wie das aussehen würde. Sie blickte dieser Aussicht mit kindlichem Ernst entgegen, wie etwas, dem sie nicht ausweichen konnte, das auf sie wartete und ihren Bruder, ihre Mutter und ihren Vater nichts anging. Es war allein ihre Sache. Ihr Bruder war, dachte sie, für bestimmte Dinge, die wichtig für sie waren, zu alt, fast wie einer der Erwachsenen, mit denen es nie einfach war zu reden, aus Gründen, die sie nicht kannte und nicht herausfand, auch wenn sie darüber lange nachdachte. Die Erwachsenen waren kompliziert, und sie machten die Dinge kompliziert und taten dann so, als müssten und könnten sie die Dinge klären, die sich aber ganz von alleine klärten, wenn sie in Ruhe gelassen wurden. Sie verstanden das nicht, obwohl sie selbst einmal nicht zu den Erwachsenen gehört hatten und wissen mussten, wie es war, und dass es im Grunde gut war, wenn die Dinge im Fluss blieben und sich ungehemmt entwickelten und nicht angehalten und hierhin und dorthin gelenkt wurden, wohin sie von alleine gar nicht gekommen wären, weil das nicht vorgesehen war und nicht in ihnen drinnen lag.

Sie treffen sich erst am späten Vormittag, und ihnen allen ist klar, dass es kein friedlicher Vormittag sein wird, nicht nur weil sie in eine Auseinandersetzung mit der Polizei hineinlaufen, sondern weil es in ihren Augen mit dem Frieden nicht weit her ist, weil Ungerechtigkeit und Ausbeutung Formen des Krieges sind, weil es überall auf der Welt Kriege gibt. Sie haben keine festen Berufe, die sie in das Arbeitsleben einbinden, in den täglichen Zwang der Reproduktion ihrer Lebensgrundlage. Sie haben Jobs, sie schlagen sich durch, sie studieren. Der Gedanke an die Sicherung der Zukunft frisst die Gegenwart, in der sie leben, nicht auf.

Die Demonstration wirkt wie ein Magnet, sie zieht aus der Stadt, der Region, aus dem ganzen Land und darüber hinaus Menschen an. Manche kommen allein, manche in Gruppen angereist, ihre Ziele für die Gesellschaft, in der sie leben, unterscheiden sich. Wären ihre Vorstellungen Spielkarten, dann passten sie nicht ganz aufeinander, sie gehören unterschiedlichen Spielen an, die einen sind groß, die anderen klein, so wie zwischen Reformen und Revolution ein entscheidender Schritt zu machen ist, den nicht jeder gehen möchte, zwischen Tagträumen und den Träumen der Nacht.

Die Revolutionäre wissen ungefähr, auf was sie sich einlassen, sie haben sich nicht in allen Einzelheiten absprechen müssen, sie haben an anderen Orten, an denen sie gemeinsam protestierten und ihre Aktionen durchführten, Erfahrungen gesammelt. Der eine lernt vom anderen, und so kompliziert ist es nicht. Irgendwann in ihrem Leben haben sie die Idee der Revolution aufgeschnappt, und sie gefiel ihnen, sie passte ihrer Ansicht nach gut zu Erfahrungen, die sie machten, sie hören Nachrichten, informieren sich, sie haben sich ein Bild von der Welt gemacht, und dann konnten sie nicht mehr so tun, als ginge sie das alles nichts an, sie steckten mit einem Mal mittendrin und mussten etwas tun, gegen Ausbeutung, Armut und Krieg. Nichts zu tun, das war für sie ausgeschlossen, das wäre gewesen wie mitzumachen.

Es ist nicht sicher, ob sie dem Gedanken an eine Revolution eines Tages entkommen werden, sie sind jung, sie könnten es hinkriegen. Aber ihr Einsatz ist hoch, und je höher er ist, umso unwahrscheinlicher ist es, dass sie den Absprung schaffen. Sie werden der Fahne der Revolution folgen, und sie werden ihrem Traum zum Opfer fallen. Die Hoffnung auf einen Umsturz, die für viele, die ihr anhängen, keine Kompromisse zulässt, hebelt sie im unglücklichsten Falle aus den normalen Lebensumständen heraus. Andere, die nicht zu ihnen zählen, haben auch ihre Ideen, aber diese Vorstellungen lassen sich gut im Leben umsetzen. Bei den Draufgängern ist das anders, sie machen sich oft strafbar. Solche Folgen bringt der Krieg, in dem sie zu leben glauben, mit sich. Die meisten werden nicht erwischt, und wenn der Gott der Jugend es gut mit ihnen meint, dann treibt er sie Jahre später aus ihrem Krieg zurück in den Frieden ihrer Eltern und ihrer Altersgenossen. Ihre Aktionen sind an ein gewisses Alter, an Gesundheit und Kraft gebunden. Wer in die Jahre gekommen ist, der würde beim Straßenkampf hinterherhängen. Das ist ein wenig so wie beim Sport ohne Altersklassen.

Unter anderen politischen Verhältnissen wäre Karl im Gefängnis gelandet und dort vermodert. Die Abteilung, die Karl eine Weile beobachten ließ, letztendlich mehr, um ihrer Pflicht zu genügen als aus echter Besorgnis, befand sich nicht unter Druck. Nach den Berichten zu urteilen, die über ihn eingingen, lag kein Grund vor, Alarm zu schlagen.

Niemand konnte behaupten, Karl sei kein friedlicher Mensch gewesen. Er wurde durch die Geschichte, zu der die

Idee der Revolution und einer besseren, gerechten Gesellschaft gehörte, und durch die Art und Weise, wie er auf die Welt reagierte und wie er sich die Zustände und Zusammenhänge erklärte, in die Auseinandersetzung mit den sozialen, politischen und ökonomischen Verhältnissen hineingezogen. Einen Rückzieher zu machen, als sei nichts gewesen, als habe er sich getäuscht und wolle sich jetzt lieber mit etwas anderem beschäftigen, war für ihn ausgeschlossen.

Lies doch mal, was da drinsteht, sagte er und klopfte auf ein Buch, das nicht zu sehen war, bevor du Sachen behauptest, die da gar nicht stehen, und wieder klopfte er auf das unsichtbare Buch. Das kann doch nicht so schwer sein, und wenn es sein muss, werde ich es dir erklären. Aber daherreden, als wüsstest du was, das geht nicht. Wie oft er das gesagt hat. Er kennt vieles auswendig, wie manche Professoren der Philosophie ihre Klassiker teilweise auswendig können, weil sie deren schwierige Schriften so oft gelesen haben, dass ihnen gar nichts anderes übrigblieb, als die Sätze abzuspeichern, was nicht bedeuten muss, dass sie verstanden wurden. Auf sein Gedächtnis konnte sich Karl verlassen, er hätte nie gesagt, dass es gelitten habe unter dem vielen Bier, das er hat trinken müssen, um sich in Geduld zu üben. Wenn er nachts auf dem Bett liegt und nicht einschlafen kann, weil die Gedanken nicht zur Ruhe kommen, dann lösen sich Textbrocken aus dem Gedächtnis, wo sie still ruhen und auf Abruf warten, und machen sich selbständig, sie drücken sich Wort für Wort Karl ins Bewusstsein zurück, und er kann nicht anders, als ihnen Zeile für Zeile zu folgen. Ähnlich ergeht es ihm, wenn er einen Gedanken nur von Ferne sieht, dann hängt er sofort an ihm und stöbert die ganze Sache noch einmal durch. Das Denken kann eine solche Kraft entfalten, dass es die Oberhand gewinnt und er nichts anderes tun muss, als es zu beobachten und sich mitziehen zu lassen, was manchmal, wenn er sehr müde ist, sehr anstrengend ist, er bekommt Kopfschmerzen, und dann steht er wieder auf, geht in die Küche und holt sich noch ein Bier, um in den Schlaf zu finden. Er hat schneller gelebt als andere, in einem ganz anderen Takt.

Die Zuhörer, die nicht zu seinen Anhängern gehörten, wollten seinen Worten nicht bedingungslos folgen und ihr Leben nicht an fremde Sätze koppeln wie einen Anhänger an ein Auto, das sie selbst nicht fuhren. Sie brauchten, um das dafür nötige Vertrauen aufzubringen, mehr als ein logisches Abbild der Welt. Die ganze Sache, um die es ihm ging, war ihnen eine Nummer zu groß, zu vage. Was ihnen fehlte, was sie vermissten, war eine Art Erweckung, eine schlagartige Erleuchtung, die ihnen zeigte, dass es um sie persönlich ging, so wie sie waren, eine Einheit aus Eigenheiten, ein Individuum, etwas Besonderes, das sich nicht in Wörter zerlegen und sich nicht ganz und gar anderen mitteilen ließ. Sie würden immer bei sich zu bleiben versuchen, bei ihrer persönlichen Wahrheit, und sich nicht in eine Wahrheit, die alle miteinander teilten, auflösen. Lag darin nicht ihr ganzer Stolz auf sich selbst, im nicht zu hintergehenden Individuellen?

Jeden Morgen hätte er es sich im Gefühl der eigenen Ohnmacht, das sich bei der Lektüre der Zeitung einstellte, bequem machen können. Auf diese Weise in die Passivität gezwungen, hätte er Raum genug gehabt, den Tag mit eigenen Projekten und Wünschen zu beginnen, und dann hätte sich ein Leben ergeben, das seinen finanziellen Verhältnissen entsprach, die sicherlich gut gewesen wären, jetzt, da er sich mit seinen intellektuellen Fähigkeiten dem Erfolg widmen konnte, er hätte Geschäfte gemacht und sich zu Gesprächen mit Gleichgesinnten, mit Freunden und Bekannten getroffen und am Abend eine Flasche Wein getrunken, er wäre in ein Restaurant oder ins

Theater gegangen, und noch kurz vor dem Einschlafen hätte ihn die Gewissheit beruhigt, dass mehr nicht zu machen sei und jeder ein Recht habe auf sein Glück, das darin bestand, sich um sein Wohl zu kümmern, sich selbst treu zu bleiben, seinen Empfindungen zu folgen und Erfahrungen zu machen. Dann fiel er in den Schlaf. Am nächsten Morgen begänne das Ritual erneut, erst das Gefühl der Ohnmacht, dann die Einkehr in die geschäftlichen und persönlichen Notwendigkeiten, aus denen sich zu befreien gegen Abend im Kreis von Freunden und bei einer Flasche Wein gelingen würde, und ein Aufatmen vor dem Zubettgehen, von einem, der wusste, dass er in Sicherheit war.

Fast wäre der Mann, dessen Aufgabe es war, Karl zu folgen, vom Stuhl gefallen, er schreckte aus dem Schlaf hoch und sah auf die Uhr. Mehr als eine Stunde war vergangen. Er wünschte sich das Ende des Vortrags herbei, setzte sich zurecht und schaute Karl wie hypnotisierend an. Und je länger er nach vorne blickte, umso klarer sah er die Unterschiede, die ihn von Karl trennten. Seiner Ansicht nach geschahen die entscheidenden Dinge im Leben ohne viele Worte, ein Attentat, eine Naturkatastrophe, wenn er ein Bier bestellte oder als er seine Frau zum ersten Mal angesprochen hatte. Er war alt geworden ohne große Theorien. Wenn er auf sein Leben zurückblickte, nachts, in den schlaflosen Stunden der Alten, die fühlen, dass ihre Zeit gezählt ist und dass sie auch vergehen wird, wenn sie die Augen zumachen, und es dann besser ist, sie aufzulassen, oder tagsüber, wenn nichts zu tun war und die Stunden sich nicht füllen ließen und unverrichteter Dinge wieder abzogen, dachte er gleichmütig, er sei ganz gut durchgekommen und dürfe sich nicht beschweren. Der dort vorne machte auf ihn den Eindruck eines Mannes, der den Kontakt mit der Wirklichkeit verloren hatte und keine Freunde hatte, die ihm halfen zurückzufinden.

Es muss, dachte er mit dem weiten Herzen derer, die sofort Kompromisse schließen, um keine Unstimmigkeiten aufkommen zu lassen, auch solche Leute geben, da nicht alle gleich sind, und wenn es so etwas gibt wie eine Aufgabe, für die alle zuständig sind, dann liegt sie darin, dass sie als Summe ausleben, was dem Menschen möglich ist. Es gibt Tausende von Melodien, und doch fällt irgendwem eines Tages eine neue ein, obwohl es scheint, als sei dies unmöglich, aber dass es möglich ist, das liegt an den Tönen, deren letzte Melodie noch nicht erklungen ist. Für bestimmte Dinge ist ein Ende nicht absehbar. Ein Kollege, dachte er, ist nicht wie der andere.

Karl schwieg, und der Mann, der es vorzog, sich mit wenigen Worten zu begnügen, machte sich bereit, aufzustehen und den Saal zu verlassen. Eine unbekannte Stimme hielt ihn zurück.

Und wenn ihr noch Fragen habt, sagte einer von Karls engen Begleitern, der den Platz am Pult für diese Ansage übernommen hatte, dann könnt ihr die jetzt stellen.

Und tatsächlich, es schnellten Arme in die Höhe.

Überall war nach dem letzten Krieg der Wahnsinn der Entgleisten und Entrückten hochgeschossen. Sie versuchten, sich auf schnellstem Wege zurück in die gerade Bahn eines geglückten Lebens zu bringen, das ihnen von den Verbrechen, in die sie verwickelt waren, und den Grausamkeiten des Krieges, denen sie nicht entkommen konnten, geraubt worden war. Wer Karl sah und hörte, der hätte nur aus dem Bann, in den er seine Zuhörer schlug, einen Schritt hinausmachen müssen, um sich fragen zu können, woher der Furor stammte, mit dem Karl, der keine Beruhigungstabletten schluckte wie die meisten Kriegsversehrten im demokratischen Teil Deutschlands, sich die Welt aneignete, der Eifer, der Zorn und seine Kompromisslosigkeit.

Er ging gerne zu Fuß, fuhr gerne mit dem Fahrrad. In öffentlichen Verkehrsmitteln wurde er erst ungeduldig, dann nervös. Er saß bald wie auf heißen Kohlen und stieg Haltestellen früher aus, weil er die Nähe der anderen, die ihr Leben hingaben für nichts und wieder nichts und nicht zu merken schienen, wie ihnen geschah, nur ertrug, wenn er zu reden anfangen konnte. Er lief, zum Leidwesen seiner Verfolger, lieber kilometerweit durch die Stadt, immer mitten auf dem Bürgersteig, nie am Rand der Geschäftsauslagen oder eng an die Häuserfassaden geschmiegt, statt sich einige Minuten im Gedränge zu gedulden.

Rasch schritt er aus, die Hände in den Manteltaschen vergraben, den Kopf leicht gesenkt. Er sah sich nicht um, er dachte nach. Seine Gedanken mussten sich keine Sorgen machen, sie könnten sich verlaufen. Er kannte ihren und seinen Weg. Er musste sich neue Schuhe kaufen, und er musste zum Zahnarzt. Die Sache würde sich, dachte er, schnell und unproblematisch erledigen lassen. Der eine verkauft Schuhe, der andere repariert Zähne, er kümmerte sich um den Rest.

Die Abteilung, die ihn beobachten ließ, so wie viele andere staatliche Institutionen, hätte einen Mitarbeiter wie ihn in einer der höheren Positionen gut gebrauchen können. Er arbeitete konzentriert und effektiv, er wirkte auf andere überzeugend, konnte andere motivieren, war unbestechlich und verschwiegen und verlor das große Ganze, das Ziel, den Sinn nicht aus den Augen. Mit überzogenen Gehaltsvorstellungen war bei ihm auch nicht zu rechnen. Er hätte nur seine grundsätzliche Einstellung ändern und sich beschränken müssen auf die unmittelbaren Aufgaben, die er im Dienst zu lösen haben würde. In den Augen eines jeden Personalberaters war Karl ein tragischer Held, der sich und seinem Erfolg im Wege stand.

In der Schule, zu Hause, als er Hausaufgaben machte oder

einem Gespräch zuhörte, hatte er eines Tages aufgehorcht auf eine innere Stimme, die ihn auf etwas aufmerksam machte. Er hatte mit einem Mal eine Ahnung, dass ein Unterschied bestand zwischen richtigem und falschem Denken, nicht nur zwischen richtig und falsch. Eine Mathematikaufgabe konnte richtig oder falsch gelöst werden, aber wenn ein Gedanke falsch war, dann war etwas grundsätzlich nicht richtig, eine Annahme, ein Schluss, ein Urteil, was immer das war. Das Problem tauchte vor ihm auf wie der helle Schein, der gleißende Umriss eines unbekannten Gegenstandes, und es verließ ihn nicht mehr. Erst im Studium war er so weit, dass er dachte, das Problem gelöst zu haben. Das war der Tag, an dem er das Raumschiff der Wahrheit betrat. Von nun an fühlte er sich sicher, als sei er erleuchtet worden, dabei ging es nur darum, dass er nicht etwas, sondern sich selbst, wie er dachte, verstanden zu haben glaubte. Er hatte, dachte er, sich selbst durchschaut.

Jahrelang saß er pausenlos am Schreibtisch, las und spitzte Bleistifte. Mit einem Bleistift unterstrich er Wörter und Sätze und schrieb Bemerkungen an den Rand, bis ein Buch, das er auf diese Weise durchgearbeitet hatte, aussah, als würde es gegen sich selbst Einwände erheben, sich selbst korrigieren und ergänzen, sich selbst widersprechen und widerlegen. Am Abend war er mit sich zufrieden, er hatte etwas geschafft. Das Buch lag neben ihm und japste nach Luft, wie nach einer Verfolgungsjagd. Die Bleistifte waren stumpf. Wenn aus den Bleistiften Stummel geworden waren, zog er los und kaufte sich neue, eine Handvoll, damit er nicht gleich wieder losgehen und welche kaufen musste. Das wäre Zeitverschwendung gewesen.

Zeit, so kam es ihm vor, hatte er nicht im Übermaß. Er musste sie nutzen, mehr als andere, die sich mit den Rationen, die ihnen zugeteilt wurden für Arbeit und Vergnügen, abfanden. Sie waren mit der Gegenwart zufrieden, sie arrangierten sich, und für sie war es, als würden sie von der allgemeinen Zeit, wie alle sie erlebten und wozu gehörte, was alle dachten und fühlten, etwas abbekommen. Ihre Lebensspanne war ein Teil der großen Zeitläufte, sie lag darin wie eine Kugel in der Handfläche, gewärmt und geschützt. Bei Karl, der auf einen neuen Anfang wartete, war das anders. Er ging davon aus, dass die Gegenwart ihm etwas von seiner Lebenszeit stahl, dass sie ihn beschränkte und erdrückte.

Wenn er mit seinen Freunden unterwegs war, vergingen die Stunden mit Gesprächen wie im Flug und verflogen nicht ungenutzt. Am Samstagvormittag spielten sie Fußball. Er kam immer, nur eine Krankheit hätte ihn abhalten können, auf dem Platz zu erscheinen. Er spielte mit großem Einsatz und ärgerte sich, wenn er und seine Mannschaft verloren hatten. Nach dem Abpfiff lag er ausgestreckt im Gras, die Augen geschlossen oder starr in den Himmel gerichtet, um das Nachbeben zu spüren, wie die tiefe Ruhe der körperlichen Erschöpfung sich in ihm ausbreitete, die er seit seiner Kindheit kannte, als Dasein, Spielen und Toben eins waren. Das Erdenrund, von dem ein Mensch nichts mitbekam, wenn er darauf nur herumtrat, wölbte sich unter ihm wie der Rücken eines undefinierbaren Lebewesens, das ihn trug. Den Abdruck spürte er noch, als er sich wieder an die Arbeit machte, ein Gefühl, das sich in Zutrauen und Sicherheit verwandelte. Sein schmaler, durchsetzungsfähiger Körper muss ihn bei seinen intellektuellen Aufschwüngen unterstützt haben. Nur so lässt sich erklären, dass er sich auf der Weltkarte nicht verlorenging, die er in seinem Geiste vor sich ausspannte. Er glaubte zu spüren, dass er den Kampf aufnehmen könne.

Die ganze politische Geschichte, die mit ihm zusammenhängt, war im Grunde genommen eine Angelegenheit unter Männern. Frauen saßen unter seinen Zuhörern, Argumente haben kein Geschlecht, aber im Tiefsten, dort, wo Beziehungen

und Bindungen aus Freundschaftsgefühlen, sportlichem Auf-
trumpfen und animalischem Vertrauen entstehen, reichten
sich die Jungs die Hand und klopften sich auf die Schulter.

Mach's gut, Karl.

Macht's gut, bis morgen.

Es fiel ein Baum,
es stürzte ein Mensch

Und du isst jetzt keinen Salat mehr?, fragte Karl.

Nein, erst einmal nicht, sagte der junge Mann, der neben ihm in der Kneipe saß und den kleinen Salatteller von sich wegschob.

Wegen dem kaputten Atomreaktor in Russland?

Ich will mich nicht vergiften.

Der junge Mann schaute Karl verwundert an.

Das fällt dir jetzt ein, sagte Karl, der den jungen Mann mit zunehmend dunkler werdenden Augen anschaute.

Wann denn sonst?

Der junge Mann verstand nicht, was Karl von ihm wollte.

Ich meine nicht, wann es dir einfällt, sondern was dir einfällt.

Das kommt auf das Gleiche hinaus, antwortete der junge Mann, mir fällt es ein, weil es mir jetzt einfallen muss.

Er schaute auf den kleinen Salatteller, der in der Mitte des Tisches stand und so aussah wie immer. Aber jeder weiß, dass der Schein trügt.

Aber davor war alles in Ordnung?

Mit dem Atomreaktor schon.

Der junge Mann war mit seiner Antwort zufrieden. Karl begann ihn zu nerven. Er kannte ihn nicht.

Und das hat dir gereicht?

Zum Essen schon.

Damit war auf dem Tisch, was in den kommenden Jahrzehnten, in denen es die Natur in die politischen Debatten schaffte, immer mehr Interesse und Leidenschaft auf sich ziehen würde.

Karl hat nicht erlebt, was andere Führer von Gruppen, Sekten und Parteien erleben durften, als ihre Anhängerschaft über jenes kritische Niveau hinauswuchs, von dem an ein weiterer Zustrom gesichert schien. Er konnte sich nicht darüber täuschen, dass er zu seinen Lebzeiten mit seiner Truppe nicht weit kommen würde, und wer irgendwann zurückschaute und ihn suchte in der Flut der Ereignisse, die Geschichte genannt wird, der musste eine starke Lupe nehmen und sah erst nach langem Suchen einen winzigen Fleck am Horizont, der immer kleiner wurde und weiter von der Gegenwart wegrückte und schon in den Jahren seiner Auftritte im vollbesetzten Saal der Universität kurz davor war, in den Schlund der Unmöglichkeiten zu fallen, wo alles landet, was sich als unpraktisch, illusionär, verschroben, katastrophal und wirklichkeitsfremd erweist und wohin der irische Kritiker der Französischen Revolution seinerzeit die Aufsässigen geschickt hatte, die die alte Welt mit König, Adel und Kirche meinten über den Haufen rennen zu dürfen.

Für seine letzten Freunde war er eine Art Fluchtpunkt geworden, in dem sich die Perspektiven eines Bildes, das sie sich von der Wirklichkeit machten, bündelten oder, umgekehrt, von dem aus sich Linien über jenes Bild verbreiteten und die Dinge und Ereignisse in bestimmte Größenverhältnisse und Beziehungen zueinander brachten, so dass sich die Freunde in den Stunden des Zweifels sagen konnten: Wenn Karl recht hat, dann sieht das alles jetzt so und nicht anders aus.

Im Sommer gingen die Studenten in die Semesterferien und die Stadt leerte sich, die Bewohner machten Urlaub, sie verreisten. Karl hielt die Stellung, er musste den Lauf der Dinge beobachten. Wäre es nicht sinnvoll gewesen, abzuschalten und etwas anderes zu unternehmen? Italien war nicht weit weg, ein paar Stunden im Zug, im Auto, und er wäre dort gewesen. Auch unter Menschen, die sich Gedanken machten, war es üblich, durch die Gegend zu reisen. Wenn das nötige Geld fehlte, fand sich für den einen und anderen Intellektuellen ein Stipendium, und schon war er in Rom oder am Comer See. Karl hätte sich nicht so anstellen und nur die richtigen Worte wählen müssen, wenn in den Bewerbungsunterlagen die Frage nach seinem Arbeitsgebiet, seinem Projekt aufgetaucht wäre. Es reichte ja schon, bei den passenden Gelegenheiten ein wenig entgegenkommend zu sein, konziliant, statt gleich mit der Tür ins Haus zu fallen und allen zu zeigen, dass er nur eine Sache im Sinn hatte. Die Kenntnis der Möglichkeiten von Revolutionen konnte die demokratische Selbstsicherheit stärken, das Vertrauen in die eigene Stabilität, das durch die Existenz der Sowjetunion herausgefordert war. Wer wusste, wie der Feind sich den Umsturz dachte, wo die Lücken im System waren, der konnte reagieren, vorsorglich handeln. Aber Karl gab keinen Zentimeter nach, und die Züge fuhren ohne ihn nach Italien.

Eine jüdische Philosophin, die vor Hitler aus Deutschland geflohen war und in New York lebte, reiste nach dem Krieg immer wieder nach Europa, sie besuchte Freiburg, Basel, Paris und Oberitalien. Im August Anfang der siebziger Jahre traf sie in der Villa Serbelloni am Comer See ein. Die Rockefeller Foundation, die bedeutende Wissenschaftler, Schriftsteller und Künstler in die Villa einlud, damit sie dort in Ruhe arbeiten, Kontakte knüpfen und die Tage genießen konnten, hatte ihr ein Stipendium verschafft. Die Villa war sehr groß. Die jüdische Philosophin aus New York staunte über die vielen Zimmer und Bediensteten, die sich um das Wohlergehen der Gäste aus Frankreich, Deutschland, Italien und Nordamerika sorgten, über die vielen

Bäume und Blumen in den Gärten und über die Frauen der Wissenschaftler, Künstler und Schriftsteller.

Zu diesem Kreis von Intellektuellen gehörte Karl nicht, egal, was er über sich dachte, was er von sich hielt. Niemand von denen, die ein Stipendium bekamen, hatte von ihm jemals etwas gehört oder gelesen. Er lebte, nach den Maßstäben der erfolgreichen wissenschaftlichen und künstlerischen Zirkel, im Verborgenen der deutschen Provinz, ganz im Widerspruch zu seinen aufsehenerregenden Zielen, denen keiner der Gäste, die sich in der Villa für einige Wochen trafen, gefolgt wäre. Dort hätte er in großen Zimmern mit Terrasse und mit Blick auf den See seinen Gedanken nachhängen können, er hätte kluge Leute kennengelernt und versuchen können, mit ihnen zu besprechen, was er dachte. Die Projekte, an denen sie saßen, hatten bei allen Differenzen eine Gemeinsamkeit, sie sollten eines Tages das Licht der Öffentlichkeit erblicken, sich der Kritik der Kollegen stellen und die Aufmerksamkeit eines größeren Publikums gewinnen.

Wenn diese Gemeinschaft zum Reden und zum Diskutieren zusammenkam, dann war das eine Art konzentrierter Probelauf, nicht nur für die neuen Gedanken, sondern auch für die Möglichkeiten eines Gesprächs über Fachgrenzen und Leidenschaften hinaus. Jeder Stipendiat konnte in angenehmer Umgebung insgeheim feststellen, ob und inwieweit er sich zur unsichtbaren Loge derer zählen durfte, die sich nach bestimmten Standards verständigen konnten, und die anderen konnten insgeheim prüfen, ob er zu denen gehörte, die sich der sozialen Ordnung fügten und keine Ambitionen hatten, Unruhe zu stiften. Bei allen Risiken und aller Anstrengung, die solche Wochen für die Teilnehmer mit sich brachten, am Ende des Aufenthaltes stand die von gegenseitigem Wohlwollen begleitete Erkenntnis, dass die Arbeit mit Gedanken und Gefühlen, mit

Wissenschaft und Kunst, zarten und komplizierten Gewächsen, die vor einem schnellen Zugriff und raschen Urteilen verteidigt wurden, nicht dazu führte, sich Feinde zu schaffen, im Gegenteil.

Die Gewöhnlichkeit, die keinen strengen Rastern folgte und es gut mit ihm gemeint hätte, wäre Karl mit offenen Armen entgegengekommen, wenn er nur einmal aufgeschaut und sie beachtet hätte. Er hätte nicht viel tun müssen, einen Beruf ergreifen, eine Familie gründen, sich um dies und das kümmern, es hätte Streit in der Ehe gegeben und Glück am Aktienmarkt, er wäre mit Frau und Kindern in die Ferien ans Meer gefahren und hätte am Strand irgendwo in Südfrankreich vergessen, was ihn ärgerte, Kollegen, Vorgesetzte, die Steuer, Politiker, die ganze Reihe rauf und runter. Dafür hätte es nicht vieler Wörter bedurft, und er hätte sich darüber mit allen, die ein ähnliches Leben führten, verständigen können.

Eine ausgestreckte Hand war in seinen Augen eine Einladung zur Verbrüderung, zum Einverständnis, zum Kompromiss. Dazu war er nicht bereit. Er zog die Hand zurück und verschränkte die Arme, damit keiner glaubte, er wäre ein umgänglicher Kerl, der wisse, wie es auf der Welt zugehe, und sich gerade deswegen keinen unnötigen Kopf mache über Probleme, die sich nicht lösen ließen. Nicht einmal von weitem erweckte er den Eindruck, so ein Kerl zu sein.

Von wem er das hat?, dachte seine Mutter und ging die Verwandtschaft durch, fand aber keine Verdächtigen.

Die Aura, die Karl umgab, war ein energetisches Feld, das sein Temperament mit Wörtern bestellte. Er schuf durch sich selbst, durch die Art, wie er war, und an sich selbst, als wäre er ein Steinblock, aus dem sich eine Figur schälen würde, begriffliche Wirklichkeiten, turmhohe Gebilde aus den gewohnten Lauten der Buchstaben, aus im einzelnen verständlichen Wörtern, die er so lange knetete, bis sie wie Unbekannte aussahen, obwohl er das Gegenteil vorgehabt hatte.

Karl, du redest dich da in etwas hinein, dachten seine Freunde, wenn sie nicht verstanden, was er meinte, und ihm nicht folgen konnten.

Es war, als wühle ein Maulwurf ein Feld um, ohne jemals ans Licht zu gelangen. Millionen Füße, die ihren gewohnten Weg nahmen, stampften jeden Tag, der kam und verging, die aufgelockerte Erde wieder fest. Karl hatte keine Chance, die anderen waren zu viele, und sie schienen im Recht zu sein. Aber er gab nicht auf.

Wenn das Ich ein Stausee ist, ein Becken, umgrenzt von Dämmen, die es erhalten, und die Sonne, die Ufer und der Himmel spiegeln sich in seinem Wasser, dann war bei Karl der Damm der normalen Selbsterhaltung gebrochen. Er strömte sich aus in die Welt, wie immer die Geschichte für ihn enden würde. So viel Bewegung haben manche bewundert.

Woher kam der Wind, das Rauschen?

Es fiel ein Baum, es stürzte ein Mensch.

Sie sind aufgeregt, aber sie haben laut Musik gehört und sich auf diese Weise in eine gute Stimmung gebracht, und sie sind jetzt sehr zuversichtlich und draufgängerisch, als gehörten ihre Präsenz, ihre Art der Selbstdarstellung, ihre geplanten Handlungen nicht in ein Raster von Ahndungen, Klagen und Strafen. In kleinen Gruppen haben sie die Gegend sondiert, den Straßenverlauf erkundet, nach Ausweichmöglichkeiten und Unterschlüpfen gesucht, und letzte Absprachen wurden getroffen. Als sie alle auf der Straße versammelt sind und einen großen Haufen bilden, ein durch den Straßenverlauf und die Absperrungen geformtes Rechteck, gehen sie endlich los, dicht aneinandergedrängt, ein Signal, eine Phalanx, die sich hineinbohren soll in die kapitalistische Gesellschaft, ein Stachel des Widerstands, der revolutionären Kraft.

Das System ist unsichtbar, es gibt repräsentative Symbole für das System, Banken, Kaufhäuser, Villen, die Autos der Polizei und die Wasserwerfer, und symbolische Repräsentanten, Polizisten, Politiker, Reiche, wobei sich zu dieser Stunde weder Politiker noch Reiche sehen lassen, nur die Polizei steht mit einem großen Aufgebot vor den Demonstranten und fordert sie auf, die Straße zu räumen und keinen Widerstand gegen die Staatsgewalt zu leisten. Sich nicht zurückzuziehen ist für die Demonstranten auch eine Frage der Ehre, des Selbstbewusstseins. Sie sind keine Spielbälle.

Was können die jungen Leute noch? Sie begehen eine Art von Sabotageakt, Autos gehen in Flammen auf, Schaufenster splittern, das Straßenpflaster wird aufgerissen, Barrikaden werden gebaut und Steine und Flaschen fliegen auf Polizisten. Aber keine einzige Fabrik im Land steht still, in keinem Dienstleistungsbereich wird die Arbeit aus Solidarität mit dem Protest niedergelegt. Am Bahnhof und am Flughafen funktionieren Abfahrt und Ankunft der Reisenden nach Plan. Wer nimmt sie wahr, wer hört von ihnen? Für sie gibt es keinen Träger der Veränderungen, keine Klasse, keine Schicht, die von der Geschichte vorgesehen wäre, auf dem Weg zur Revolution voranzuschreiten. Ihr vager Adressat für Zustimmung sind die Menschen guten Willens, mit guten Absichten, Systemverweigerer, Alternative, Aussteiger, Abgehängte, Systemkritiker.

Sie füllen einen Straßenabschnitt, in einem Viertel in einer Großstadt. Das ist nicht viel. Doch die Ersten, die in der vordersten Reihe stehen, sehen die Letzten nicht und die Letzten sehen die Ersten nicht. Das reicht, um ein Gefühl für Masse und Macht bei ihnen zu stabilisieren. Die jungen Draufgänger, die an der alten Idee einer Revolution hängen, einer großen

Veränderung, wissen, dass sie in kleinen Gruppen, Aktionseinheiten ausschwärmen müssen, wenn die Lage eskaliert, die Polizei sie stoppt.

Wie auch immer die Demonstration verlaufen wird, heute, das ist ihr Tag, und die ganze Sache, ihr Auftritt, die Aufregung, die Auseinandersetzung mit der Polizei, macht ihnen auch Spaß. Sie stehen hier auf der Straße nicht nur aus Pflicht gegenüber der verarmten Weltbevölkerung. Sie sind jung. Irgendwann wird für jeden von ihnen der unmittelbare Kampf aufhören, so wie er irgendwann für jeden von ihnen begann. Sie recken die Faust in die Luft.

Hier, das ist mit Käse, mit Wurst gabs nicht mehr, sagte der Alte, der nicht viel älter war als sein Kollege, aber sich wesentlich älter fühlte.

Glaubst du, dass der glaubt, was er sagt?, fragte sein Kollege, der sich jünger fühlte, und biss in das Käsebrötchen.

Wenn der nicht glaubt, was er sagt, warum sagt er es dann?

Steck ich in dem drin? Schmeckt gut.

Er nickte seinem Kollegen dankbar zu.

Ich glaube, der glaubt es. Ich verstehe nur nicht, wie einer das glauben kann.

Was?, fragte der Kollege mit dem Käsebrötchen.

Dass das, was einer glaubt, auch die anderen, die es nicht glauben, glauben sollen. Ein Glaube ist eine persönliche Sache. Weiß ich, was du glaubst? Ich weiß, was du tust. Das reicht mir.

Der Kollege mit dem Käsebrötchen nickte, er hatte den Mund voll.

Er redet, er tut ja nichts mehr, sagte er dann mit halbvollem Mund. Deswegen möchte er, dass die anderen glauben, was er sagt. Wenn er etwas tun würde, könnte es ihm egal sein, was sie glauben.

Besser einer redet, als dass er Dummheiten macht.

Die beiden hatten noch nie Dummheiten gemacht und würden, da waren sie sich sicher und einer Meinung, auch keine Dummheiten begehen. Das beruhigte sie, dass sie sich auf sich und den anderen verlassen konnten, auf ihr Gefühl, das Richtige zu wollen und zu tun. Diese Annahme war nicht bei allen selbstverständlich. Der dort oben in seiner Wohnung, den sie beobachteten, hatte damit Probleme, dachten sie. Er würde mehr in sich ruhen und Ruhe geben, wenn er wäre wie sie. Wer viel redet, sagten sie sich, der hat etwas zu verbergen. Sie redeten nie viel. Es gab, meinten sie, auch nicht so viel zu sagen, die Dinge erklärten sich von selbst.

Ich glaube an viel, sagte der Kollege mit dem Käsebrötchen. Wenn ich es mir recht überlege, dann gibt es für mich keinen großen Unterschied, ob ich etwas weiß oder ob ich etwas glaube. Ich glaube, was ich weiß.

Ich weiß häufig nicht, was ich glauben soll, sagte der Alte. Manches sieht echt aus und ist doch nicht wahr. Ich glaube, eine Sache sei soundso, und dann habe ich mich getäuscht. Und das weiß ich nur, weil die Sache nicht so ist, wie ich sie mir vorgestellt habe. Doch wie sie wirklich ist, weiß ich deswegen noch lange nicht. Ich glaube, eine Mischung aus Glauben und Wissen ist am besten.

Es ist nicht alles schwarz oder weiß, sagte sein Kollege. Er hatte das Käsebrötchen aufgegessen und wischte sich Krümel von der Jacke. Das meiste ist grau. Hellgrau, dunkelgrau, steingrau, asphaltgrau, da gibt es heute so viele Grautöne, du glaubst es nicht. So ist es mit allem, die Wahrheit ist immer irgendwo dazwischen, nie eindeutig auf der einen oder auf der anderen Seite. Das macht ja die ganze Schwierigkeit aus, dass du nicht einfach sagen kannst, so ist es oder so, sondern du musst immer alles mitbedenken, und da ist es am besten, du gehst nicht mehr davon aus, dass etwas so ist oder so, sondern dass es eine Mischung ist, mit der du dich zurechtfinden musst.

Sie saßen auf einer Bank an der Rückseite der Universität, fast gegenüber von dem Haus, in dem Karl wohnte. Sie hätten gesehen, wenn er herausgekommen wäre. Das war nach ihren Erfahrungen zu dieser Stunde unwahrscheinlich. Die Läden würden bald schließen, die Straße würde sich leeren, dann würde der eine von ihnen nach Hause gehen, der andere würde sich ins Auto setzen und ein wenig abwarten, ob noch etwas geschehen würde, und dann ebenfalls nach Hause gehen. Sie machten ihre Arbeit. Am besten wäre es gewesen, wenn sie zu zweit den Posten hätten beziehen dürfen, aber ein so großer personeller Aufwand war in diesem Fall übertrieben.

Sie hatten mehr oder weniger freie Hand, wie sie sich ihre Arbeit einteilten. Karl war nicht mehr von großem Interesse für ihre Behörde, und sie konnten davon ausgehen, dass es nicht lange dauern würde, dann war der Fall abgeschlossen. Sie würden das Viertel verlassen, das nicht ihr angestammtes Viertel war, sie hatten nicht studiert. Dass sie jetzt regelmäßig nahe bei der Universität saßen und ihre Brötchen aßen, war ihnen nicht geheuer. Sie gehörten nicht hierher, und sie wären von alleine nie auf den Gedanken gekommen, sich hier auf eine Bank zu setzen, im Rücken der Universität, unter all den Studenten, die hinein- und hinausgingen.

Die Liste der Dinge, die er für überflüssig hielt, war lang, und wenn all die Dinge, auf die er meinte verzichten zu können, gestrichen waren, dann würde das Leben so aussehen wie ein Stundenplan für die Schule, ein paar Linien auf einem weißen Blatt Papier, die zur Orientierung dienen und den Tag gliedern. Aus dem Trümmerkind Karl war kein Spaziergänger geworden, der sich durch die Natur treiben lässt. Als die Städte wieder funktionstüchtig geworden waren, mochte er sie nicht verlassen, um sich in abgelegene Gebiete zu begeben, in denen der Geist des Menschen, Gründe, Zwecke und Interessen, keine Rolle spielte. Er wusste nicht, was er da draußen tun sollte.

Seine Familie hatte sich zufriedengegeben mit dem, was einer bekam und verdiente, es musste nicht viel sein, nur irgendwie reichen. Karl war anders, er hat sich mit dem Drang eines sozialen Aufsteigers, der tatkräftig ausschreitet, um den Boden zu spüren, auf dem er geht, für andere Dinge begeistert, für die Wissenschaften, mit denen sich so viel erklären ließ. Mit der Kunst, der Phantasie, mit den Gegenentwürfen der Einbildungskraft wollte er nichts zu tun haben. Dabei hatten sich gerade in den Jahren, in denen er Student war, und dann, als er an seiner Doktorarbeit saß, Schriftsteller bemüht, ihren Gedichten, Romanen und Theaterstücken einen sozialen Mehrwert abzugewinnen, jeder wusste etwas über die gesellschaftliche Funktion der Kunst zu sagen. Im anderen Teil Deutschlands, wo die Vertreter der Arbeiter und Bauern, hieß es, an der Macht waren, bemühten sie sich im Auftrag des Staates, Werke zu schaffen, die der Geschichte unter den Arm griffen und ihr halfen, voranzukommen auf dem Weg zu einer gerechten Welt. Wer von ihnen sich nicht damit zufriedengeben wollte, sich in die vorderste Front des sozialen Fortschritts einzureihen, der suchte in der Vergangenheit nach Kombattanten, nach einem Erbe, das sich antreten ließ und das ihm den Rücken stärkte. Der Wind, der ihn vorantreiben konnte, wehte von weit her, aus den langen Jahrhunderten der Unterdrückung und Ausbeutung der Arbeiter und Armen durch die Herrschenden und Reichen.

Mit Gedichten, Geschichten und Bildern lässt sich nichts erklären, sagte Karl, und er hat den Zorn der schönen Seelen der Revolution auf sich gezogen, die lieber mit Gedichten und Geschichten Politik zu machen versuchten und Bilder malten, statt nüchtern in den Tag zu sehen und ihre Gefühle und Ansichten, ihre Eigenart der objektiven Wahrheit zu opfern.

Er war ein Einzelgänger. Dass er einer wurde, das war nicht geplant. Wenn es nach seinen Neigungen gegangen wäre, dann wäre er einer von vielen geworden. Es sollten ja möglichst viele Menschen seinen Gedanken zustimmen und ihnen folgen, aus der eigenen Einsicht heraus, dass er die Wahrheit sagte. Dafür brauchte er die besseren Argumente, keine aufregenden Ideen oder schöne Träume. Er wollte sich mitteilen und sich nicht vor den anderen bewahren. Empfindlichkeiten, Scheu, Schüchternheit kannte er nicht.

Im Wald irrten die Kriegsheimkehrer herum wie verlorengegangene Hunde. Sobald sie zu Hause keine Luft mehr bekamen und dachten, sie würden explodieren und um sich schlagen, machten sie sich auf zu einsamen Spaziergängen. Sie versuchten, mit den Kriegserlebnissen fertig zu werden, und marschierten und stolperten unter den Tannen und Buchen dahin, die schweigen konnten, wie die Männer zu schweigen sich angewöhnt hatten, weil nur sie, und nicht die Frauen und nicht die Kinder, wussten, was geschehen und wie es gewesen war im Krieg. Die Natur war ein Reservat für kaputte Seelen, die in den Fängen der Vergangenheit hingen und nach Luft schnappten, und das fühlte sich so an, als wäre ihnen ein Strick um die Brust geschlungen und würde sich zuziehen, so dass sie die größten Beklemmungen bekamen und dachten, sie würden verrückt werden.

Und dein Vater?, fragte die Frau, die in sehr unregelmäßigen Abständen bei ihm vorbeikam, als wollte sie nach ihm schauen, was er zuließ, wenn er Zeit hatte, und dann saßen sie in der Küche am Tisch und unterhielten sich, über Dinge, die sie sich nicht von ihm diktieren ließ.

Was ist mit meinem Vater?

Wo der war im Krieg, weißt du das?

Der war Soldat, in Frankreich.

Bei der Wehrmacht, sagte sie.

Wo sonst. Und warum fragst du?

Weil du und ich ja nicht vom Himmel gefallen sind. Und hast du mit ihm darüber geredet?

Er hat nicht gern darüber geredet, und dann war es zu spät. Und deiner?

Der war auch Soldat bei der Wehrmacht, im Osten. Wieso zu spät?

Dann bin ich weggegangen, und wenn ich mal da war, ging es um was anderes. Und was hat dir dein Vater darüber erzählt?

Nichts hat er gesagt, geschwiegen hat er wie alle.

Sie schwiegen ebenfalls, aber so, als hätten sie mehr sagen sollen und würden abwarten, wie sie das am besten anstellen könnten, und nicht, weil sie nicht weiterwussten.

Dann fragte sie:

Warst du mal in Auschwitz? Bist du dort mal hingefahren?

Er schaute sie erstaunt an.

Was soll ich da? Du kommst auf Ideen. Warst du dort?

Ich denke, ich sollte da hinfahren, sagte sie, aber es klang eher fragend als selbstsicher, so als sei sie nicht sicher, ob sie die Reise nicht überfordern würde.

Und warum?

Um es zu sehen.

Mehr konnte sie ihm jetzt nicht dazu sagen.

Da siehst du ein Lager, da siehst du die Rampe und die Öfen und Schornsteine. Und dann?

Er würde nicht dorthin fahren, weil er wusste, was Auschwitz war, ein Vernichtungslager in Polen, und die Deutschen taten so, als hätten sie davon nichts gewusst.

Du stellst Fragen. Nichts und dann. Ich denke nur, es ist besser, es gesehen zu haben.

Sie blieb dabei, dass es nur darum ging, das Lager mit eigenen Augen gesehen zu haben, da gewesen zu sein.

Besser für wen?, fragte er skeptisch.

Für mich.

Das sagte sie zaghaft, als dürfte es nicht um sie gehen, wenn von Auschwitz die Rede war.

Und prompt sagte er:

Aber es geht doch dabei nicht um dich.

Irgendwie schon, ich bin ja eine Tochter von einem Wehrmachtssoldaten, der im Osten war.

Sie wusste, dass es nicht nur darum ging.

Das ist sein Problem, sagte Karl.

Und sie schwiegen wieder, weil die Sache kompliziert war, und um nicht zu viel zu sagen.

Dann aber sagte sie:

Für dich ist das alles vorbei, oder? Das ist für dich kein Bruch oder so etwas. Du siehst das anders als ich, irgendwie nüchtern, als würde dich das, was dort geschah, nicht aus der Fassung bringen können.

Jetzt flackerten seine schwarzen Augen auf.

Die Nationalsozialisten sind nicht nur Ungeheuer gewesen, sagte er, und sie waren nicht die einzigen. Die gibt es überall. Und es ist auch nicht so, dass der nationalsozialistische Staat eine Art Unfall in der Geschichte gewesen ist, losgelöst von dem, was davor war.

Sie sah ihn an, dann sah sie aus dem Fenster, weil sie sich konzentrieren musste, und dann platzte es aus ihr heraus:

Im Grunde hängst du noch im letzten Jahrhundert fest, mein Lieber. Tatsächlich sagte sie mein Lieber, sie war etwas älter als er, und sie war nicht mit ihm ins Bett gegangen und würde das auch nie machen, nicht nur, weil sie keine Lust darauf hatte oder weil sie davon ausging, dass für Karl eine ältere Frau sicherlich nicht in Frage kam, sondern weil das von vornherein ausgeschlossen gewesen war und das ganze Interesse, das sie füreinander hatten, sich darin erfüllte, dass sie eine Weile zusammensaßen und über alles Mögliche redeten. Da kannst du noch so viel wissen vom Imperialismus heute, sagte sie, und dem bürgerlichen Staat und der kapitalistischen Wirtschaft und der Politik. Du siehst das alles mit den Augen des neunzehnten Jahrhunderts, es ist für dich immer noch eine Geschichte, die dort beginnt und weiterläuft bis zu dir. Aber so ist es eben nicht, da ist ein Bruch passiert, durch Auschwitz, und jetzt, denke ich, gibt es die, denen das auch so ergeht, die diesen Bruch sehen, und die, denen das nicht so ergeht und wie du eine Kontinuität sehen und daran festhalten, was im neunzehnten Jahrhundert einmal gedacht wurde. Doch das geht so nicht, seit Auschwitz ist das alles vorbei, und ich rede jetzt nicht vom Gulag und von Stalin, sondern von der Endlösung, der Ausrottung, der Vernichtung, nicht von politischen Gegnern und Feinden, sondern dass die Juden zu Unmenschen erklärt wurden, das ist was ganz anderes, und das macht den Bruch aus, das Ende der Geschichte, wie sie dort noch war.

Bäume, sagte Karl und winkte verächtlich mit der Hand ab, wenn einer ihn fragte, ob sie nicht rausfahren wollten aus der Stadt. Und wenn er einmal mitfuhr, saß er bald an einem Tisch und redete von Dingen, die hier draußen, wo kaum ein Mensch war, schal wirkten, unwirklich. Er war zu unruhig für Waldwege oder für die Gestade von Seen, wo alles, mit dem er sich beschäftigte, null und nichtig war, das war eine andere Welt, in der er nichts zu sagen hatte und die er nicht verstand. Er hatte für Wälder, Berge und Seen kein Gefühl, und er mochte sich nicht eingestehen, dass sie mächtiger waren als er und dass sie vielleicht ein Abbild waren für das Leben, das keiner in den Griff kriegt, auch wenn er noch so viel nachdenkt. Was ihn interessierte, an was er hing, das waren Wille und Geist, oder anders gesagt, logischer Zwang und intellektuelle Fiktion.

Die Natur war stumm und unempfänglich für jedes Wort, das er an sie hätte richten können. Hier herrschte völlige Stille, eine abweisende Stille, die ihn bedrückte. Jedes Tier, das sie unterbrochen hätte, wäre ihm willkommen gewesen. Hätte er einen Hund an seiner Seite gehabt, er hätte ihn hierhin und dorthin rennen lassen, nur um Bewegung in das Bild zu bekommen, das vor ihm lag und sich spröde und abweisend gab wie ein Mensch, der in sich versunken war und nicht ansprechbar, ein Verrückter, der sich verstellte und nur so tat, als sei er normal. Er hätte einen Stock nach links und den nächsten nach rechts geworfen, und der Hund wäre unermüdlich hin und her gesprungen, hätte gejault und gebellt und die tödliche Ruhe zerrissen, die jedes vernünftige Wort erstickte.

Was soll ich hier draußen?, fragte er.

Dann saßen sie wieder im Auto, und jeder Kilometer, der ihn der Stadt, seinem eng umgrenzten Tätigkeitsfeld, Wohnung, Schreibtisch, Zonen der Auseinandersetzung, näher brachte, beschleunigte die Heimkehr. Felder und Bäume wichen zurück vor Häusern und Straßen. Das Auto schob sich in sein Viertel hinein. Als er die Treppe hochstieg und die Wohnungstür aufschloss, atmete er auf. Er war, wie jeder, der etwas mit sich anzufangen weiß, gerne bei sich und mit sich allein.

Die Krähe, die ihn verfolgte, seit sein Stern am Sinken war und sich abzeichnete, wie er enden würde, erwartete ihn. Sie saß in dem Baum, der im Hinterhof stand, und sah, dass das Licht in seiner Wohnung anging. Sie würden sich noch eine Weile direkt gegenübersitzen, ohne dass er von ihr etwas wusste, sie auf einem Zweig, und er an seinem Schreibtisch. Wenn sie ihm aufgefallen wäre, er hätte sich über sie nicht gewundert, sie war in seinen Augen nur eine Krähe, ein bedeutungsloses Tier, mit dem er nichts zu tun hatte.

Er kannte kein Heimweh und kein Fernweh. Das Wissen, um das er sich bemühte, war schwer wie Erde. Die Vernunft schritt auf dem Boden der Tatsachen dahin, sie hob nicht ab und schwirrte davon. Nichts trieb ihn ans Ufer eines fremden Landes, keine Neugier, keine Verzweiflung mit den Zuständen, die ihn umgaben, als hätte er sich damit abgefunden zu bleiben, wo ihn eine unbekannte Hand hingestellt hatte. Dort, in der Region, wo er zu Hause war, blieb er sein Leben lang. Er zog nicht aus dem Süden in den Norden. Das wäre schon zu viel gewesen, unsinnig.

Magst nicht mal weg, Karl?

Warum?

Nur so, um zu schauen, wie es woanders ist.

Du bleibst dir gleich, auch wenn du woanders bist.

Damit war das Thema vom Tisch.

Die Welt ist rund, es war ausgeschlossen, dass einer sie von allen Seiten sieht, der sich nicht vom Fleck bewegt. Aber in solchen Bildern dachte Karl nicht. Ein Bild ist ein Bild und sagt nicht mehr aus, als zu sehen ist, sagte er. Du siehst einen Vogel am Himmel und denkst dir nichts. Du siehst zehn Vögel am Himmel kreisen, und du denkst dir was weiß ich alles zusammen. Da sitzt einer und macht ein langes Gesicht. Dann frag ihn, was los ist, und mach aus dem Gesicht kein Rätsel, das du lösen musst. Der wird dir schon sagen können, was er hat, und wenn er es dir nicht sagen mag, dann sagt er es dir eben nicht, und dann brauchst du dir auch keine Gedanken machen. Das wäre eine seltsame Beschäftigung, wenn du dir selbst aus allem ein Rätsel zusammendenkst und dich dann fragst, was es bedeuten soll, als hätte ein anderer es dir aufgegeben. Ich setze mich nicht irgendwohin und schaue in der Gegend herum und denke mir mein Teil. Da kommt nichts bei raus. Du hast vielleicht Angst, dass du alleine auf der Welt bist, da wolltest du mal nachsehen, ob noch andere da sind? Wenn es so arg ist, geh lieber ein Bier trinken. Das reicht. Dann kommst du wieder zu dir.

Er hat sich nicht inszeniert, wie jene, die sich gerne fotografieren lassen. Er machte sich kein Bild von sich selbst, an dem er dann, wenn es ihm nicht passte, herumgemalt hätte. Und er hat sich nicht in sich selbst hineingeredet, wie einer, der gerne von sich redet, und sei es im Stillen, in einem geheimen Monolog mit sich, in den er die Welt zieht.

Es gibt von Karl nur wenige Fotografien, als hätte er in einer Zeit gelebt, in der das Fotografieren gerade erst erfunden worden war. Auf alten Fotografien schauen die Leute aus, als wären sie gar nicht am Leben, nicht Fleisch und Blut, sondern nur Licht und Schatten, Energie, die sich zusammenballt und Form gewinnt, flüchtige Erscheinungen, Phänomene ohne Masse. Da konnte einer die Zeit in ihnen sehen, wie sie durch sie hindurchging und sie mit sich fortnahm. So sah Karl auf den wenigen Fotografien aus, weil er am Leben und nicht am Bild hing, am Denken und nicht an der Erscheinung. Er hat nie sich selbst oder einem anderen etwas vormachen wollen.

Wenige Tage nach Semesterbeginn hatte sich die Krähe auf den Rand des Brunnens vor dem Haupteingang der Universität gesetzt und sich nach ihm umgeschaut. Sie hatte noch nicht herausgefunden, dass er den Eingang auf der Rückseite nahm. Sie wartete, hüpfte herum, flatterte auf und ließ sich wieder nieder. Viele Studenten kamen an diesem Morgen, aber Karl war nicht darunter. Am Nachmittag würde sie erneut eine Runde um das Gebäude fliegen. Wenn sie Glück hatte, war er gerade auf dem

Weg zu einem seiner Vorträge. Jetzt wusste sie Bescheid. Sie würde bei ihm bleiben, wie ein Vorbehalt, der unbemerkt in einem wuchs und sich eines Tages zu Wort meldete, spätestens auf dem Sterbebett, wenn die Zeit sehr knapp wird und sich nichts mehr korrigieren lässt. Dann schwappte der große Gram über einen zitternden Menschen, das Zähneklappern, die letzte Verzweiflung, das Leben vergeudet zu haben, verschleudert an aussichtslose Ziele.

Wenn ihm danach gewesen wäre, darauf eine Antwort zu geben, dann hätte Karl sagen können, der Weg sei das Ziel, aber mit solchen Parolen ging er nicht hausieren. Die Tage, die kamen, die Jahre, die wurden, sahen ihn auf seinem Posten stehen, als wäre er dort festgewachsen, und manchmal wäre er am liebsten auf sein Fahrrad gestiegen, und dann wäre er mit der Schnelligkeit eines Gesandten, der im Auftrag höherer Mächte unterwegs ist, einmal um die Stadt gefahren, um einen Zauberbann zu legen, damit keiner ihrer Bewohner der letzten Einsicht entkomme, dass er sein Leben vertat. Die ganze Zeit hätte er Formeln der Beschwörung ausgestoßen und die entscheidende Frage wie einen Kometen durch den schwarzen Himmel gezogen, was so schwer daran zu verstehen sei. Er schob die Ärmel seines Hemdes über die Ellenbogen, machte ein Bier auf und nahm einen langen Schluck. Er hat sich nie ans Fenster gestellt, nur um dort zu stehen, hinauszusehen und vor sich hin zu träumen. Und auch jetzt, da er sein Bier trank, schaute er auf den Schreibtisch, anstatt den Mond zu suchen, der den Erdbewohnern nachts, wenn er sich durch die Wolken gekämpft hat, erzählt, dass die Welt nicht so wichtig ist, wie sie zu sein scheint, dass auch sie nur eine Kugel im Kosmos ist.

Er wurde älter, seine Zähne wurden schlechter, aber sonst, woran merkte einer, dass er kein junger Mann mehr war? Er löste keine Kreuzworträtsel, er fütterte keine Tauben, er verdämmerte nicht vor dem Fernseher, und er flog nicht um den halben Erdball, um für sich ein wenig mehr Leben zu gewinnen. Die Sache war im Grunde einfach. Wenn er zum Friseur ging, ließ er sich die Haare kurz schneiden, warum sonst war er hier. Wenn er aß, wollte er satt werden, warum sonst saß er vor einem vollen Teller. Halbherzige Geschichten, die entstehen, wenn die Realität akzeptiert wird wie ein Blatt Papier, das vor einen hingeschoben wird und auf das dann gemalt werden soll, lehnte er ab.

Er schlug die Zeitung auf, las die Überschriften, schlug die Zeitung wieder zu. Sein Herz raste. Er zog sich seinen Trainingsanzug an, rannte die Treppe hinunter und auf die Straße und begann zu laufen, die Straße runter, bis er zum Park kam, wo er seine Runden drehte, wenn das Herz nicht mehr mitmachen wollte und gegen die Brust hämmerte, als wollte es raus, ins Freie. Er lief mehr als eine Stunde, und er kam auf seinem Weg auch an der Stelle vorbei, wo seine Asche Jahre später in den Fluss gestreut werden sollte, als schlösse sich jetzt schon ein Kreis, ohne dass er es wissen konnte, als habe er seinen Radius schon durchschritten und renne rückwärts wieder in sein Leben hinein, je weiter er von der Stelle sich wieder entfernte.

Sein Atem ging gleichmäßig. Der Tag war noch nicht zu sich gekommen, es war noch nicht richtig hell, und nur Hundebesitzer und einige Läufer waren zu dieser frühen Stunde unterwegs. Sein Herz schlug kräftig, es schien sich beruhigt zu haben. Der Sand knirschte unter seinen Füßen, schwarze Bäume säumten die Wege, und auf den Rasenflächen jagten sich Hunde durch den Morgentau. Der Lärm der Stadt war nicht zu hören, nur hin und wieder die Pfiffe der Hundebesitzer.

Er lief seine gewohnte Strecke, die ihn bis an den Rand der Erschöpfung brachte, ein Gefühl, das er genoss wie eine Erlösung von einer Last. Er wurde, je länger er durchhielt, immer leichter, und den höchsten Grad von Erfüllung hatte er erreicht, wenn das Laufen sich selbständig gemacht hatte, wenn die Anstrengung nicht mehr zu spüren war und die Bewegung sich endlos fortsetzen konnte. Das ging allen so, die gerne liefen oder schwammen, alle liefen und schwammen so lange, bis sie diese Linie überschritten hatten und alles von selbst zu gehen schien, ohne dass sie sich gut zureden mussten, noch eine Runde, noch eine Bahn.

Nach einer Stunde machte er sich auf den Rückweg, schweißgebadet, durch die Straßen, wieder die Treppe hinauf, zurück in sein Zimmer. Er saß auf dem Stuhl vor dem Schreibtisch, mit dem trügerischen Gefühl, im Vollbesitz seiner Kräfte zu sein, ein nicht mehr junger Mann, der am späten Nachmittag in die Universität eilen würde, um dort einen Vortrag zu halten, der nichts und alles mit ihm zu tun hatte, so wie die Welt nichts und alles mit ihm zu schaffen hatte.

Karl wurde lauter, die Stimme stieg in die Höhen der fragenden Verwunderung, er machte Pausen und sprach langsamer, als könnten seine Zuhörer den Vorsprung, den er hatte, noch aufholen. Aber die Wagen waren von der Lokomotive abgekoppelt und würden auf der Strecke liegenbleiben, weil keine Kraft sie zog. Es war für die Leute im Saal einfacher, den eigenen Gedanken nachzuhängen, als den Anschluss zu suchen an das, was Karl sagte, auch wenn es wichtig zu sein schien, warum sonst regte er sich so auf. Und er merkte es nicht. Er merkte nicht, dass er immer einsamer wurde.

Die Freunde, die seine Asche in den Fluss streuten, schauten stumm in das Wasser, kein lautes Wort schickten sie ihm nach, als sei das nicht statthaft, als hätte er alle Wörter mit sich genommen. Aber jeder für sich sagte etwas im Stillen: Mach es gut, Karl, oder einfach nur: Karl, oder: Das war es jetzt. Sie schickten ihm Bilder hinterher, wie sie ihn gesehen hatten, früher, als er noch gesund, und später, als er krank war. Dann traten sie vom Ufer zurück und gingen nach Hause, und Karl lief neben ihnen her, er war nicht einfach weg, sondern blieb unter ihnen, als Stimme, Tonfall, Erscheinung, Argument.

Wer angefangen hat, lässt sich nie genau sagen, die eine Seite fühlt sich durch die andere provoziert, bedroht. Sie laufen auf der Straße, die Stimmung schwillt an, und dann müssen sie stehenbleiben, weil ihnen die Polizei den Weg versperrt. Wasserwerfer rollen auf sie zu. Zwischen der Polizei und den Demonstranten gibt es nichts zu besprechen, nichts zu diskutieren. Die einen rufen im Chor, die anderen über Lautsprecher. Sie tauschen Forderungen aus. Kein Politiker taucht auf, um zwischen ihnen zu vermitteln. Die Lage ist in dieser Hinsicht aussichtslos. Die Demonstranten und die Polizisten, die sich auf der Straße gegenüberstehen, wissen, dass diese Konfrontation jetzt ihre Geschichte ist. Und sie werden sie allein zu Ende führen. Die Polizei macht ihre Arbeit, es ist ihre Aufgabe, hier zu stehen und für Ruhe und Ordnung zu sorgen. Die Demonstranten, die gegen das System sind, denken ebenfalls, dass sie nur ihren Auftrag erfüllen und dass es ihre Aufgabe sei, hier zu stehen und für Unruhe und Unordnung zu sorgen. Aber wie kamen die jungen Menschen zu dieser Mission, mit der sie kein Geld verdienen können, die ihnen keinen materiellen Vorteil verschafft? Sie sind in eine Geschichte gerutscht, die vor ihnen begonnen hat und die Art und Weise prägt, wie sie die Wirklichkeit wahrnehmen.

Keiner von ihnen hat eines der Wörter erfunden, mit denen sie ihre Eindrücke und Erfahrungen zu einem Weltgefühl verschmelzen. Sie haben sie woanders aufgelesen, und da sie gut in der Hand lagen, so gut wie die Steine, die sie nachher in der Hand halten und auf die Polizei werfen werden, haben sie diese

Wörter schätzen gelernt, mit denen sich Grenzen ziehen lassen gegenüber den anderen, den Ausbeutern, Reichen, Herrschenden, den Mitläufern, Grenzen, die sie von den anderen abschotten und sie selbst als Gruppe zusammenhalten. Sie werden sich nicht lange damit aufgehalten haben zu prüfen, ob die Wörter dafür taugen, die Gegenwart, in der sie leben und von der sie nicht viel wissen, zu beschreiben. Solche Adaptionen gehen schnell und reflexhaft vor sich, und der Grund, warum es dazu kam, wird oft ein anderer gewesen sein als der Wille, einen Weg zum Wissen zu bahnen und Einsichten zu gewinnen.

Es hat keinen Sinn, jetzt mit ihnen darüber zu reden, sie sind wild entschlossen zu zeigen, dass sie hier sind. Ihre Bereitschaft, nicht nachzugeben, ist für sie eine Art Existenzbeweis. Wo sonst als auf Demonstrationen könnten sie fühlen, dass es sie gibt und wie stark sie sind. Auch wenn sie wissen, dass sie die Auseinandersetzung mit der Polizei verlieren werden, ihnen reicht für dieses Mal, dass es dazu kommt. Allein ihre Anwesenheit ist ein Sieg für einen Tag, für einige Stunden, und sie werden um dieses Gefühl kämpfen, bevor die Erinnerung es wieder schluckt.

Auch die Visionen vom Ende der Welt haben eine lange Geschichte, genauso wie die Visionen von der Befreiung der Welt vom Übel. Sogar Wissenschaftler warnen unentwegt vor dem drohenden Untergang und mahnen zur schnellen Umkehr. Sind ihre Mahnungen nicht vergeblich? Und da sollten die jungen Demonstranten nicht ein flammendes Zeichen setzen, für alle, die nicht hören, sondern weitermachen wie bisher? Sie sind unerbittlich und autoritär in ihren Forderungen. Es wird, denken sie, keine Zukunft geben, wenn sie nicht marschieren.

Glaubst du, dass sich immer
die Gleichen finden?

Geh doch mal zum Arzt, sagte der Alte, das sieht nicht gut aus. Seit wann hast du das?

Er wies mit einem Finger auf den Unterarm seines Kollegen und runzelte die Stirn.

Schon lange, sagte der und schaute ebenfalls hin, als gäbe es für ihn auf seinem Unterarm etwas zu entdecken.

Könnte ja Krebs sein, Hautkrebs, sagte der Alte, der vor einigen Jahren angefangen hatte, sich selbst zu beobachten, den Zustand seiner Gesundheit zu registrieren, als würde er Buch führen über die Ausgaben und die Einnahmen eines Unternehmens, dessen Erfolg er mit Umsicht sichern wollte.

Nun mal den Teufel nicht an die Wand.

Er versuchte, seinen Unterarm aus dem Blickfeld seines Kollegen zu drehen, was ihm nicht gelang, sie saßen nebeneinander, und der Arm mit dem verdächtigen Fleck, der in seinen Augen nicht verdächtig war, lag zwischen ihnen.

Der ist so dunkel. Der Alte beugte seinen Kopf weiter herunter, nicht um zu prüfen, ob er recht habe, sondern um eine Gefahr genauer in Augenschein zu nehmen, die er dort vermutete.

Normalerweise sind Leberflecken braun, nicht schwarz. Wenn sie schwarz sind, musst du zum Arzt.

Er schaute seinen Kollegen eindringlich und sorgenvoll an. Es war nicht gut, nicht auf sich achtzugeben. Manchen fiel das erst spät ein und einigen zu spät.

Es ist ein Muttermal, sagte sein Kollege, mit einer wegwerfenden Geste, weil er sich keine Sorgen um einen kleinen Fleck auf dem Unterarm machen wollte. Keiner hatte gerne Hautkrebs, und sei es auch nur auf Verdacht hin. Es gab Fälle, da schlug die Vorsicht, die ansonsten überall angebracht war, in Panik um. Das wollte er vermeiden, er wollte sich nicht aus seiner Ruhe bringen lassen.

Beschwer dich nachher nicht bei mir, dass ich es dir nicht gesagt hätte, sagte der Alte und setzte sich wieder aufrecht hin.

Du meinst, ein Arzt kann mit Sicherheit feststellen, ob das gutartig oder bösartig ist?

Dafür ist er da, sagte der Alte. Jedes Ding hatte in seiner Sicht auf die Welt seinen Platz, der es zu diesem oder jenem Ding machte. Wenn es nicht dort war, dann war etwas nicht in Ordnung. Dann musste einer nachschauen und die Dinge auf ihren Platz rücken und auf diese Weise die Ordnung wiederherstellen. Das war im Büro, das war bei ihm zu Hause nicht anders, das war auch so, wenn er sich seine Gedanken machte, und wenn diese Regel überall gälte, dann gäbe es keine Probleme.

Sie schwiegen, wie vor einem offenen Grab. Der eine wartete, was der andere sagen und tun würde, er wollte den anderen nicht bedrängen, und der andere, der sich von seinem Kollegen nicht verrückt machen lassen wollte, überlegte, was er sagen und tun sollte, ohne seinen fürsorglichen Kollegen mit einer unbedachten Bemerkung vor den Kopf zu stoßen.

Wenn es bösartig wäre, hätte ich das gemerkt, sagte er schließlich, wie ein gutmütiger Schaffner, der bei der Fahrkartenkontrolle ein Auge zudrückt.

Mach, was du willst, ich würde damit zu einem Arzt gehen, sagte der Alte. Er wollte nicht leichtfertig nachgeben. Die Sache war eindeutig, da half alles Schönreden nicht weiter.

Du hast es eben erst gesehen, sagte sein Kollege. Er fühlte sich in die Enge getrieben durch die Sturheit des anderen. Er wollte seine Sicht der Dinge nur verteidigen und dem anderen keinen Vorwurf machen, weil er sich in etwas einmischte, das ihn im Grunde nichts anging. Es war sein Leberfleck und war es immer schon gewesen.

Ein Glück, sagte der Alte zufrieden.

Wenn es ihm zu heiß wurde, dann holte er sich ein Eis. Oft lief er die Straße auf und ab, um sich die Beine zu vertreten. Sein Kollege machte das auch. Wenn es ihm zu kalt wurde, ging er in ein Café und dann nach Hause. Ich muss doch wegen dem nicht krank werden, dachte er, und sein Kollege dachte genauso. Manchmal tauchte der Gedanke vor ihnen auf, sie wären auf diesen Posten abgestellt worden, weil die Behörde mit ihnen nichts mehr anzufangen wüsste, zwei alte Männer, die bald in den Ruhestand gingen. Wenn das so ist, dachten sie und schauten unbekümmert in die Gegend. Du musst versuchen, das Leben von seiner besten Seite zu nehmen, sagten sie.

An manchen Sommertagen hätte Karl an ihnen vorbeilaufen können, ohne dass sie ihn bemerkt hätten, sie waren mit ihren Gedanken woanders, in einer Art Zwischenreich, nicht in sich selbst drinnen und nicht dort draußen in der heimischen Fremde, sondern bei Erinnerungen, Stimmungen und Gefühlen, die von den Dingen geweckt und aus dem Dunkel gezogen wurden und sich dann an die Dinge hefteten und sie umhüllten, so dass sie ihnen vorkamen wie Bekannte, die sie nicht sofort erkannten. Sie träumten mit offenen Augen vor sich hin, sie hätten aber nicht sagen können, von was sie träumten, von nichts Bestimmten, nur vom Leben, das an ihnen vorbeiging, als gehörten sie nicht mehr dazu.

Jeder macht seine Erfahrungen mit den Wörtern, in die einer hineinwächst wie in eine Hose oder in ein Hemd, die ihm zu groß sind, weil sie ihm zu früh vermacht wurden. Den einen bedeuten die Wörter viel, weil sie gute Erfahrungen mit ihnen gemacht haben, sie liegen ihnen auf der Zunge, und sie passen zu dem, was sie sagen wollen. Die anderen, die nicht zu den Schweigsamen zählen müssen oder zu den Stotterern, vertrauen mehr ihren Gefühlen und ihrem Instinkt, die sich nicht einfach in Wörter verpacken lassen. Da blieb immer ein ungesagter Rest, der wichtig war, wichtiger als das, was gesagt wurde.

Karl war einer von denen, die sich mit den Wörtern gut verstanden, so gut, dass sie kein Leben nebenher führen. Sein Vertrauen in die Wörter wurde so groß, dass er später glaubte, eine Sache aus dem Fluss der Zeit ziehen zu können, um ihre Bedeutung zu erfassen, ohne daran zu denken, dass sie an der Luft eingehen wird. Jedes Ding hat seine Wurzeln, und wenn es aus dem Boden herausgerissen wird, vertrocknet es, und es bleiben dann nur noch glatte und steife Wörter übrig, die dastehen wie eine Mauer oder wie Soldaten, die sich nicht rühren dürfen, mit Gesichtern ohne eine Empfindung.

Die Buchstaben sollen einen Klang und eine Bedeutung aufbewahren, und deswegen reihen sie sich auf in einer bestimmten Ordnung und werden zu Wörtern, die sich dann zu Sätzen zusammenstellen, mit der Folge, dass sich ihre Bedeutungen vermehren. Karl mochte keine Unordnung um sich haben, und deswegen ging er gegen die Doppeldeutigkeiten vor, wie ein Bauer gegen Schädlinge oder ein Handwerker gegen Schimmel.

Die Wörter warten, dass einer ihre Bedeutung versteht und sie ernst nimmt, ernster, als sie genommen werden müssen. Sie täuschen sich ja selber über ihre Leistungsfähigkeit, so gut sind sie nicht, sie haben Macken, Mängel und Schwächen. Manche klingen immer noch fest und selbstsicher, und noch immer gibt es für sie keinen Ersatz, aber im Laufe der Jahre hat sich ihre Bedeutung von ihnen gelöst, so wie der Putz, der von den Wänden alter Häuser abblättert und zu Boden fällt.

Sogar wenn die Abteilung, die sich für Leute wie Karl interessierte, weil sie mit gefährlichen Wörtern hantierten, ihre Mitarbeiter eingesetzt hätte, um etwas gegen diesen Bedeutungsverfall zu unternehmen, sie hätte den Niedergang nicht verhindern können. Große Dinge geschehen häufig, ohne dass einer merkt, wie der Wandel vor sich geht, so wie die Erde sich dreht und keinem dabei schwindelig wird. Warum hätte ihr Chef diesen Niedergang, wenn er ihm aufgefallen wäre, aufhalten sollen? Der Verfall der Wörter, die nicht mehr für alle dasselbe bedeuteten und schließlich nur noch dazu dienten, die lebenswichtigen Dinge zu erledigen, arbeitete seiner Abteilung in die Hände. Sogar die Träume mieden die Wörter, als schämten sie sich ihrer Bekanntschaft. Früher waren die beiden enge Freunde gewesen und hatten die Welt aus den Angeln heben wollen. Dann war einiges schiefgelaufen, aus den Träumen waren Albträume geworden und aus Wörtern Parolen, der Frieden war vorbei, und es begann ein Krieg. Erst als der Krieg zu Ende war, schoben sich die Wörter und die Träume wieder enger zusammen. Eine große Liebe war das nicht, eher eine Art Zweckgemeinschaft, bei der jeder dem anderen nicht zu stark auf den Leib rückt und versucht, einen Vorteil für sich aus der Beziehung zu ziehen, so dass die Wörter wieder an Statur und die Träume an Zuverlässigkeit gewannen. Unter diesen nüchternen Bedingungen gingen weder die einen noch die anderen mit geschwellter Brust und erhobenem Kopf herum. Sie gaben sich freundlich und machten sich klein und unscheinbar, damit alle mitbekamen, dass von ihnen nichts Schlimmes zu erwarten war.

142

Dass Karl die Sache anders sah, war sein Los und sein Verhängnis. Er nannte es sein Leben.

Auf dem Weg zum Mittagessen lief ihm eine Schulklasse entgegen, eine Horde von Kindern, die lachten und Unsinn machten. Ihm hätte der Atem stocken müssen angesichts dieser leichtgläubigen Vorhut kommender Generationen. Hätte er nicht auch ihnen beibringen müssen, was es mit der Wahrheit dieser Wirklichkeit auf sich hatte? Ihre Eltern stellten sich taub und stur, und er wäre längst tot, wenn die Kinder groß genug waren, sich seine Reden anzuhören.

Aber das alles kam ihm nicht in den Sinn. Die Gegenwart, wie er sie empfand, war so mächtig, dass für die Zukunft kein Platz war.

Mit einem raschen Blick schätzte er die beiden Lehrer, die die Horde begleiteten, ab, was und wie sie unterrichteten, und wich den Kindern, die ihn nicht wahrzunehmen schienen und drauf und dran waren, ihn über den Haufen zu rennen, im letzten Moment aus. Er stand auf der Straße und ließ sie an sich vorbeiziehen.

Ist das Ihre Klasse?, fragte ihn eine ältere Frau, die von der gegenüberliegenden Straßenseite gekommen war und jetzt neben ihm stand.

Er schüttelte den Kopf und sagte, nein, nein, das hätte noch gefehlt.

Ich war einmal Lehrerin, müssen Sie wissen, ich weiß, was das heißt, eine Klasse zu haben. Sie glauben nicht, wie anstrengend das sein kann.

Die Frau sah den Schülern hinterher, dann nickte sie Karl zu, verabschiedete sich und ging. Alles war jetzt wieder wie zuvor, als wäre ein Vogel in ein Zimmer geflogen und hätte dort für Unruhe und Aufregung unter den Bewohnern gesorgt, dann hat er endlich das offene Fenster wiedergefunden und ist aus dem Zimmer geflattert, und jeder der Bewohner konnte wieder seiner gewohnten Arbeit nachgehen, kochen, aufräumen, lesen.

Auch Karl, der gegen Stillstand, Ruhe und Gewohnheit im Denken war, brauchte einen gewissen Grad von Stillstand, Ruhe und Gewohnheit um sich herum, sonst geriet er aus dem Konzept. Diese Abhängigkeit von einer nicht lenkbaren, unberechenbaren Masse, die sich aus Menschen, Stimmungen und Ereignissen zusammensetzte, hat er nicht berücksichtigt. Der Krieg war vorbei, und der Frieden machte auf ihn nur einen bedrückenden und betäubenden Eindruck, als wäre es für ihn unvorstellbar, dass der Boden wankte, auf dem er lief, dass die Welt nicht zu retten war.

Karl ist nicht nach Kuba geflogen, um sich anzusehen, wie Revolutionäre dort unten, direkt vor der Nase Nordamerikas, eine sozialistische Gesellschaft aufzubauen versuchten. Ein junger deutscher Schriftsteller, der wegen seiner Gedichte berühmt war, durch die Welt reiste und mit vielen Menschen redete, neugierig auf Ideen und Zeiterscheinungen, fand die Ereignisse und Entwicklungen in Kuba spannend und fuhr aus den Vereinigten Staaten von Amerika, wo er als Gastdozent einer Universität in einem sehr großen Haus lebte, zu den Revolutionären in die Karibik, nicht ohne vorher in einem öffentlichen Brief, der auf der ersten Seite der »New York Times« landete, seinen abrupten Aufbruch damit zu erklären, dass er in einem Land, das von der in seinen Augen gefährlichsten Klasse der Welt regiert würde, keinen Tag länger bleiben könne. Die Sowjetunion hatte er sich schon angesehen, er war dort sogar mit dem Staatsoberhaupt Chruschtschow im Schwarzen Meer schwimmen gegangen, nachdem der dicke Chruschtschow dem dünnen Dichter eine seiner Badehosen ausgeliehen hatte. Die anderen Gäste, die mit ihm die Erkundungsreise in das Mutterland der Revolution unternahmen, darunter ein berühmtes französisches Intellektuellenpaar, das auch gerne durch die Welt fuhr, standen am Ufer, sie hatten keine Badesachen dabei und hätten nackt, was für sie nicht in Frage kam, oder in ihrer Unterwäsche, die sie danach irgendwie hätten trocknen müssen, ins Wasser springen müssen. Und so blieb ihnen nichts anderes übrig, als zuzusehen, wie die Kunst und die Macht sich im Meer vergnügten.

Wer, wie der neugierige jungenhafte Dichter in der viel zu großen Badehose, die Chance hatte, sich einen unmittelbaren Eindruck davon zu verschaffen, wie es um den Sozialismus stand, der wusste danach aus eigener Anschauung, warum er lieber nach Hause in den Westen zurückkehrte, als bei den russischen oder kubanischen Sozialisten zu bleiben. Die Erfahrung zeigte jedem, den die Theorie hierhergeführt hatte, wie kompliziert die Sache mit der neuen, gerechten Gesellschaft war, die nach Plänen, die irgendwer sich ausdachte, funktionieren sollte.

Karl ist immer dort geblieben, wo er die größte Freiheit hatte zu sagen, was er dachte, und wo er ein Leben führte, das eine gute Bedingung für eine Revolution zu sein schien und doch, mit den Augen der Abteilung für Staatssicherheit gesehen, fast eine Garantie dafür war, dass sich die Geschichte mit der Revolution im Sande verlaufen würde. Solange das Volk nicht Hunger leidet, dachte der Chef, wie damals in Frankreich, als es kein Brot mehr gab und die Frauen auf die Straße gingen, wird hier nichts passieren. Und kein Kommunist, auch nicht in seinen kühnsten Träumen, wird sich das Schlechte wünschen, um das Gute zu erreichen.

Was liest du da?, fragte ihn seine Frau abends im Bett.

Er schaute nicht in das Buch des irischen Kritikers der Französischen Revolution. Er war sich seiner Sache sicher, und wenn er darin hin und wieder blätterte, dann aus Nostalgie, in Erinnerung an eine Zeit, als die Gegenwart gleichsam mit einer fernen Vergangenheit verbunden schien, weil es immer noch einige Leute gab, die sich von den alten Ideen nicht lösen konnten.

Eine Weltgeschichte der Menschheit, sagte er, wie sich alles entwickelt hat und warum eine Kultur unterging und die andere überlebte. Da spielen Dinge rein, die sich nicht steuern lassen, Klima, Nahrungsgewohnheiten, Geographie. Wie bei den Tieren, die einen kommen durch, und die anderen sterben aus, weil sich die einen besser an die Umwelt anpassen als die anderen.

Klingt realistisch, sagte seine Frau.

Wir sollten Biologen werden.

Du willst Käfer und Schmetterlinge sammeln?

Ich meine, wenn du in Begriffen wie Lebewesen, Überleben, Gattung, Umwelt denkst, dann sieht vieles ganz anders aus.

Jede intellektuelle Anstrengung, die Karl auf sich nahm, wurde unerheblich vor dem Interesse, das ihn vorantrieb. Er muss ein leidenschaftlicher Mensch gewesen sein. Wenn es anders gewesen wäre, hätte die unablässige Kritik, die er an allem und jedem übte, ihn ausgezehrt, so wie der über ein ganzes Jahr hin unveränderlich graue Himmel auf das Gemüt schlägt. Die Wahrheit über den Zustand der Welt, in deren Besitz er sich wähnte, wird ihn für die Entbehrungen, dass er nicht seinen Phantasien und Vorlieben nachhing und nicht in den Tag hineintrödelte, wie viele andere, nicht entschädigt haben.

Er brauchte Leute, immer mehr Leute, die sich von dem, was er sagte, überzeugen ließen, so wie Wasser, das vom Berg ins Tal rauscht, sich ein Flussbett gräbt, das Land durchfurcht und zum Strom wird. Wem die Ausdehnung seiner selbst, des

Inneren ins Äußere nicht gelingt, der versickert wie nicht gelebt. Es muss in Karl eine ungeheure Gier gewesen sein, eine Begabung zum eigenen Leben, so wie andere ein Talent zum Malen haben oder zum Musizieren, eine Kraft, die bedingungslos und kompromisslos ist. So gesehen war er ein maßloser Egoist, der sich hinter seinem Interesse für das Allgemeine verbarg.

Aufrecht wollte er existieren, mit klarem Kopf, klaren Gedanken und mit klaren Taten. Eine gerade Linie sollte von hier nach dort führen, von der Erkenntnis zum Handeln, und nur die Zeit sollte sich dazwischendrängeln dürfen, weil der Geist eine Weile braucht, bis er auf der Erde sichtbar ist.

Kann ich nicht zu dir kommen?, fragte Emilie ihren Bruder.

Du hast Schule, sagte Karl. Wie willst du das machen?

Ich meine in den Ferien.

Da muss ich arbeiten. Und du wärst allein, du hast hier keine Freundin. Was willst du hier tun? Das ist doch langweilig.

Er mochte seine Schwester, aber er mochte sich nicht um sie kümmern. Das ging zu weit, das konnte sie von ihm nicht erwarten, dass er für sie Kindermädchen spielte.

Ich könnte meine Freundin mitnehmen. Wir kommen zu zweit, wir kochen für dich, langweilig wird es bestimmt nicht.

Und ihr beide wollt den ganzen Tag durch die Stadt ziehen?

Er würde ihnen hinterherlaufen müssen, dachte er. Einer musste auf sie aufpassen. Und wenn er ihnen nicht hinterherliefe, dann würde er sich Sorgen machen, und dann würde er sich vielleicht auch Vorwürfe machen müssen. Dass sie so unruhig war, dass sie nicht lernen und lesen wollte.

Warum nicht, sagte Emilie.

Das geht nicht. Ihr seid zu jung. Weißt du, wie alt du bist, Emilie?

Ich bin zwölf, sagte sie, und weil er nicht gleich antwortete, glaubte sie, gewonnen zu haben.

Im nächsten Jahr, sagte er dann.

Ich bin zwölf, ich muss das doch wissen, nächstes Jahr werde ich dreizehn.

Dass er nicht wusste, wie alt sie war, empörte sie. So etwas durfte nicht vorkommen, sie wusste doch auch, wie alt er war und wann er Geburtstag hatte, sie schickte ihm jedes Mal ein Geschenk. Sie verzieh ihm, wenn er ihr kein Geschenk geschickt hatte, und sie versuchte, ihm zu glauben, wenn er sagte, er habe so viel zu tun und habe deswegen vergessen, ein Geschenk für sie zu kaufen. Aber traurig war sie dennoch.

Ich meine, du kannst nächstes Jahr kommen.

Das sagst du immer, ich kann nächstes Jahr kommen.

Bei mir ist es eng. Ich habe nicht viel Platz.

Das macht nichts, meine Freundin und ich können zusammen in einem Bett schlafen. Das machen wir auch, wenn sie bei mir übernachtet oder ich bei ihr.

Erst war sie froh, dass ihr diese Möglichkeit eingefallen war, dann aber fiel ihr ein, dass er nicht zwei Betten haben würde, und sie sagte, sie könnten zusammen auf dem Fußboden schlafen, das sei kein Problem.

Und was wollt ihr den ganzen Tag treiben?

Uns wird was einfallen. Zu dir kommen ist auf jeden Fall besser, als alleine zu Hause bleiben, wenn Ferien sind.

Das muss er doch verstehen, dachte sie. So alt und vernünftig kann er nicht schon geworden sein. Allein mit den Eltern zu sein, das war nicht leicht. Allein mit den Eltern zu sein, Ferien zu haben und daheim bleiben zu müssen, das war schwer. Sie würde auf dem Bett liegen und Musik hören. Sie würde sich nicht langweilen, sie würde nur denken, dass sie allein war, und das ist kein gutes Gefühl in ihrem Alter. Um sie herum war es leer und still, und da sie wusste, dass es woanders nicht so war, dachte sie, dass die Leere und Stille aus ihr kommen und sich um sie ausbreiten würde. Dann konnte es passieren, dass sie wie gelähmt dalag oder keinen Schritt weitergehen konnte, als wäre die Stille und Leere zu dick und würde sie nicht hindurchlassen.

Die anderen aus meiner Klasse fahren mit ihren Eltern weg. Aber Mama sagt, das geht nicht, das können wir uns nicht leisten.

Kannst du nicht mit einer Jugendgruppe wegfahren?

Kennst du eine?

Ich müsste mich umhören. So was gibt es doch.

Sie trieb ihn in die Enge. Wie kam er darauf, ihr zu sagen, er würde sich nach einer Jugendgruppe umhören?

Würdest du das machen?

Versprechen kann ich dir nichts, sagte er, und er sah auf die Zeitungen, die auf seinem Schreibtisch lagen, und er las die Überschriften, als wollte er sich daran erinnern, dass er mit anderen Dingen beschäftigt war und keine Zeit hatte, sich um eine Jugendgruppe zu kümmern. Er wusste, dass das Problem nicht gelöst war. Emilie konnte hartnäckig sein.

Und wenn es nicht klappt, können wir dann zu dir kommen, nur für eine Woche? Die Eltern meiner Freundin haben auch kein Geld. Aber sie hat wenigstens Geschwister.

Hast du auch, sagte er.

Ich meine, sie hat Geschwister, mit denen sie etwas machen kann. Die habe ich nicht.

Karl gab nach. Sein Geist schüttelte über sein gutes Herz den Kopf, und sein gutes Herz versuchte, nicht zu ihm hinzuschauen und den Vorwürfen, die von dort kamen, aus dem Weg zu gehen.

Er hätte die beiden vor seiner Haustür auf die Straße stellen können, mit der Ermahnung, sich nicht von der Stelle zu rühren, sie wären glücklich gewesen. Es reichte, woanders zu sein, dort, wo Bewegung war und Unbekanntes, fremde Leute zu sehen und das Gefühl zu haben, dass die Augenblicke zählten. Er zeigte ihnen das Viertel und ließ sie hier tagsüber alleine herumlaufen, er ließ sie in seiner Straße einkaufen gehen und abends kochen, er ging mit ihnen in den Park und einmal durch die Stadt. Am Sonntagnachmittag setzte er sie in ein Kino und holte sie zwei Stunden später wieder ab. Er benahm sich wie ein großer Bruder.

Mit den beiden Mädchen an seiner Seite veränderte sich die Welt für zwei Tage. Er rutschte in seine frühe Jugend zurück, in die Zeit, als er nicht viel wusste. Wenn er nicht daran festgehalten hätte, dass die Erkenntnis der Welt ein Ziel sei, das nach einem langen Weg zu erreichen ist, dann hätte er sich mit der Einsicht anfreunden können, dass es unterschiedliche Welten gibt, die gleichzeitig existierten, eine kindliche und eine erwachsene, eine unschuldige und eine schuldige, eine naive und eine wissenschaftliche, eine zusammenhanglose und eine in sich geschlossene, eine, die sich in Eindrücken verliert, und eine, die sich dem Denken fügt, eine Welt aus Fragen und eine aus Antworten.

Er lief den Mädchen nicht hinterher, weil er auf sie aufpassen musste, er ließ sich von ihnen fortziehen, weil er sich ihrer Unbeschwertheit anschloss. Es hatte keinen Sinn, ihnen etwas zu erklären, sie würden, dachte er, nicht zuhören, sie wollten nicht nachdenken, sie wollten etwas erleben. Wenn sie über die Schule sprachen, darüber, wie es zu Hause war, wie sie mit den Eltern zurechtkamen, schnurrte das Leben auf Zumutungen und Herausforderungen, Ansprüche und Einwände zusammen, und die beiden Mädchen wurden müde. Mit dem Satz, ihr müsst euch wehren, schickte er sie ins Bett.

Die beiden konnten nicht schlafen.

Hat dein Bruder eine Freundin? Er hat bestimmt eine.

Weiß ich nicht. Er hat mir nichts davon gesagt.

Hast du ihn nicht gefragt?

Habe ich nicht.

Du traust dich nicht. Es ist dir unangenehm.

Ich traue mich schon. Ich habe ihn einfach nicht gefragt. Das ist alles.

Wenn er eine Freundin hätte, dann wäre sie hier, denke ich. Dann hätten wir sie schon gesehen.

Vielleicht ist sie verreist.

Sie studiert bestimmt auch.

Wahrscheinlich.

Die beiden schwiegen, als sei der Faden gerissen, aber die beiden dachten nur nach, und dann fragte Emilies Freundin:

Glaubst du, dass sich immer die Gleichen finden?

Wie meinst du das?

Dass zwei sich ähnlich sein müssen, wenn sie zusammenkommen wollen.

Kann schon sein. Kann aber auch nicht sein. Ich weiß nicht.

Damit war das Thema Liebe vom Tisch, was Emilies Freundin bedauerte, sie fand das Thema interessant, aber wenn Emilie sich keine Gedanken darüber machen wollte, dann hatte es keinen Sinn, darüber zu reden, und deswegen sagte sie:

Später habe ich auch eine eigene Wohnung.

Ich ziehe bald aus. Ich bleibe nicht mehr lange bei meinen Eltern wohnen.

Du darfst das doch gar nicht.

Aber ich mache es, sobald ich es darf.

Emilie setzte eine entschlossene Miene auf, als wollte sie proben, wie es wäre, wenn sie ihren Entschluss ihren Eltern mitteilte, in der festen Absicht, sich nicht davon abbringen zu lassen.

Ich würde gerne mit anderen zusammenwohnen. Dann bist du nicht so allein.

Du musst nur die richtigen Leute finden.

Ich weiß.

Das wird schon werden, denke ich. Und wenn ich keine anderen finde, die mit mir ziehen, dann ziehe ich alleine in eine Wohnung.

Ich denke auch, dass das klappen wird mit anderen Leuten.

So wie meine Eltern möchte ich auf jeden Fall nicht leben. Das ist ganz sicher.

Wie leben die denn?

So wie alle, denke ich. Sie reden nicht viel, und wenn sie reden, machen sie einen traurigen Eindruck, als wären sie mit dem Leben überfordert. Dann sitzen sie wieder nur da, jeder für sich, als hätten sie sich nichts zu sagen, und vielleicht haben sie sich auch nichts zu sagen.

Du musst mit anderen zusammenziehen. Alleine hältst du das nicht aus.

Was?

Den ganzen Tag. Dass du den ganzen Tag alleine bist.

Manchmal geht es, manchmal geht es nicht.

Ich fühle mich dann von allen verlassen und denke, dass etwas mit mir nicht in Ordnung ist und dass ich alleine bleiben werde, weil die anderen merken, dass etwas mit mir nicht in Ordnung ist, und deswegen keiner mit mir zusammen sein möchte, obwohl ich denke, dass alles mit mir in Ordnung ist, nur dass ich eben alleine bin, wofür ich aber nichts kann, wie jetzt in den Ferien, wenn die anderen weggefahren sind. Ein Glück, dass wir hier sind.

Ich kenne das. Es ist so, als wärst du allein auf der Welt. Du weißt, dass das nicht stimmt, aber es fühlt sich so an, und gerade weil du weißt, dass die anderen nicht allein sind, fühlst du dich von allen verlassen und fühlst dich noch viel mehr alleine, als du sowieso schon bist.

So ist es ja auch, im Grunde bist du alleine. Ich weiß, dass die anderen da sind, meine Mutter, mein Vater, meine Geschwister und die anderen, aber sie sind nicht wie ich, und weil ich wie ich bin, bin ich alleine. Das muss, denke ich, den anderen auch so gehen, obwohl sie nicht den Eindruck machen, als ginge es ihnen so.

Du brauchst gute Freunde, dann fühlst du dich besser, auch wenn sie gerade nicht da sind, es reicht, wenn du weißt, dass du gute Freunde hast. Aber immer funktioniert das auch nicht, weil es einen Unterschied gibt zwischen dir und den anderen, auch wenn wir sehr gut miteinander befreundet sind. Und ich weiß ja auch, dass wir uns manchmal streiten.

Wenn du einen Freund hast, ich meine, einen richtigen, dann hast du immer einen, der für dich da ist.

Ich weiß nicht, sagte Emilie, die sich noch keine Gedanken über einen richtigen Freund gemacht hatte, anders als ihre Freundin, die kaum älter war als sie.

Ich glaube schon.

Das kann auch langweilig werden, immer mit demselben, sagte Emilie, die irgendetwas dazu sagen wollte, damit es nicht so aussah, als würde sie das Thema, ein richtiger Freund, nicht interessieren.

Ich würde es mal probieren, sagte ihre Freundin.

Du musst nur den Richtigen finden.

Oder einen, der fast der Richtige ist, wenn du den Richtigen nicht findest.

Ich hätte lieber den Richtigen und nicht einen, der fast der Richtige ist, sagte Emilie, die nicht der Typ war, Kompromisse einzugehen.

Ich auch, aber manchmal geht das nicht. Du wünschst dir

etwas, aber du kannst es nicht bekommen, und dann musst du dir eben etwas anderes wünschen, das ein wenig in dieselbe Richtung geht.

Das kenne ich. Wenn ich mir etwas kaufen möchte und das Geld reicht nicht, dann muss ich etwas nehmen, das so aussieht wie das, was ich haben möchte und nicht kaufen kann.

Da saßen die beiden Mädchen mit leeren Händen und fühlten sich für einen Moment allein gelassen.

Verdient dein Bruder viel Geld?

Ich weiß nicht. Warum?

Weil er uns zum Kino eingeladen hat, und zum Essen.

Ach so. Das kann er ruhig machen, er ist der Ältere.

Es ist schon gut, einen älteren Bruder zu haben.

Ja, aber oft sehen wir uns nicht mehr, er kommt ganz selten nach Hause, er sagt immer, er habe viel zu tun. Ich habe gar nicht so viel von meinem älteren Bruder, nicht so viel, wie ich gerne hätte, aber es ist besser, einen zu haben, als keinen zu haben.

Sie schwiegen in die Dunkelheit hinein, in der irgendwo ihre Zukunft lag, die sie sich ausmalten, wenn sie ihnen zu unheimlich wurde. Die Zukunft machte ihnen Angst, weil die Zukunft etwas war, das sie nur einmal haben würden, als dürften sie nur eine Karte ziehen, und wenn die Zukunft erst einmal da wäre, hätten sie keine mehr, weil dann alles feststünde, wie die Striche und Figuren auf einem Blatt Papier, das davor weiß gewesen war, wie Wege, auf denen du nicht mehr zurücklaufen kannst. Einmal eingeschlagen, musst du weitergehen, und wohin der Weg dich auch führt, das war dann keine Zukunft mehr, sondern nur eine Konsequenz, eine Notwendigkeit. Mit diesem Gedanken, der mehr ein Gefühl war, aber deswegen umso heftiger wirkte, konnten sie nicht einschlafen.

Ich bin gar nicht müde, sagte Emilies Freundin.

Ich auch nicht.

Dann lass uns das Licht anmachen.

Das klang wie eine Erlösung, eine Rettung in den Alltag, in die Gegenwart der Dinge, die um sie herum sein würden und den Blick von der Zukunft ablenken würden.

So, und jetzt?, fragte Emilie.

Ich weiß auch nicht.

Sie schauten sich an, und dann mussten sie lachen, weil sie sich vorkamen wie kleine Kinder, die sich vor der Dunkelheit fürchten.

Der Karl hat es so gewollt, sagte seine Mutter, und auch die Mitarbeiter der Abteilung für innere Sicherheit behaupteten das. Karls Wille, einmal an eine Erkenntnis gebunden, war eisern, und dann sah es so aus, als ließe er nicht mit sich reden.

Die Mieter des Hauses, in dem Karl wohnte, wussten nicht, wer er war, sie bekamen von ihm nicht viel mit. Er eilte die Treppen hoch und verschwand in seiner Wohnung, er eilte die Treppen hinunter und verschwand aus dem Haus. Abends kamen häufig Freunde, die lange blieben. Volle Bierkästen wurden am Anfang der Woche von ihm in seine Wohnung hinaufgeschleppt und leere Bierkästen am Ende der Woche wieder hinuntergebracht. Sein Fahrrad war klapperig und stand im Hinterhof. Eine alte Frau aus dem zweiten Stock sagte, er sei ein freundlicher junger Mann, er trage ihr immer die schwere Einkaufstasche bis zu ihrer Wohnungstür. Sorgen machte ihr, dass Karl keiner richtigen, regelmäßigen Arbeit nachzugehen schien. Vielleicht ist er ein Schriftsteller, dachte sie.

In den Augen des Chefs der Sicherheitsbehörde hatte die alte Frau so unrecht nicht. Wenn seine Mitarbeiter in der Mittagspause miteinander redeten, merkten sie, dass sie in wesentlichen Fragen, Geld, Familie, Vergnügen, Sicherheit, einer Meinung waren. Aber bei dem, dachte der Chef, ist das anders. Der nimmt die Wirklichkeit nicht zur Kenntnis, der denkt sich etwas aus, der legt sich was zurecht.

Wäre Karl ein Schriftsteller gewesen, hätte er sein Leben in den Wörtern verbringen können und nicht aus den Wörtern ein Leben machen wollen.

Der Chef suchte ein passendes Beispiel aus dem Buch über die Menschheit, fand aber keines. Er war noch ein Anfänger auf diesem großen Gebiet, das mit beeindruckenden Geschichten von längst ausgestorbenen Insulanern oder Ureinwohnern ferner Kontinente aufwarten konnte, von denen er noch kein Wort gehört hatte und die jetzt eine wichtige Rolle spielen sollten in einem Zusammenhang, in den er selbst verwickelt war, als Exemplar einer Gattung, die es schwer mit sich hatte und ständig mit ihren Überlebenschancen kämpfte.

Karl hätte niemals aufgegeben, wenn in dem Saal kein Zuhörer gesessen hätte. Ein leerer Saal war in seinen Augen kein Argument gegen irgendetwas. Die Selbstgewissheit, die sich in dieser Einschätzung ausdrückte, trug ihren Teil dazu bei, dass er von seinen Anhängern geachtet und bewundert wurde. Die Schönheit seines Kopfes fiel deshalb auch denen auf, die kein Wort darüber verloren, sie entsprach seiner Souveränität. Er schien über vieles, er schien über alles Bescheid zu wissen, besser als andere. Diese Eigenschaft hat ihn attraktiv gemacht, nicht nur für Frauen.

Er packte seinen Koffer und nahm mit: Unterhosen, Unterhemden, eine Hose, ein Hemd, Bücher. Das war für ein paar Tage nicht viel. Er ging auf Reisen, um woanders die Lage zu sondieren und Gespräche zu führen. Ein Freund begleitete ihn, sie fuhren mit dem Auto. Das Land war, verglichen mit dem Auto, in dem sie saßen, verglichen mit der Wohnung, in der er lebte, verglichen mit der Stadt, in der er wohnte, sehr groß.

Bei allen kleineren Ortschaften, durch die sie fuhren, dachte Karl nur: Hier gehst du ein, oder: Hier kannst du nur verrecken, oder: Das ist der sichere Tod, oder: Bloß weg, und er sagte: Wie die das hier aushalten, und dachte, das muss anders werden, das ist kein Leben. Er hat das auch gedacht, als er in einer Fabrik arbeiten ging, und als er mit Flugblättern vor den Fabriken stand, morgens in aller Früh und in die müden Gesichter sah, die vor ihm auftauchten. Das geht so nicht, sagte er und ging zurück an seinen Schreibtisch, in sein Zimmer, im Schatten der Universität, wo ein anderes Lebensgefühl war, eine Reinheit, Weite und Weichheit, die nicht von der mechanisierten Arbeit zerstört wurden, den endlos wiederholten Handgriffen, dem Diktat der Automatik, den Fließbändern.

Wenn es den Kapitalismus nicht gäbe, säßen wir in Deutschland fest, sagte sein Freund.

Wie meinst du das?, fragte Karl.

Du kannst Deutschland nicht verändern, schau es dir an, es sieht noch so aus wie damals.

Unter Hitler?

Wie im Dritten Reich. Und wenn es den Kapitalismus nicht gäbe, ich würde ihn erfinden müssen, um eine Lücke zu sehen, wie ich hier rauskommen kann. Damit sich das alles einmal über den Haufen werfen lässt.

Kannst ja woanders hingehen, sagte Karl.

Ich renne doch nicht vor denen weg. Ich bin von zu Hause weggegangen, weil es dort so war wie hier. Die kommen vom Krieg nicht los.

Da können sie noch so lange Aufarbeitung betreiben, sagte Karl und dachte: Mein Vater war bei der Wehrmacht, und dein Vater wird bei der Wehrmacht gewesen sein, so ist es nun mal, aber er sagte nichts.

Die mit ihrer Aufarbeitung. Und dann kommt einer und sagt Auschwitz, und alle schweigen.

Ich kann das Gerede von den Deutschen nicht mehr hören, sagte Karl.

Du musst von Arbeitern und Unternehmern reden, und schon sieht die Sache besser aus, schon fühlst du dich in diesem Land wohler. Mit Arbeitern und Unternehmern kannst du es hier aushalten, mit den Deutschen nicht.

Nur wenn du drüben bist, im Osten, kriegst du damit ein Problem. Da hilft dir der Kapitalismus nicht weiter. Du stehst im realen Sozialismus und siehst nur Deutsche. Karl lachte kurz.

Deswegen gehe ich auch nicht rüber. Du kommst vom Regen in die Traufe. Du stehst drüben, und dir wird klar: Du entkommst den Deutschen nicht.

Wenn die einmal die Grenze aufmachen, haben wir ein Riesenproblem.

Warum?, fragte sein Freund.

Weil dann die Arbeiter, die meinen, es ginge ihnen schlechter, auf die Arbeiter stoßen, die meinen, es ginge ihnen besser, und dann werden alle nur noch von den Deutschen und von Deutschland reden, damit kein Streit zwischen denen entsteht, und keiner sagt ein Wort über den Kapitalismus, weil es ja keinen Sozialismus mehr gibt.

Er war guten Mutes, auch wenn er nichts zu verkaufen hatte, das anderen Freude machte oder gegen Krankheiten half. Die Stimmung wurde nicht besser, wenn er irgendwo auftauchte und zu reden begann. Er erzählte von keiner Idee, durch die jemand hätte berühmt und reich werden können. Karl stieß meistens auf verschlossene Türen und misstrauische Gesichter. Manche drohten ihm. Er musste aufpassen.

Am einfachsten war es für ihn an der Universität, unter jungen Menschen, die oft ihren Phantasien nachhingen, statt sich mit der Realität auseinanderzusetzen. Er sah sich die Gesichter seiner Zuhörer nicht an. Hunderte von Augen schauten auf ihn, bewundernd, erregt, erfreut, wenige skeptisch. Jedes Wort, das er sagte, war mehr als ein Laut, war Träger einer Bedeutung, es trug, wie ein Abbild seiner selbst, sein Gesicht. Aber den Umkehrschluss hat er nie gemacht, dass ein Gesicht nur bestimmte Wörter, Sätze und Gedanken zulassen würde, als stünden sie vor einer Zollschranke und ein Beamter vergliche die Wörter, Sätze und Gedanken mit dem Gesicht und ließe nur diejenigen durch, die ihm ähnlich sahen, die nichts zu verbergen hatten, keine Waren, die sie unrechtmäßig erworben hatten.

Was hatte Karl die
ganze Zeit gemacht?

Wer von denen ist es?, fragte der neue Beobachter den alten.

Der Kleinere, der die Arme verschränkt hält.

Der Alte zeigte mit dem Finger auf Karl, als sei eine Verwechslung möglich.

Und die anderen?

Das sind seine Freunde.

Der Alte und der Neue beugten sich über das Bild, auf dem drei Männer, die jung und tatendurstig wirkten, zu sehen waren.

Und warum gerade er?, fragte der Neue.

Der ist der Kopf.

Und die anderen?

Die helfen ihm, sagte der Alte, ohne dass er hätte sagen können, wie diese Hilfe aussah. Ihm wäre etwas eingefallen, wenn der Neue ihn gefragt hätte. Dem Neuen wollte er keine Antwort schuldig bleiben.

Lässt sich gut merken, sagte der Neue.

Was?

Wie er aussieht.

Du meinst, er fällt auf?, fragte der Alte.

Mehr als die anderen, sagte der Neue.

Ich sag ja, er ist der Kopf.

Sie schwiegen.

Und wie lange ist er krankgeschrieben?, fragte der Alte.

Drei Wochen. Dann macht er hier wieder weiter.

Ich habe ihm noch gesagt, er soll damit zum Arzt gehen.

Mit was?

Mit diesem Leberfleck.

Der Neue schaute den Alten verwundert an.

Was hat das damit zu tun?

Der sah nach Krebs aus.

Der Alte machte ein ernstes Gesicht.

Er hat sich den Fußknöchel verstaucht.

Der Alte schaute den Neuen verwundert an.

Dann ist ja alles gut, sagte er und versuchte, den Ärger zu schlucken, dass der Neue besser über seinen alten Kollegen informiert war als er.

Er hat sich den Knöchel verstaucht, dachte er. Wie er das gemacht hat?

Ihr steht hier nicht unter Druck?, fragte der Neue.

Die Sache ist so gut wie zu Ende, sagte der Alte.

Manchmal ist es schwer, lockerzulassen und aufzuhören.

Ja, der Zufall, das heißt in unserem Fall, die Behörde führt uns zusammen, ihn und uns, meine ich, und dann, wenn die Sache sich überlebt hat, muss sie irgendwie zu Ende gebracht werden. Von alleine geht das nicht. Wir müssen das tun. Aber verkauf einmal das Haus, in dem du aufgewachsen bist. So einfach ist das nicht. Du ziehst das in die Länge, weil es nicht wieder rückgängig gemacht werden kann. Von einem Tag auf den anderen stehst du draußen und kannst nicht mehr hinein.

Das ist dein letzter Fall?

Ja. Danach kommt der Ruhestand.

Das Wort vermittelte den Eindruck einer Uhr, die stehengeblieben war, was, aufs Leben übertragen, bedeutete, dass es zu Ende war, wenn der Ruhestand anfing, und dass der Ruhestand deswegen etwas war, das weder anfangen noch zu Ende gehen konnte, dann wäre ja Bewegung und Leben darin gewe-

sen, sondern etwas, das wie Sterben war, ein Ausgleiten, Dahin-
siechen, Verdämmern. Manchmal rutschte ihm das Wort heraus, und dann hinterließ es bei ihm einen unangenehmen, bit-
teren Geschmack, und er musste an etwas anderes denken, was
er dann alles unternehmen würde, in den freien Jahren, die
kämen, dass er endlich für bestimmte Dinge Zeit hätte, die er
dann tun würde und die er für sich aufzählen konnte, um die
Angst vor dem Ruhestand zu vertreiben, vor den letzten Metern, auf denen es keine Ablenkung geben würde und das Leben, wie er es gelebt hatte, vor ihm stünde, zusammengeballt in
der Frage, ob es das jetzt gewesen sei, sein Leben, das sich nicht
mehr korrigieren und ändern ließ. Er schüttelte sich innerlich
und richtete seinen ganzen Ärger auf seinen neuen Kollegen,
der ihn dazu gebracht hatte, von seinem Ruhestand zu sprechen.

Karl konnte kein Hochdeutsch, er sprach Dialekt. Er stellte damit das, was er sagte, auf den Boden der einfachen Tatsachen.
Seine Worte machten den Eindruck, als seien sie wie die Lebe-
wesen und Gegenstände auf den Landschaftsbildern früherer
Jahrhunderte, auf denen alles genau zu erkennen ist, Kühe,
Wiesen, Bauern und Ställe. Keiner, der sich die Bilder ansieht
und die Dinge wiedererkennt, zweifelt daran, dass die Wirklichkeit genau so war, wie sie auf den Gemälden gezeigt wird.
   Hätte Karl sich an einer Abendkasse bei einem Theater anstellen müssen, er hätte mit den anderen in der Reihe sofort ein
Gespräch angefangen und ihnen etwas erklärt, sie auf einen
Gedanken gebracht. Er war auf Austausch angelegt, auf Zirku-
lation, er stand nicht stumm da, starrte vor sich hin und wollte
mit keinem etwas zu tun haben. Er war sich selbst nicht genug,
nicht aus einem Mangel heraus, der ihn nach Geld, Frauen,
Macht suchen ließ, nicht aus einer Sehnsucht heraus, die ihn ir-

gendwohin trieb, wo er Erfüllung hätte finden können. Er brauchte zum Leben mehr als die reine Existenz. Da fiel ihm die Geschichte in den Arm und hielt ihn fest. Er versuchte nicht, ihr zu entkommen. Er war an diesen Ort gesetzt worden, und hier schlug er die Augen auf, und was er sah, das nahm er nicht hin, sondern machte es sich zu eigen. Für ihn gab es weder kleine noch große Fluchten, weder den Realismus, auf den alle stolz waren, die ihr Leben meisterten oder hinkriegten, noch den Idealismus, auf den alle stolz waren, die sich dem Leben verweigerten oder es verachteten.

Auf öffentlichen Plätzen ist er nie aufgetreten, dort, wo eine Menge ohne Namen zusammengelaufen war, zahlreiche Menschen, die als Einzelne bei diesen Ereignissen, die Geschichte machen, keine große Rolle spielen. Einen solchen Auftritt hat er sich auch in seinen Träumen nicht ausgemalt. Die Plätze der Empörung, des Protestes, der Proklamationen blieben Orte einer untergegangenen revolutionären Bewegung. Auf vielen Fotografien aus jenen Jahren war immer das Gleiche zu erkennen, ein Mann steht vorne vor den anderen, erhöht, so dass ihn alle sehen und hören können, und er redet auf die Köpfe der Leute herab, die sofort verstanden haben müssen, um was es ihm geht, soziale Gerechtigkeit, mehr Lohn, Ende des Krieges, sonst wären sie nicht stehengeblieben. Der Redner sagt etwas, das auch sie hätten sagen können, es liegt nicht fern von dem, was sie selbst denken. Die Not, in der sie sind, macht sie hellhörig und gierig nach Lösungen, Antworten und Veränderungen. Sie haben Hunger, sie sind arm, und sie nehmen die Hoffnungen, die ihnen hier gemacht werden, mit offenen Ohren auf, da ja sonst so wenig auf sie zukommt und ihnen Vorteile verspricht, ein besseres Leben.

Als hätte es einen Sinn gehabt, noch einmal dort zu beginnen, wo kein Anfang mehr war, weil die Zeiten der aufrührerischen Reden und Aktionen vorbei waren, fing Karl genau dort wieder von vorne an, statt sich zu bescheiden, hier zu helfen und dort das Gute zu unterstützen, das Leid zu mindern und die Freude zu mehren.

Seine Freunde und er gingen am Abend in eine Wirtschaft, saßen im Freien, unter all den anderen, und tranken ihr Bier. Für einen Außenstehenden sah es manchmal so aus, als würde das Gespräch in Handgreiflichkeiten enden, Karl fuchtelte mit den Händen, warf die Arme in die Höhe und schien sich nur mit Mühe davon abhalten zu können, vom Stuhl aufzuspringen. Er zog die Aufmerksamkeit von anderen Biertrinkern auf sich, die das, was er sagte, es ging um Politik, nicht unkommentiert lassen konnten. Dann kam eine Diskussion auf, die manchmal in einen Streit zu kippen drohte, und sie wären sich gegenseitig an den Kragen gegangen, wenn sie nicht alle ihr Bier getrunken und immer wieder ein neues bestellt hätten, noch eine Runde, riefen sie der Kellnerin zu, und dann hieß es: Lass es gut sein, und sie hoben die vollen Gläser und sagten: Prost, und dann schwiegen alle, weil sie das schwere Glas an den Mund gesetzt hatten und das Bier in sich hineinlaufen ließen, und in den Momenten war zwischen ihnen eine tiefe Ruhe, als würden sie der Erschöpfung und Müdigkeit nachgeben. Das Bier und dass sie den Streit nicht scheuten, das schmiedete die angetrunkenen Männer am Ende wie Freunde zusammen, und nach der letzten Runde, die sie gemeinsam einläuteten, indem sie die Kellnerin zu sich winkten und riefen: Die Letzte!, schienen sie alle Unterschiede und Unstimmigkeiten vergessen zu haben, als seien die Wörter so und so nur Schall und Rauch und unwichtig, und Einigkeit herrschte zwischen ihnen, dass keiner nachgeben solle und sie sich von keinem etwas sagen ließen, wie die ganze Runde heute Abend wieder bewiesen hatte. Macht's gut, sagten die anderen, als Karl und seine Freunde aufstanden und sich auf den Weg nach Hause machten, und Karl schob mit den Händen die Nacht auseinander, damit endlich wieder Tag werde, und er lag dann in lärmender tosender Stille im Bett und dachte sich in den Schlaf und alles verschwand aus seinem Bewusstsein, über was er Bescheid wusste, das heißt, Bescheid zu wissen meinte, was er nicht hören wollte, und er fiel, bei dieser Ausflucht, dieser krummen Tour, sich klein zu machen, diesem Schlenker in die Unverbindlichkeit, jedem ins Wort, hör auf, dich in Meinungen zurückzuziehen, dich hinter Ansichten zu verstecken, sag, wie du die Sache siehst und warum du sie so siehst, und ich sage dann, wie ich die Sache sehe und warum ich sie so sehe, und dann lass uns darüber reden, bis wir uns einig sind, wie sie zu sehen ist, dass wir zu einem Urteil und einem Schluss kommen und das Palaver ein Ende hat, und als er sich das noch ein paar Mal wiederholt hatte, war auch bei ihm endlich Schluss, und er fiel in den Schlaf der untätigen Vernunft.

Am nächsten Morgen wusch er sich das Gesicht mit kaltem Wasser, wie einer, der sich über einen Bach beugt. Er kannte keine Stunden, die vom Gefühl der Sinnlosigkeit geschluckt wurden.

Der Wahnsinn des Wissens produzierte heroische Verdrängungsleistungen, die von psychologischen Gutachtern als Bereitschaft zum Extremismus eingestuft wurden. Die zuständigen Mitarbeiter der Abteilung für die Aufrechterhaltung der inneren Sicherheit des Landes, eine Abteilung, die in jedem Land existiert, das sich Sorgen um den Bestand seiner Ordnung und die gute Zusammenarbeit seiner Bewohner macht, nahmen die Expertisen der Psychologen zur Kenntnis, fanden aber, dass sie wie alle Theorien übertrieben und am Einzelfall zu überprüfen seien. Wie sie das machen könnten, wussten sie nicht, das überstieg ihr Aufgabenfeld.

Von seinem Leben hat er nichts preisgegeben, nur so viel wie nötig war, weil er sagte, was er dachte. Ein richtiger Gedanke war eine öffentliche Angelegenheit. Er machte nicht viel Aufhebens von sich, als wäre er bescheiden gewesen, was er nicht war, als hätte er keinen Wert auf ausgefallene Ansichten gelegt, die er vehement verfocht, oder auf ein auffallendes Auftreten, einen persönlichen Stil, den er sich nicht zulegen musste, er ergab sich von selbst. Jedem im Saal wurde rasch klar, dass dort vorne einer stand, der sich nur für das interessierte, was er vortrug. Es fiel schwer, sich vorzustellen, dass ein Mensch so unpersönlich sein konnte und dass er das, was er war, Ich, Selbst, Individualität, eine Besonderheit, nicht zu pflegen und zu schützen bereit sein sollte.

Er ging immer in dieselben Läden, kaufte nur das Nötigste, eine neue Hose, wenn die alte Löcher hatte, ein neues Hemd, wenn das alte zerschlissen war, eine neue Jacke, wenn die Nähte der alten sich schon auflösten, einen neuen Mantel, wenn der Stoff schon so dünn geworden war, dass er nicht mehr wärmte. Unter den eingeschränktesten Bedingungen des realen Sozialismus hätte er sich mit seinen Minimalbedürfnissen gut einrichten können. Beim Denken war er einerseits streng wie ein Oberstudiendirektor für Latein, der keine Fehler durchgehen ließ, andererseits schöpfte er hier, wo andere ihre intellektuellen Bedürfnisse zurückschraubten, aus dem Vollen mit nicht nachlassender Energie, als hole er mit den bloßen Händen ein Goldstück nach dem anderen aus einem Fluss, so dass zwischendurch aufzuhören, eine Pause einzulegen, essen, dösen, schlafen, völlig verrückt gewesen wäre.

In der Verleugnung des eigenen Selbst sah der Chef der Abteilung für innere Sicherheit ein Anzeichen von Radikalität. Jeder terroristische Akt hatte die Selbstaufgabe zur Voraussetzung. Den Chef und die zuständigen Mitarbeiter beunruhigte zeitweilig weniger das, was Karl sagte, als seine bedingungslose Aufopferung für die Sache, die er verfolgte. Gefährlich würde er, wenn er die äußerste Grenze des Selbstschutzes nicht mehr einhalten und sein Leben in einem Akt der Gewalt opfern würde. Als sie glaubten, davon ausgehen zu können, dass Karl nie aufhören würde zu reden, dass er über die Grenze der Wörter nie hinausgehen und sich niemals in die Gefahrenzone zurückziehen würde, ließen sie die Zügel locker.

Karl schaute aus dem Fenster, der Himmel war blau. Er ging auf die Straße, die Luft war lind. Er saß vor einem Teller, das Essen war gut. Die Welt schüttete Farben und Düfte aus, sie versuchte, sich von ihrer besten Seite zu zeigen, um ihn milde zu stimmen, dass er nachlässig werde in seinen Urteilen, nicht so streng in seinen Forderungen, dass er ins Schwärmen gerate wie ein Verliebter. Sie konnte sich an ihm die Zähne ausbeißen, er ließ sich nicht täuschen, nicht verführen. Die Wahrheit musste ihm nur zuzwinkern, und schon war er weg, er sagte nicht einmal, dass er wiederkommen würde, er zögerte nicht, zog den Abschied nicht hinaus, zeigte keine Trauer, spürte keinen Herzschmerz, sondern eilte davon, vorbei an einer Gruppe von Touristen, deren Sprache er nicht verstand. Japanisch, indonesisch? Er wusste es nicht. Er musste zurück an seine Arbeit, dahin, wo sein Geist die Welt bezwang. Wenn alle so dächten wie er, käme eine Sintflut und wüsche die Welt rein, und alles könnte von Neuem beginnen. Ein neuer Anfang, das war die geheime Losung hinter aller Kritik, die eine Welt in Trümmer legen würde, wenn die Menschen reif dazu waren, wenn sie verstanden hatten, wie ihnen geschah, damit etwas entstehen konnte, das noch nie da gewesen war, aber im Kopf, als Gedanke und logische Tat, bereitlag.

Sie haben die Grenze aufgemacht, Karl.

Sie wissen von ihren Kumpels oder aus eigener Erfahrung, wie sie sich verhalten müssen, wenn die Polizei sie festnimmt, und die neu hinzugekommen sind, prägen sich die Ratschläge der anderen ein. Noch werden bei Demonstrationen Grenzen eingehalten, noch fallen keine Schüsse, wenn auch nicht ausgeschlossen ist, dass ein Demonstrant, aus einer Verkettung unglücklicher Umstände, getötet wird. So weit ist es woanders, wo auch keiner von ihnen damit gerechnet hatte, gekommen. Aber mit den schlimmsten Befürchtungen gehen sie nicht in den Kampf. Dafür sind sie zu jung, sie hängen am Leben, das auch seine guten Seiten hat. Mit Wurfgeschossen, Flaschen, Steinen beginnt kein Bürgerkrieg.

Sie handeln im Namen der Unterdrückten und Ausgebeuteten. Theorien stehen ihnen nicht im Weg. Die Unterscheidungen, die sie treffen, haben sich für ihre Aktionen bewährt, Arme und Reiche, Kapital und Arbeit, Staat und Selbstverwaltung, Krieg und Frieden, Profit und ein gerechtes Leben für alle. Das haben sie nicht in der Schule gelernt. Dass es so ist, das liege, sagen sie, auf der Hand. Jetzt, da die Welt für sie ein eindeutiges Gesicht bekommen hat, lassen sich die Informationen besser sortieren in solche, die passen, und in jene, die vom Gegner verbreitet werden, weil sie im Widerspruch stehen zu dem, was sie zu wissen meinen. Bei jenen, deren Wissen konform geht mit dem Leben der Mehrheit, wird es, je älter sie werden, umso unwahrscheinlicher, dass sich ihre Ansichten radikal verändern werden. Ihre Meinungen zu pflegen hat für sie ja einen Nutzen. Für die anderen aber, die sich hier versammelt haben und die Konfrontation suchen mit dem System, besteht die Möglichkeit, dass sie eines Tages kehrtmachen und sich einreihen in die Mehrheit, wo sie anfangen werden, die Potentiale einer langsamen Veränderung auszuschöpfen. Auch in früheren Generationen kamen Radikale zur Besinnung und ließen sich auf der Ebene des Gewöhnlichen, der Zustimmung und der Reformen nieder, ganz im Sinne einer biologischen Sicht auf die Dinge, nach der unter schwierigen Bedingungen nur der überleben wird, der sich anpasst und auf die Schwierigkeiten originell reagiert, statt sich gegen notwendige Veränderungen zu wehren, die sein eigenes System betreffen, eine grundlegende Voraussetzung, um flexibel zu werden. Und die wenigen, die den Ansichten aus der Jugend treu bleiben und nach deren Vorgaben weiterzuleben versuchen, werden sich in alternative Nischen zurückziehen, wo Wörter wie Ruhestand keinen Platz haben.

Machst du das schon lange?, fragte der Neue.

Was?

Andere beobachten.

Geht so, sagte der Alte. Und du, hast du Erfahrung damit?

Ich bin hier neu, sagte der Neue, ich war davor im Büro. Das war gut. Aber ich wollte dann was anderes machen. Ich habe meinen Vorgesetzten gefragt, ob ich in den Außendienst wechseln kann, und er hat gesagt, geht in Ordnung.

Du brauchst Geduld, ohne Geduld kommst du hier nicht weit.

Der Alte sah den Neuen von der Seite an und versuchte herauszufinden, ob er Geduld besaß.

Das habe ich schon gemerkt, sagte der Neue, und es klang so, als sei er etwas enttäuscht oder ernüchtert. Der tut nicht viel. Aber solange er nicht durchdreht.

Er ließ den Satz unvollendet stehen. Vieles, was gesagt werden sollte, verstand sich von selbst und musste deswegen nicht mitgeteilt werden, so wie über vieles, das sich nicht von selbst verstand, viel geredet wurde, ohne dass einer der Sache deswegen näherkam.

Der nicht, sagte der Alte. Das ist nicht so einer.

Irgendwann kippt die Geschichte. Du denkst, das geht jetzt so weiter, aber da hast du dich getäuscht.

Wie ein Blitz aus heiterem Himmel?

So ungefähr, sagte der Neue.

Das glaube ich nicht. Es sieht immer nur so aus, als wäre es wie ein Blitz aus heiterem Himmel. Aber die Geschichten bereiten sich vor, unterschwellig. Das ist wie mit dem Alter. Du merkst, du wirst älter, das ist normal, ab einem gewissen Alter. Aber du fühlst dich noch nicht alt. Irgendwann ist das mit einem Mal anders. Das Alter ist da, du bist überrascht, du weiß nicht, woher es so schnell gekommen ist. Du denkst, es kam vom einen auf den anderen Tag. Aber so ist es nicht gewesen. Es fühlt sich nur so an. Du kommst damit klar, dass du älter wirst. Aber mit dem Alter kommst du erst einmal nicht klar. Da musst du dich daran gewöhnen. Und so ist es mit allem.

Es gibt keine Überraschungen?

Nur für den, der nicht drinnen steckt. Der die Geschichte nicht kennt.

Du denkst, du bist gesund, und dann gehst du zum Arzt, und der Arzt sagt dir, du bist krank, sagte der Neue, der zeigen wollte, dass ihm der Gedanke nicht neu war.

Das kommt für dich überraschend, aber für deinen Körper, den du nicht kennst, obwohl du dein ganzes Leben mit ihm zusammenhängst, kommt die Krankheit nicht überraschend.

Ein Attentat?

Kommt für die Opfer überraschend, für die Täter nicht und nicht immer für Leute wie uns, weil wir die potentiellen Täter beobachten und mit Attentaten rechnen.

Wir wissen zu wenig. Wüssten wir mehr, gäbe es keine bösen Überraschungen.

Wir wissen so gut wie nichts, sagte der Alte. Wir brauchen

deshalb Wiederholungen. Davon leben wir. Die Dinge müssen morgen noch so funktionieren, wie sie heute funktioniert haben. Wir kommen ohne eine gewisse Beständigkeit und Stetigkeit um uns herum nicht zurecht. Wir sehen auf die Oberflächen, die sich weitgehend gleichbleiben, das sind unsere Gewohnheiten, aber die Strömungen darunter interessieren uns nicht, die würden uns nur verrückt machen.

Deswegen sitzen wir hier?

Du meinst, weil wir die Geschichte nicht kennen, weil wir nicht wissen, was kommen wird?

Nein, weil wir an den Gewohnheiten hängen, sagte der Neue.

Das kommt auf dasselbe raus, sagte der Alte.

Es fühlt sich aber anders an, ob ich etwas nicht weiß oder ob ich etwas mag. Das eine Mal hänge ich in der Luft, das andere Mal stehe ich mit beiden Füßen auf dem Boden. Das eine Mal sehe ich mit Zuversicht in die Zukunft, das andere Mal mit Angst, weil der Arzt mir gesagt hat, ich sei ein hoffnungsloser Fall.

Jeder muss wissen, wie viel Wissen er verträgt, sagte der Alte. Ich glaube, das wissen wir instinktiv. Wir machen die Klappen dicht, wenn das Wissen für uns zu viel wird, wenn es uns aus unseren Gewohnheiten vertreibt.

Aus dem, was uns guttut.

Aus dem, womit wir meinen, leben zu können. Da müssen wir uns nichts vormachen. Die ganze Wahrheit ist für uns zu viel. Würdest du den Tag wissen wollen, an dem du stirbst?

Sie schwiegen und sahen vor sich hin.

Dann sagte der Neue: Wir können hier nicht stehenbleiben.

Was soll das heißen? Warum nicht? Wir standen auch gestern schon hier.

Der Abschnitt ist gesperrt.

Wie kommst du darauf?

Da stehen Schilder.

Seit wann stehen die da?

Ganz sicher seit heute früh.

Und warum?

Umzug. Hier will jemand aus dem Haus ausziehen.

Sie starteten das Auto, und da sie keinen Parkplatz sahen, von dem aus sie bequem das Haus, in dem Karl wohnte, hätten beobachten können, fuhren sie mehrmals um den Block, und als sich in der Reihe der parkenden Autos keine passende Lücke auftat, beschlossen sie, sich der höheren Macht des Zufalls zu beugen und später wiederzukommen. Dass Karl den Umzugswagen bestellt haben könnte, daran dachten sie nicht. Diese Möglichkeit fiel ihnen erst ein, als sie ihn zwei Tage nicht zu Gesicht bekamen. Mit Schrecken dachten sie, dass sie vor einer leeren Wohnung Wache hielten und Karl über alle Berge war, als sei von ihm eine Gefahr ausgegangen, die ihn habe untertauchen lassen. Sie sprachen kein Wort, als wollten sie durch Schweigen bannen, was nicht sein durfte. Groß war ihre Freude, als er am dritten Tag morgens aus der Haustür trat und mit diesem Schritt die gewohnte Welt wiederherstellte, in der der Gedanke, dass Revolutionäre sich mit einem Umzugswagen davonmachten, aus Erfahrung von selbst erledigt war. Was hatte Karl die ganze Zeit gemacht? Diese Frage bewegte sie eine Weile, als hinge irgendetwas davon ab, bis ihnen wieder einfiel, dass die Tage gezählt waren, die sie ihn noch beobachten mussten, und dass er danach umziehen konnte, so oft er wollte, ohne dass sich ihre Abteilung dafür interessieren würde. Im Grunde, dachten sie, hätte er vor Tagen schon die Stadt verlassen können, wie jeder andere auch, und hätte er jemals untertauchen wollen, er hätte dafür Gelegenheiten genug gefunden. So eng war der unsichtbare Zaun nicht, den sie um ihn aufgestellt hatten, im Gegenteil, die großen Lücken entsprachen dem großen Zutrauen, das sie zu ihm gefasst hatten, seitdem sie davon ausgingen, dass er sich treu bleiben würde, ein Revolutionär des Wortes, ohne Masse, das Relikt aus einer untergegangenen Zeit.

Die Welt ist schlecht,
und ich schaff mich ab?

Nichts geschah, was nicht durch anderes, Ursprung, Umstände und Beziehungen, vorbereitet worden war, jedem Schritt, der ein Anfang, ein freier Entschluss hätte sein sollen, gingen unzählige Schritte voran, deren Spuren verwehten und die nicht geradlinig verlaufen mussten, sondern ein Labyrinth ergeben konnten, aus dem keiner so recht schlau wurde, der es im Nachhinein, einen sinnvollen Zusammenhang suchend, betrachtete und zu deuten sich bemühte.

Ein Vogel, mehr passierte in diesem Augenblick nicht, eine unauffällige Reaktion auf eine Nebensächlichkeit, Alltäglichkeit, flog erschrocken auf, als ein Name, ein Knäuel von Lauten, an ihm vorbei durch die Luft schwirrte:

Emilie!

Sie hörte, wie ihre Mutter sie rief, und da die Sonne hoch oben stand und sie Hunger hatte, war offenbar die Zeit für das Mittagessen gekommen, und sie sprang von dem Baugerüst herab, auf dem sie gesessen und davon geträumt hatte, wie das Haus aussehen würde, in dem sie wohnen wollte, und wie viele Kinder sie haben würde, ob Jungen und Mädchen oder nur Mädchen, weil sie nicht wusste, wie das sein würde mit Jungen, und sie dachte daran, was sie kochen und backen und wie, so ungefähr, ihr Mann aussehen würde, aber da geriet sie ins Stocken, sie konnte sich den Jungen, der ihr gefiel, nicht als einen erwachsenen Mann vorstellen. Und sie rannte los, nur die letzten Meter ging sie langsam, weil ihre Mutter nicht sagen sollte, du bist ganz außer Atem, wo hast du gesteckt, sondern nur, kannst du den Tisch decken.

Fertig!, rief sie und rannte Richtung Wohnzimmer, um ihren Vater zu holen, setzte sich neben ihn auf das Sofa und sah ihn an, liebevoll und forschend, als säße da ein Hund, und sie dachte, dass sie nie wüsste, was ein Hund denkt und fühlt, dass sie sich nicht einmal sicher sei, ob er sie verstehen würde, wenn sie ihm gut zuredete, und dass es für ein Kind nicht leicht war, mit jemandem zusammenzuleben, den sie so mochte, wie sie ihren Vater mochte, und der so traurig war, wie ihr Vater traurig war, und nichts gegen diese Traurigkeit machen zu können.

Papa, geht es dir nicht gut, das war alles, was sie ihn fragte. Immer nur, Papa, geht es dir nicht gut, und darauf sagte er, es wird gleich besser werden, oder er sagte, bevor sie ihm die Frage stellen konnte, weil er wusste, was sie ihn fragen würde, du musst dir keine Sorgen machen, Emilie, es ist schön, dass du da bist.

Sie verstand nicht, warum es schön sein sollte, dass sie da war, wenn sie nicht in der Lage war, ihm zu helfen. Wenn der Satz nicht nur so dahingesagt wurde, dann glaubte er offenbar an etwas, an das zu glauben ihr schwerfiel, oder er fühlte etwas, das sie nicht fühlte, und so blieb der Satz, der gut gemeint war, zwischen ihnen stehen, wie ein Kind zwischen zerstrittenen Eltern, er trennte sie mehr als sie miteinander zu verbinden und nicht nur, dass es schön sei, wenn sie da war, schien ein Irrtum zu sein, sondern rätselhaft war auch, was es bedeutete, da zu sein, wenn sich dadurch nichts änderte.

Manchmal dachte sie, ihrem Vater ginge es besser, aber am nächsten Tag war wieder die gleiche Traurigkeit in seinen Augen und eine Müdigkeit, als sei er restlos erschöpft und würde sich nicht mehr bewegen können und nur auf dem Sofa sitzen wollen, und er sah aus, als sei er ganz woanders, weit weg. Sie nahm seine Hand oder legte ihm eine Hand auf die Schulter oder auf den Arm.

Manche Dinge lassen sich verstehen, und andere lassen sich nicht verstehen. Ein Teil von einem selbst gehört zu den verständlichen Dingen, mit denen das Leben leichter zu gehen scheint, ein anderer zu den unverständlichen, die es schwieriger machen. Es ist eine Anmaßung, wenn einer glaubt, er würde sich selbst bis in alle Winkel hinein durchschauen, so wie vieles, was auf der Hand zu liegen scheint, dass da ein Ich ist, ein fester Wille und eine gerade Schnur, die von einer Absicht zu einer geplanten Tat führen würde, nur eine Annahme ist, um weitermachen zu können, und keine Tatsache, auf die einer sich unter allen Umständen verlassen kann, was im Grunde ein jeder weiß und nur nicht laut sagt, weil er dann mit sich selbst durcheinandergeraten würde, so wie wir uns angewöhnt haben, Dinge mit Namen zu bezeichnen, die sie nicht einmal halbwegs fassen, und wir nur so tun, als meinen wir ein und dieselbe Sache, weil wir sonst keinen Schritt vorankommen.

Die Mutter hat dem Vater nicht helfen können, und wenn Emilie sie fragte, was mit ihm los sei, sagte sie, lass, du musst dir keine Gedanken machen, es wird mit ihm schon wieder besser werden, nicht alle Menschen sind fröhlich. Dabei ging es Emilie nicht darum, dass er fröhlich wäre, er sollte nur nicht traurig sein. Die Traurigkeit färbt ab, von einem Menschen auf den anderen. Wenn ein roter Socken aus Versehen mit weißer Wäsche gewaschen wird, dann sind alle Bettlaken rosa. Die Traurigkeit ist eine Art Säure, sie frisst die Freude auf und die Lust, alles, was weich und verletzlich ist.

Kaum betrat Emilie die Wohnung, wurde ihr anders zumute. Draußen und bei ihren Freundinnen war sie fröhlich, aber zu Hause hing die Traurigkeit in der Luft, nur nicht in ihrem Zimmer, dahin kam die Traurigkeit nicht, das ließ Emilie nicht zu, deswegen verzog sie sich nach dem Mittagessen in ihr Zimmer und blieb dort für den Rest des Tages, wenn sie nicht zu ihren Freundinnen ging, und kam erst zum Abendbrot wieder heraus. Wenn die Schule früher aus war, ging sie nicht sofort nach Hause, sondern lief durch die Gegend.

Ihr Vater saß die meiste Zeit auf dem Sofa, seit er nicht mehr arbeitete. Sie wusste nicht, was er den ganzen Vormittag über tat, wenn sie in der Schule war. Er räumte die Wohnung auf, aber das konnte ihn nicht über Stunden beschäftigen. Immer lag ein Buch neben ihm, oder er hielt eines in der Hand, aber sie war sich nicht sicher, ob er wirklich darin las, manchmal kam es ihr so vor, als würde er nur in das Buch schauen, aber nicht darin lesen. Sie fragte ihn, ob das spannend sei, und er sagte, es sei schwierig. Sie fragte, warum er keine Geschichten lese, und er sagte, sie würden ihn langweilen, sie seien komisch geschrieben, und als sie ihn fragend ansah, sagte er, es sei so, als würde jemand bei Tisch mit vollem Mund reden, stell dir das vor, da sitzt jemand vor einem vollen Teller und lässt es sich gutgehen, ihm schmeckt das Essen, er isst mit großem Appetit, und dann drängt es ihn, den Koch zu loben, der das alles zubereitet hat, aber aufhören zu essen mag er deswegen nicht, und er beginnt den Koch in den höchsten Tönen zu preisen, nur dass ihn keiner versteht, weil er den Mund voll hat, und alle, die noch bei Tisch sitzen und zuhören, versuchen herauszufinden, was er sagt, aber sie verstehen ihn nicht, und dann denken sie, dass man so etwas nicht macht, mit vollem Mund reden. Emilie stellte sich einen dicken Mann vor, der vor einem vollen Teller saß und schwitzte und ein rotes Gesicht hatte vor lauter Aufregung und nun anfing, etwas zu sagen, dessen Sinn im Schmatzen verlorenging, und sie hatte das Gefühl, zu verstehen, was ihr Vater ihr hatte mitteilen wollen, dass die Geschichten, die er nicht mehr lesen wollte, von etwas handelten, das für ihn nicht der Rede wert war, dass er lieber seinen eigenen Teller aufessen wollte, als sich von jemandem darüber belehren zu lassen, wie das Essen schmeckte, und sie nickte.

Emilie hat sich nicht gemerkt, wie die Bücher hießen, die er las, oder in denen er zu lesen vorgab, wenn er nicht vor sich hin starrte und es so aussah, als würde er sich etwas überlegen, es waren nicht viele Bücher, und sie müssen ihm gefallen haben, sonst hätte er sie nicht in der Hand gehalten und darin gelesen, aber vielleicht haben sie ihn nur trauriger gemacht. Jeder wird traurig, wenn er ein trauriges Buch liest, aber bei Emilie verflog die Traurigkeit wieder, wenn sie das Buch zu Ende gelesen hatte.

Sie dachte, dass etwas in seinem Leben passiert sein musste, das ihn unglücklich gemacht hatte, aber sie wagte nicht, ihn danach zu fragen, es war ihr unheimlich, als müsste sie abends alleine in den Keller gehen. Wenn ihre Mutter abends sagte, ich gehe in den Keller und hole dies oder das, dann hat Emilie sie dafür bewundert, dass sie sich traute, alleine runterzugehen. Ihre Mutter schien keine Angst vor dem Keller zu haben, sie war nicht traurig, aber richtig fröhlich hat Emilie ihre Mutter selten erlebt, und auch nur, wenn sie mit ihr alleine war.

Das war alles, was sie damals über ihren Vater sagen konnte, es war nicht viel, und sie dachte, dass gerade dort in seiner Seele, wohin sie nicht vordrang, wenn sie darüber nachdachte, warum er so war, wie er war, der Grund für seine Traurigkeit lag. Wenn sie später an ihn dachte, wie er damals war, sah sie ihn auf dem Sofa sitzen, und vielleicht wäre es nicht so weit gekommen, wie es dann kam, wenn sie neben ihm auf dem Sofa sitzen geblieben wäre und ihn ständig gefragt hätte, warum er traurig sei, und wenn sie sich nicht damit zufriedengegeben hätte, dass er ihr sagte, Emilie, lass, mir geht es gut, es ist nichts, das geht vorüber. Er starrte in ein Buch, aber ihr schien, als würde er ganz woanders hinstarren, als sei da etwas, das nur er sah, wie wenn einer mit offenen Augen träumt, ich mache das auch, dachte sie, aber ich sehe dabei bestimmt nicht traurig aus, oder nur, wenn ich über meinen Vater nachdenke, darüber, dass ich ihn nicht habe aufmuntern können und dass es offenbar nicht möglich ist, irgendeinem Menschen zu helfen, wenn man nicht einmal denen beistehen kann, die einem nahe sind. Ihre Mutter hat versucht, ihn zu stützen, aber sie konnte es nicht, und wenn Emilie sich das überlegte, dann fragte sie sich, ob einem überhaupt zu helfen war.

Er wollte ihnen etwas sagen, das er auf andere Weise nicht sagen konnte, wofür ihm die Worte fehlten oder das zu sagen ihm verwehrt wurde, durch wen oder was auch immer, oder das zu sagen er sich selbst nicht erlaubte.

Wenn du als Kind hingefallen bist und hast dir das Knie blutig geschlagen, dann musst du mit dem Schmerz alleine fertig werden, da helfen einem die tröstenden Worte nicht immer, oder wenn Emilie wegen etwas Kummer hatte, musste sie damit alleine zurechtkommen, und sie sagte, wenn ihre Mutter sie fragte, was mit ihr sei, es sei nichts, was soll sein, weil sie nicht mit ihr darüber sprechen mochte, weil sie sich von einem solchen Gespräch nichts erwartete. Da war es besser, wenn sie sich durch etwas ablenken ließ, und dann setzte sie sich vor den Fernseher, oder sie las, und sie kam sich vor wie ein Kind, das abends nur einschlafen kann, wenn die Mutter oder der Vater ihm eine Geschichte vorlesen. Aber was einen bedrückt, die Angst, wird durch die Geschichte nicht gelöst, sie wird durch das Zuhören irgendwohin verdrängt, wo das Kind sie nicht sieht, aber sie ist weiterhin da, und das Kind merkt schnell, dass die Geschichten nur helfen, solange es sie hört oder an sie denkt, und dass es mit der Angst weiterhin alleine ist und alleine fertig werden muss.

So war das bei Emilie, und ihr Bruder wusste davon so gut wie nichts, weil er mit sich und seiner Welt beschäftigt war und nicht mit sich und seinen Mitmenschen. Er war kein Psychologe.

Dem Vater geht es nicht gut? Das wird schon wieder besser werden.

Der Vater hat keine Arbeit? Deswegen muss er nicht am Leben verzweifeln.

Der Vater sitzt nur da und ist traurig? Der redet sich in was hinein.

Kannst du nicht einmal kommen?

Ich habe keine Zeit.

Was soll ich tun?

Die Mutter soll mit ihm reden.

Die Mutter kann ihm nicht helfen.

Lass mich einmal mit der Mutter reden.

Was ist los mit dem Vater? Kannst du nicht mit ihm reden?

Was soll ich ihm sagen?

Dass es so nicht geht.

Aber die Traurigkeit ist eine Sucht, sie fordert das ganze Leben, sie sehnt sich nach dem Ende, und wie ein Alkoholiker nicht von der Flasche wegkommt und immer mehr trinkt, so kommt der Depressive nicht aus sich heraus und rutscht immer tiefer in sich hinein. Weder bei dem einen noch bei dem anderen hilft gutes Zureden, weder der eine noch der andere hört auf Argumente, weder der eine noch der andere kann sich aus freien Stücken auf die Seite des Lebens schlagen. Ihr Wille ist wie ausgelöscht. Und es sieht dann so aus, als müsse einer sich ihnen zur Seite stellen, der ihren Willen wieder zum Leben erweckt, oder der ihnen einen fremden Willen, wie eine Stütze, aufzwingt, weil keine Einsicht in die Tiefe reicht, wo sie sich abhandengekommen sind, wo sie sich verloren haben.

Sobald die Schmerzen zu arg wurden, wird Karl Morphium erhalten haben. Er ist nicht im Krankenhaus gestorben, sondern in seiner Wohnung. In die Hände anderer als befreundeter Ärzte hätte er sich nicht legen wollen. Einen Ausweg, der das Warten verkürzt hätte, gab es für ihn nicht. Er hätte sich nicht umgebracht. So weit sollte es nicht kommen, dass er zum Schluss nachgibt und sich davonstiehlt.

Er mochte den Morgen, die Stunde, wenn der Tag beginnt. Der Lauf der Sonne zog ihn mit sich, auch wenn er zwischendurch einschlief. Gegen Abend sank er in sich zusammen, erschöpft vom Warten und vom Existieren. Die letzten Kräfte des Tages waren verbraucht. Die Dunkelheit breitete sich aus und überschwemmte die Dinge. Er machte ein Licht an und schaute in den Lichtkegel auf dem Nachttisch, ein heller einsamer Fleck. Wenn er nur seinen Empfindungen gefolgt wäre, aus denen sein Ich gemacht war, dann hätte er gesehen, dass dieser Fleck wie ein Leben war. Keiner kam darüber hinaus. Nur die Gedanken gaukelten einem etwas anderes vor. Die Gefühle waren in dieser Hinsicht vorsichtiger. Hass, Ekel, Abneigung zogen enge Grenzen, Vertrauen, Mitgefühl, Liebe gaben sich mit wenig Terrain zufrieden. Ideen schwirrten aus, und Theorien überschwemmten das Feld.

Der Herbst ist nicht die Jahreszeit, die einem Kranken Mut zuspricht, sie zehrt ihn aus. Die Tage waren kurz. Die Nächte bildeten dunkle Seen, vor denen die Angst wuchs, darin verlorenzugehen. Die Schmerzen sagten, dass er den Winter nicht erleben werde. Im besten Fall zwei, drei Wochen noch, mehr gaben sie ihm nicht. Wenn er einschlief, fiel ihm eine Last von den Schultern.

Für Reue, Einsicht und Umkehr hätten die Bedingungen nicht besser sein können. Sollte er etwas falsch gemacht haben? Er hatte niemanden betrogen, niemanden um sein Eigentum und sein Geld gebracht und ausgenutzt, er hatte keinen ins Unglück gestürzt, niemanden erpresst und unterdrückt, keinen belogen und getäuscht. Viele taten so, als wären sie unbescholten, und hofften insgeheim, von ihren Untaten freigesprochen zu werden. Er hasste nicht, er empörte sich. Er war mit sich im Reinen.

Eine Frau kam ins Zimmer, öffnete das Fenster, stellte sich vor sein Bett und schaute ihn an, wobei sie versuchte, sich zusammenzunehmen, ihm nicht zu zeigen, dass sie Mitleid mit ihm hatte, als würde er sonst Kraft verlieren, die er dringend brauchte, um sich gegen die Krankheit wehren zu können.

Karl, kann ich noch was für dich tun?, fragte sie und lächelte zart.

Er winkte ab, er war zu müde, ein Wort zu sagen.

Hast du Schmerzen?

Er schüttelte langsam den Kopf auf dem Kissen. Er freute sich über ihre Stimme.

Sie stand eine Weile vor seinem Bett und sah ihn an, er hatte die Augen wieder geschlossen, nicht weil er allein bleiben wollte, sondern um ihre Anwesenheit besser auskosten zu können, und dann, es wurde kalt, ging sie zum Fenster zurück und schloss es wieder.

Ich bin in der Küche, falls was ist, sagte sie und legte viel Wärme und Aufmunterung in diesen Satz, mit dem sie ihm sagen wollte, dass sie ganz in seiner Nähe bleiben und regelmäßig nach ihm schauen werde.

Er nickte.

Dann ging sie, und sie ließ die Tür offen stehen, weil sie von der Küche, wenn sie sich geschickt an den Tisch setzte, in sein Zimmer, zu seinem Bett sehen konnte.

Er versuchte vergeblich, sich an ihren Namen zu erinnern. Manchmal war sein Kopf wie leer, die Erinnerungen taten sich schwer, als wären sie zu tief vergraben und woanders verwahrt. Er schaute kurz an die Zimmerdecke, zum Fenster, dann glitt sein Blick zu den Büchern und zurück, zu ihm, nach innen.

Jetzt ist es bald rum, dachte er. Aber still für sich geweint, allem Mut und aller Tapferkeit zum Trotz, hat er nie in diesen Tagen. Wie zusammengefegt, dachte er. Ein Haufen alter Blätter. Der Baum ist kahl und hohl.

Andere in seiner Lage hatten Wünsche, noch einmal ans Meer fahren, noch einmal Italien sehen, Südfrankreich, eine der großen Städte, Paris, London, Rom, New York, es zieht sie in die Welt hinaus, wenn sie angenehme Erfahrungen mit der Welt gemacht haben, sie haben es sich gutgehen lassen, das war der Lohn ihrer Mühen, die Freuden und das Vergnügen standen ihnen zu, denken sie, und jetzt, da das alles ein Ende nimmt, die Welt verschwindet, wollen sie noch einmal hinausgehen und das Gefühl wiederholen, da zu sein, ganz für sich, in einer bekannten Fremde, in einer überschaubaren Weitläufigkeit, kurzzeitige Bewohner jener Zonen, die wie für einen Zwischenaufenthalt gemacht zu sein scheinen, ein letztes Glück, das sich darin erfüllt, dass keine Gründe und Zwecke da sind, die sie in Spannung bringen mit dem Leben, die sie mit dem Leben hadern lassen, ein leichtes Schweben über den Dingen, auf dass sie besser sehen und beobachten können, ein letztes Mal Eindrücke sammeln, eine Tiefe ahnen, einen Zusammenhang.

Karl kannte kein Heimweh, nicht einmal als kleiner Junge überkam es ihn. Woraus hätte sich bei ihm eine Sehnsucht nach Orten, nach Menschen entwickeln können? Keiner seiner Freunde starb vor ihm. Er war der erste von ihnen, der ging. Er starb wie ein Arbeiter auf dem Bau, er fiel um beim Ausschachten des Fundaments.

Als ihm keiner mehr zuhören wollte und das Glas leer war und ein Bier nicht weiterhelfen würde, stand er schimpfend und fluchend auf, zog seinen Mantel an und ging durch die Nacht davon. Er hörte nicht, dass seine Freunde ihn riefen, er solle auf sie warten, und sie setzten ihm nach, langsam, dass er Zeit gewänne, zu sich zu finden, sich abzuregen, und als sie ihn eingeholt hatten und auch auf die Leute zu fluchen begannen, damit der Ärger schneller verrauchte, wurde seine Stimmung besser und sie verschwanden auf eine letzte Runde, ein letztes Bier, das dem Trunk unter Verschwörern glich.

Die Freundschaft, die Selbstsicherheit und die Entschlossenheit legten sich wie dicke Bretter über das tiefe Loch, das sich vor Karl und seinen Freunden aufgetan hätte, wenn jeder von ihnen alleine gewesen wäre mit der Erkenntnis, dass ihr Leben von der Zustimmung und der Mitwirkung der anderen Menschen abhing, ohne die sich nichts ändern würde. Sie waren den anderen an Einsicht voraus, aber wenn die Leute nicht nachkamen, dann sahen sie, die vorneweg gingen, wie Wanderer aus, die an einer Weggabelung die falsche Abzweigung genommen haben und jetzt vor der Alternative stehen, dass sie sich entweder taub und blind stellen und weitergehen, oder dass sie umkehren und versuchen, die anderen zu finden.

Sie werden gleich rauskommen, es ist nach eins, die müssen schließen, sagte der Alte.

Ob die heute einen Geburtstag feiern?, fragte der Neue.

Sie sollen sich ins Bett legen, ich bin müde.

Wenn die arbeiten gehen würden, wie andere auch, würden sie abends nicht so lange durch die Gegend ziehen.

Die feiern doch nicht Geburtstag, sagte der Alte. Das sieht denen nicht ähnlich. Die machen so was nicht.

Wenn du das machst, was alle machen, fühlst du dich einfach besser, sagte der Neue.

Wie meinst du das?, fragte der Alte.

Es kann dann nicht ganz falsch sein, was du tust. Du kannst dann nicht ganz danebenliegen, so wie du bist.

Da könnte ich dir aber andere Beispiele sagen, widersprach der Alte.

Ich meine, wenn alles irgendwie ganz gut läuft, sagte der Neue, wenn du siehst, die ganze Sache ist gut eingerichtet, das Bett ist gemacht, dann legst du dich da hinein und legst dich nicht auf den Boden. So meine ich das.

Das geht nur gut, wenn du ein Gefühl dafür hast, wo du bist, sagte der Alte. Ein gutes Gefühl. Du gehst nicht spazieren, wenn du denkst, es kommt gleich ein Sturm auf. Aber wenn die Sonne scheint und nichts dafür spricht, dass das Wetter umschlagen wird, und dein Gefühl sagt dir, geh nicht aus dem Haus, dann stimmt etwas mit dir nicht. Du hast Angst. Das ist das Problem. Deswegen hast du kein gutes Gefühl. Und aus dem Grund macht einer nicht das, was die anderen machen.

Aus Angst?, fragte der Neue.

Aus Angst, dass etwas passiert, das nicht passieren soll. Angst, dass du dich verlierst, dass du dich verirrst, wie im Wald. Und wenn du Angst hast, dann suchst du dir ein paar Leute, denen es genauso geht wie dir. Mit denen tust du dich dann zusammen. Oder du steckst deinen Kopf in den Sand, du tauchst einfach ab, und dann hast du das Gefühl, in Sicherheit zu sein.

Sollen die einem jetzt leidtun, weil sie Angst haben?

Es gibt Angst, die kannst du sofort teilen, sagte der Alte, du siehst, um was es geht, dass einer nur etwas retten will. Die tun einem leid. Und dann gibt es Angst, die verstehst du nicht, du siehst nicht, vor was einer Angst hat und wie sie entsteht. Die tun einem nicht leid. Wir sind nur ratlos. Manchmal haben sie ein Gespür für etwas, für eine Bedrohung, als wären sie eine Art Seismograph, der ein Beben aufzeichnet, lange bevor alle es mitbekommen, die ersten Wellen, die ganz zart sind, aber sich zu einem katastrophalen Erdbeben auswachsen werden.

Sie schwiegen, als versuchten sie, ein unterirdisches Grollen zu hören, aber sie hörten nur ihren Atem. Offensichtlich hatten sie vor nichts Angst und fühlten sich wohl.

Da sind sie ja endlich, sagte der Alte und wies mit dem Kinn nach vorne.

Drei Männer verließen eine Kneipe, winkten sich zu und zerstreuten sich. So ging es seit Jahrhunderten, Männer treffen sich, tauschen Gedanken aus, bilden Gruppen, Mannschaften und Seilschaften, spielen sich die Bälle zu, stützen sich gegenseitig, der Mut schießt in die Höhe, jeder wird von den anderen mitgezogen und gehalten, der Kreis der Anhänger wächst, ein harter Kern bildet sich, Führer, Chefs, Macher, es folgen Strukturen und Statuten, und irgendwann sieht der Sozialismus so aus wie in der anderen Hälfte Deutschlands, wo der Schweizer Schriftsteller, der auch eine Wohnung im westlichen Teil Berlins hatte und immer wieder zu Besuch in den östlichen Teil Berlins ging, eines Tages unter den vielen Mitarbeitern des deutschen Sozialismus, die daran glaubten oder davon ausgehen mussten, dass sie Sozialisten seien, seinen ersten Kommunisten traf, einen Dichter und Liedermacher, der sich schwertat mit diesem ersten deutschen sozialistischen Staat und keine Gedichte und keine Lieder öffentlich vortragen durfte. Der Dichter und Liedermacher war acht Jahre älter als Karl und war nach dem Krieg aus dem westlichen Teil Deutschlands in den östlichen umgezogen und wollte dort wohnen bleiben, auch wenn die Sozialisten, die das Sagen hatten, ihm das Leben schwer machten, bis sie ihn eines Tages vor die Tür setzten und nicht mehr hereinließen.

Das hätte Karl auch tun können, rübergehen, wie es ihm von vielen, die anders dachten als er, geraten wurde. Hau doch ab nach drüben, sagten sie, und da Karl nicht gehen wollte, sagten sie, siehst du, so wie es ist, gefällt es dir, auch du findest, dass es hier besser ist als dort drüben. In der anderen Hälfte Deutschlands wäre seine Karriere als Kommunist rasch zu Ende gewesen, er konnte weder dichten noch singen, er war kein berühmter Schriftsteller und kein berühmter Sänger, was ihm vielleicht geholfen hätte, seinen Kopf zu retten.

Karl starb wie ein krankes Tier, das von der Herde abgesondert wird und allein zurückbleibt. Er wurde kein Märtyrer, und er fiel keinem Verbrechen zum Opfer. Und doch hat er die ganzen Jahre über eine Art Krieg geführt, und zwar gegen alle, und keiner, von seinen Freunden und letzten Anhängern abgesehen, wusste davon. Sein Ziel war eine Art Einheit der Geister, das ganze Land würde dann wie unter einer schweren Wolkendecke aus Gedanken liegen, die seine und die Zustimmung aller fanden, dann säßen alle in seiner Zelle.

Dahin kam es nicht. Jeder treibt durch den Tag in einem angenehmen Zustand zwischen Schlafen und Wachen. Die Wünsche müssen sich jetzt nicht mehr darüber ärgern, dass sie nicht in Erfüllung gehen, und die Träume sind zufrieden, dass sie aus den vier Wänden herausgekommen sind und draußen spazierengehen dürfen.

Ich habe heute einen Toten im Park gefunden, einen Selbstmörder, der hing im Baum, sagte Karl. Er sah aus wie die Toten auf den Stichen zum Dreißigjährigen Krieg, als die Katholiken die Protestanten und die Protestanten die Katholiken in die Bäume gehängt haben. Nur dass es im Park ein einziger war und nicht gleich zehn oder zwanzig, und dass er sich selbst umgebracht hat und nicht umgebracht wurde.

Gruselig, sagte die junge Frau, die einen kurzen Frühling lang seine Freundin war.

Aber Karl winkte ab.

Ich habe ihn ja erst von weitem gesehen, sagte er, an einem Baum, der auf der Wiese steht, nicht direkt am Weg. Wenn er direkt am Weg gestanden hätte, wäre ich gegen seine Beine gelaufen. Aber so, wie es war, habe ich nur gedacht, da hängt ein Mensch. Es sah komisch aus, es war ja nicht hell und kaum einer unterwegs, im Grunde war ich allein mit dem Toten im Park, ich renne und der hängt dort.

Er nahm sich ein Handtuch und rieb sich den Schweiß vom Gesicht.

Dann habe ich einen von den Hundebesitzern gesehen, fuhr er fort, und den habe ich gerufen, kommen Sie her, da hängt einer im Baum. Zusammen sind wir hin und haben nachgeschaut und der Hundebesitzer sagte, wir müssen die Polizei holen, das hat er gemacht, und ich habe gewartet, und dann haben sie ihn runtergeholt, war ein junger Mann. Der Tote lag auf der Wiese, der Hund war unruhig und wollte dran schnüffeln. Dann kam ein Tuch drüber.

Er setzte sich auf seinen Stuhl und sah die junge Frau im Bett liegen.

Ich verstehe das nicht, sagte er. Warum er das gemacht hat. Er will doch gesehen werden, wie er im Baum hängt.

Er wird nicht mehr weitergewusst haben, sagte die Frau, die noch nie daran gedacht hatte, sich umzubringen. Er fand keinen Ausweg mehr. Kein Geld, keine Freunde, kein Dach überm Kopf. Das gibts, dass alles aus und vorbei ist und du siehst kein Ende und greifst zum Strick.

Karl legte sich das Handtuch über den Kopf.

Bei uns daheim, sagte er, hat sich eine Frau auf dem Dachboden erhängt, weil sie ein schlechtes Gewissen hatte wegen einem Polen aus einem Nachbardorf, einem jungen Zwangsarbeiter, der musste dort arbeiten unter den Nazis, die waren ja alle in dem Dorf und in den umliegenden Dörfern Nazis. Der Pole hat sich, wie es so geht in dem Alter, in ein junges Mädchen verguckt, und zwischen den beiden ist sicherlich was vorgefallen, die werden miteinander geschlafen haben, wie das zwei junge Menschen machen. Die anderen finden raus, was passiert ist, und haben den Polen erschlagen. Das hat die alte Frau, die sich auf dem Dachboden erhängte, mitbekommen, jeder in den umliegenden Dörfern wusste, was passiert war, das sprach sich rum. Die Frau hat das nicht wegstecken können, wie das alle anderen gemacht haben, sie hat jahrzehntelang den toten Polen mit sich rumgetragen, als hätte sie ihn erschlagen, oder als wäre sie dabei gewesen. Aber so, wie die Geschichte auf sie gewirkt hat, war das keine Entschuldigung, nicht dabei gewesen zu sein, es lagen nur ein paar Kilometer zwischen den Dörfern, eine halbe Stunde zu Fuß. Irgendwann wurde es ihr mit dem toten Polen zu viel, sie hat die Schuld nicht ausgehalten, ihr schlechtes Gewissen, und sie nahm einen Strick und hat sich auf dem Dachboden erhängt. Ist das nun ein Grund, um sich zu erhängen?

Ich kann das verstehen, sagt die junge Frau.

Verstehen kann ich auch vieles, sagte Karl, legte das Handtuch auf die Stuhllehne und stand auf, weil er duschen wollte. Aber ich frage, ob das ein Grund ist. Oder ob sie nicht zeigen wollte, wie viel sie gelitten hat unter dem Mord an dem Polen. Dass sie ihr Leiden nicht mehr hat aushalten können. Dass die Welt schlecht ist. Dass der Mord nicht hätte passieren dürfen und nicht passiert wäre, wenn die Welt besser wäre. So was hat sie vielleicht gedacht und sich dann umgebracht, damit jeder sieht, die Frau kann nichts dafür, die hat die Geschichte so mitgenommen, dass sie sich erhängt hat. Und wenn sie hingegangen wäre und hätte denen gesagt, dass sie Mörder sind? Verdammte Nazis? Was wäre passiert? Dann hätten die Nazis auch sie erschlagen. Aber sie hätte kein schlechtes Gewissen haben müssen.

Dann wäre sie tot gewesen, sagte die junge Frau, die nicht verstand, auf was Karl hinauswollte.

Du kannst nicht so tun, als bliebest du unschuldig in der Welt, nur weil du nichts tust, sagte Karl und zog seine Trainingsjacke aus. Du tust immer was, auch wenn du wegschaust. Und ich sage, dann tu lieber was Vernünftiges. Nur das zählt. Wenn der junge Mann, der sich in den Baum gehängt hat, Probleme hatte, dann hätte er sie lösen sollen, statt allen zu zeigen, die vorbeilaufen, dass er unter Problemen gelitten hat, weil die Welt nicht so ist, wie er sie sich vorgestellt hat. Mach was dagegen, auch wenn du dabei draufgehst. Schiel nicht darauf, ob jemand dir beim Scheitern, beim Selbstmord zuschaut und Verständnis für dich aufbringt. Das meine ich, wenn ich frage, ob es einen Grund gibt, sich in den Baum zu hängen. Die Welt ist schlecht, und ich schaff mich ab. Nein, umgekehrt, schaff die Welt ab, wie sie ist. Ich gehe jetzt duschen. Und du bleib, wo du bist.

Vom Biertrinken kam einer, der seinen Gedanken nachhing, nicht gleich um. Da konnten die Spötter, die Karl verachteten und ihm Übles nachtrugen, sagen, was sie wollten. Diese Ansicht teilten auch Biertrinker, die sich keinen Kopf machten. Hätten sie Karl gekannt, dann hätten sie gesagt, er sei früh gestorben, weil er zu viele Gedanken gewälzt habe. Damit lagen sie nicht ganz falsch.

Ein Gespräch zu führen bedeutet, einander kennenlernen zu wollen, sich über das, was einen bewegt, auszutauschen und sich freundlich voneinander zu trennen, auch wenn eine letzte Einigkeit nicht erzielt wurde. Nicht nur die alte Frau aus dem zweiten Stock hat das so gesehen, nicht nur die beiden Beobachter. Diese Ansicht teilen alle, die es gut miteinander meinen. Karl aber hielt Vorträge und verwickelte sich in Diskussionen, um Argumente vorzustellen, Einsichten auszutauschen und sich dann gemeinsam auf die richtigen Argumente und Einsichten zu verständigen. Er hatte kein Interesse und keine Lust, sich auf Gespräche einzulassen, die seiner Meinung nach zu nichts führten.

Was bringt das?, fragte er. Das bringt nichts.

Damit war die Sache erledigt. Keiner wagte, ihn etwas zu fragen, das sich nicht als ein Argument für oder gegen etwas benutzen ließ. Er war wie von einer hohen Mauer umgeben, obwohl er den Eindruck vermittelte, er sei ein einfacher Mann auf freiem Feld. Er zeigte durch die Art, wie er war, dass es nicht sehr schwierig war, auf die Dinge zuzugehen, dass die Umwege nur der Bequemlichkeit, dem Zweifel und dem Schutz der persönlichen Eigenart geschuldet waren und dass es keinen Grund gab zu zögern, weder vor der Erkenntnis noch vor dem Leben. Er sprang auf und stürzte sich hinein, ohne nachzudenken, was mit ihm passieren würde, wenn er sich einer Sache radikal hingab, und ohne sich Gedanken darüber zu machen, was ihn, fern der objektiven Gründe, dazu trieb, genau so zu handeln. Es war, als gäbe es für ihn keine Sperren, die heilsame Hindernisse sein konnten. Er war im Fluss, und der Fluss trat über die Ufer und riss ihn mit sich fort.

Die Krähe flog über ihn dahin wie ein Modellflugzeug, das von Kinderhand gesteuert wurde, und zeichnete schwarze Kreise in den Himmel, Warteschleifen. Karl, Karl, krächzte sie. Du entkommst mir nicht, den letzten Fragen, die die ersten hätten sein müssen.

Er kam immer zurück, wenn er das Haus verließ. Manchmal blieb er eine Nacht weg oder zwei, weil er bei einer Frau schlief, oder er war in eine andere Stadt gefahren, um dort zu reden, einen Vortrag zu halten, an einer Diskussion teilzunehmen. Die Krähe musste sich keine Sorgen machen, dass er eines Tages verschwinden würde und sie es nicht bemerkte. Er blieb bei der Geschichte, die er einmal angefangen hatte, es war ausgeschlossen, dass er mittendrin aufhören und weggehen würde, weil er keine Lust mehr hatte und Abwechslung suchte.

Er führte keines der Tagebücher, aus denen sich so viel über unerschlossene Welten erfahren lässt, kein Buch der Ereignisse und Eindrücke wie die großen Reisenden, kein Buch der Selbsterforschung und Selbstauskünfte wie die großen Zweifler und Suchenden. Das begriffliche Denken, dem er folgte wie einem Stern der Erlösung, war ein Ungeheuer, das keine psychischen und intellektuellen Lebensregungen neben sich duldete, es fraß sie alle auf. Im Lauf der Jahre ist er immer unruhiger geworden, weil sein Herz gegen die Zumutungen, die der Geist erlitt, rebellierte. Seine Zuversicht, sich anderen mitteilen zu können, kämpfte mit der Enttäuschung über die geringen Einflussmöglichkeiten der Vernunft. Er konnte sich noch so sehr in Fahrt reden, er muss irgendwann gemerkt haben, dass der Austausch mit den anderen stockte und versiegte. Er verlor die Geduld, die jeder braucht, wenn er nicht vorzeitig verzweifeln will an den Tatsachen des Lebens, dass keiner alleine zurechtkommt und keiner sich selbst und die anderen völlig versteht. Er starb nach schwerer Krankheit mit sechsundsechzig Jahren, und wenn einer seiner Freunde in der Lage gewesen wäre, über seinen Schatten zu springen, dann hätte er einen Nachruf auf Karl verfasst, nur um für die Nachwelt festzuhalten, dass mit ihm eine Tür zufiel, dass er der letzte seiner Generation war, der noch im Schatten einer Tradition stand, die mit ihm unterging und als Erinnerung verdämmern würde, und dass einer wie er nicht mehr kommen wird, weil die Zeit dafür vorbei ist. Die Lücken waren geschlossen.

Keiner nahm mehr den Mund so voll wie Karl, nach all den Erfahrungen mit einer Idee, die scheiterte, kaum dass sie den Fuß auf den Boden der Realität setzte. Mochte einer sich noch hinstellen und den Wahnwitz predigen, die Erlösung auf Erden, die dort beginnt, wo ein Geist sich der Wahrheit über die Welt stellt und nicht der Möglichkeit der Wahrheit entsagt, die sich aus Buchstaben zusammensetzt und sich in das Gedächtnis eingraben muss, damit dort immer das richtige Licht brennt und den richtigen Weg weist? Die Sätze der Wahrheit über Staat, Wirtschaft, Politik mussten verstanden und gelernt sein, sie mussten archiviert werden, abrufbar sein, um Irritationen und Unsicherheiten zu vermeiden, die jenen, der den Umsturz plant, ins Schleudern bringen können. Karl stand vorne am Pult, und er blieb in der Erinnerung seiner Freunde dort stehen, ihnen zugewandt, mit Auskunft und Argumenten, mit einer Sicherheit, die Vertrauen schaffte, ein letztes Mal in einer langen Geschichte, die viele Anhänger einer anderen, gerechten Welt das Leben gekostet hatte, bevor der Wille zum Guten den Vorhang runtergehen ließ.

Die Mitarbeiter der Abteilung, die seinen Fall frühzeitig zu den Akten gelegt hatten, hätten im Zuge ihrer Ermittlungen niemals Leute aufgesucht, die ihn gut kannten, um sich von ihnen erzählen zu lassen, wie er war und aus welcher Familie er kam, welche Interessen und Vorlieben er hatte, alles das, was einer wissen möchte, wenn er sich für jemanden persönlich interessiert und nicht nur für das, was jener gedacht hat, um sich dann mit diesen Informationen ein besseres Bild von ihm zu machen und sich genauer vorstellen zu können, warum er so hat werden können, wie er wurde.

Wenn jemand, dem er langfristig vertraute oder den er kurzfristig liebte, ihn bat, Karl, erzähl mir was von dir, dann lachte er und betete seinen Lebenslauf herunter, als wollte er sich um eine Stelle bewerben, und sagte, mehr war nicht, macht dich das jetzt schlau? Und deine Schwester, was macht die? Was wird sie machen, sagte er dann. Und je nachdem, wann es war, dass sich jemand traute, ihn nach seiner Schwester zu fragen, wird er geantwortet haben, wir telefonieren, und später sagte er, wir telefonieren kaum, und noch später sagte er, wir haben wenig miteinander tun. Dann wurde er nachdenklich. Die Emilie, sagte er, die hat ihren eigenen Kopf. Mehr war aus ihm nicht herauszubekommen, und mehr hat er vielleicht gar nicht gewusst.

Musik hören,
rumhängen und so Sachen

Emilie hat ihm nicht erzählen können, was zu Hause passierte, sie verstand es nicht. Das Schweigen drang von außen in sie hinein, und als es in ihr drinnen war, machte sie den Eindruck, als gehörte sie zu denen, die von sich aus schweigsam sind und nicht gerne etwas erzählen. In ihr drinnen war es nicht still, aber die Wörter, die sich dort bewegten, waren zart und schwach auf den Beinen, sie suchten Halt, und da sie nichts fanden, an dem sie sich festklammern konnten, kein Vertrauen in ein Gespräch hatten und an sich selbst zweifelten, fassten sie sich bei den Händen und bildeten einen Kreis und begannen sich langsam zu drehen, immer im Kreis herum, damit keinem von ihnen schwindelig wurde und damit aus dem dumpfen, lauen Dröhnen, das manchmal zum Fürchten war, eine selige Ruhe wurde, in der das Schweigen, das von außen eingedrungen war, sich auflöste und nicht mehr schmerzte. Wie hätte sie dieses Treiben der Wörter ihrem Bruder erklären können? Karl hatte dafür kein Gespür. Etwas ließ sich nur verstehen, wenn ein Sinn vor handen war, der den Weg dahin ebnete. Entstand dieser Sinn auf dem Grund von Erfahrungen, oder blühten auch die Erfahrungen erst auf, wenn sie auf einen fruchtbaren Boden fielen, so dass letztlich die Mitgift eines Menschen, von wem oder woher auch immer sie ihm zugeteilt worden war, ihm die Welt erschloss und er auf diese Weise im Großen nur wiederholte, was und wer er selbst im Kleinen war? Solche Vermutungen hätten Karl um den Verstand gebracht.

Sie ist nicht da, sagte seine Mutter. Sie hörte sich müde an.

Wo ist sie denn immer?, fragte Karl.

Sie ist mit Freunden unterwegs.

Jeden Abend?

Dagegen kann ich nichts machen, sie geht einfach, sie sagt, sie würde es hier nicht mehr aushalten.

Ihre Stimme zitterte.

Ich kann sie verstehen, sagte sie. Wenn ich an ihrer Stelle wäre, würde ich es auch so machen.

Er wird ihr nicht helfen können, dachte sie.

Kennst du die Freunde, mit denen sie zusammen ist?

Sie erzählt mir nichts. Freunde halt, sagt sie, von der Schule oder so. Dann fragt sie mich, ob ich sie einsperren wolle. Sie sagt, dass sie mache, was sie wolle.

Sie soll mich anrufen, sagst du ihr das?

Ich weiß nicht, ob das helfen wird. Sie sagt, du hättest dich nie um sie gekümmert, du hättest nie Zeit gehabt. Du hättest nur deine Sachen gemacht.

Das stimmt nicht.

Hatte er nicht regelmäßig mit ihr telefoniert? Hatte er ihr nicht bei den Schulaufgaben geholfen?

Reg dich nicht auf, ich sage nur, was sie gesagt hat. Sie meint es bestimmt nicht so. Es ist das Alter, da sind sie alle so.

Und wie läuft es in der Schule?

Sie sagt, ich soll sie nicht fragen, das geht mich nichts an.

Wie die Dinge, so unterliegt auch die Seele einer Schwerkraft. Die Eindrücke, die sie empfängt, ziehen sie zu einem Mittelpunkt, in dem sich, als würde ein Stern entstehen, Materie anhäuft. Die Seele gewinnt ein Zentrum, das ihr eine individuelle Geschwindigkeit und Bewegungsform aufdrückt, so wie der Geist unterschiedlich schnell Dinge auffassen und verarbeiten kann, der eine rascher und intensiver als der andere, eindrücklicher und konzentrierter, umfassender und konstanter. Wie flüchtig, denkt der eine, wie anschaulich, der andere, wie intuitiv, ein dritter. Das Ich ist Gesetzen der Beharrung unterworfen, wie jeder Mensch seiner Körperstatur, weshalb nicht alle zur gleichen Zeit auf einer empfindsamen und intellektuellen Höhe sich befinden können, unabhängig von den unterschiedlichen Entwicklungsstufen, auf denen Junge und Ältere sich einander gegenüberstehen und sich nicht verstehen.

Karls innere Welt, die in seinen Augen eine andere Form der äußeren war, gewann ein eigenes Leben, sie machte sich selbständig, kaum dass alle ihre Teile ineinander verfugt waren, als wäre dieses filigrane Abbild, das die Wörter bildeten, der Phantasie eines Maschinenbauers entsprungen. Eine richtige Sache durfte keinen Haken haben, und wenn etwas Sinn hatte, dann schien es eine wiedererkennbare Form gefunden zu haben.

Morgens musste er sich keinen Wecker stellen, er wachte von alleine auf. Eine Werkssirene in ihm drinnen ertönte, als riefe eine Fabrik Arbeiter und Angestellte herbei. Irgendein schillerndes Wort war in die Stille des schlafenden Bewusstseins gefallen, und der Aufprall, so leise er war, wirkte wie ein Signal, das die anderen Wörter anzog. Eine erste Unruhe entstand, die ihn aus dem Schlaf und aus dem Bett trieb. Er eilte der wachsenden Menge der Wörter nach, die sich so rasch einfanden, als hätten sie vor dem Fabriktor übernachtet. Der Prozess der Produktion war nicht mehr aufzuhalten, alle Kräfte eilten an ihre Plätze, und die Maschinen begannen auf Hochtouren zu laufen. Der Gedanke, dass das Denken einen Geist nicht loslassen und verrückt machen konnte, zog unbemerkt wie ein feiner grauer Schleier am morgendlichen Horizont auf und verschwand.

Auch auf dem Sterbebett gab es für Karl keinen Trost aus zweiter Hand. Vor ihm lag ein unerheblicher Rest Zeit, der ihn ausschaben würde, bis nichts mehr von ihm übrig war außer

Haut und Knochen. Keine Illusionen eines geglückten Lebens, von der Auffahrt in den Himmel, einer Wiederkehr auf Erden in anderer Gestalt, wiegten ihn ein. Er hatte mit beiden Armen die Welt umklammert, nicht aus Liebe, nicht aus Hass, sondern wie einer, der in den Gipfel eines Baumes geklettert ist, um alles von oben sehen zu können, oder als säße er ohne Sattel auf dem Rücken eines wilden Pferdes und hielte sich am Hals des Tieres fest, das mit ihm davonstürmte. Und dann, mitten im Lauf, in der Begeisterung über die Aussicht und die Unabhängigkeit, wurde er von hinten gepackt, er sollte loslassen.

Er redete weiter, einen Monolog der Selbstvergewisserung, den er hinter sich her durch den leeren Saal zog.

Karl, du redest, wenn du schläfst.

Hör nicht drauf. Das ist nur Unsinn.

Emilie war in der Schule, und der Vater saß zu Hause. Er konnte mit niemandem reden, weil die anderen Männer bei der Arbeit waren, aber er sagte, er käme damit klar, keiner müsste sich um ihn Sorgen machen. Dann versuchte Emilie, sich um ihn keine Sorgen zu machen, was ihr schwerfiel. Vieles wäre einfacher gewesen, dachte sie, wenn Karl noch daheim gewohnt hätte, aber er war weg, und das ließ sich nicht ändern.

Sie saßen am Tisch, und ihr Vater fing mit einem Mal an zu schluchzen, und sie dachte zuerst, dass er sich verschluckt hätte, doch dann begann er zu weinen, er zitterte am ganzen Körper, und die Tränen liefen ihm die Backen hinunter, was sie genau sehen konnte, weil sie neben ihm saß. Sie sah zu ihrer Mutter hin, aber ihre Mutter saß nur da und starrte auf den Teller, als würde der Vater nicht weinen, oder als würde sie nicht sehen wollen, dass er weinte, oder als wartete sie darauf, dass er zu weinen aufhörte. Da sagte sie, Papa, weine doch nicht, aber er schien sie nicht zu hören, er schaute sie nicht einmal an, sondern weinte weiter, und er legte sich die Hände vor das Gesicht, als wollte er die Tränen vor ihnen verbergen.

Hinter seinen Händen musste es ganz dunkel für ihn gewesen sein, und er hatte bestimmt das Gefühl, er sei jetzt allein, denn er weinte immer lauter. Emilie hatte Angst, und ihre Mutter sagte, nicht vor dem Kind, nicht vor dem Kind, als erwartete sie etwas noch Schlimmeres, das sie aus eigener Kraft nicht abwehren könnte. Und als hätte gerade dieser Satz etwas in ihm ausgelöst, das er nicht kontrollieren konnte, sprang er mit einem Mal auf, packte mit beiden Händen den Tisch und warf ihn um, und alles, was auf dem Tisch gestanden hatte, fiel zu Boden, und Emilie und ihre Mutter sprangen ebenfalls auf, und dabei fielen auch ihre Stühle um. Ihr Vater schien sie nicht wahrzunehmen, oder er hatte jedes Interesse für sie verloren und dafür, dass sie zusammen essen wollten. Er begann zu schreien, als würde ihn ein Schmerz quälen, den er nicht mehr aushielt und der nun aus ihm heraussprang wie ein Ungeheuer aus einem Käfig, und das Ungeheuer begann im Zimmer zu wüten. Ihre Mutter zog Emilie zu sich und rannte mit ihr aus der Wohnung und die Treppe hinunter und aus dem Haus, und sie hörten, dass andere Bewohner des Hauses riefen, was da los sei, und es kamen welche zu ihnen herausgelaufen, standen neben ihnen und sahen zu dem Fenster ihrer Wohnung hoch. Er wird sich wieder beruhigen, sagten sie, das kommt vor. Euch ist ja nichts passiert. Ihr müsst euch keine Sorgen machen, das geht vorbei. Soll ein Arzt kommen? Er muss mehr unter Menschen, er ist zu viel allein. Es steckt keiner in einem anderen drinnen. Da kann sich etwas zusammenbrauen. Und dann, bei einem falschen Wort, bricht es aus ihm heraus, und du weißt nicht, was du falsch gemacht hast. Der Arzt wird ihm Beruhigungstabletten geben, und du musst aufpassen, dass er sie regelmäßig nimmt.

So ist es gewesen, und so ist es wiederum nicht gewesen, dachte Emilie, ich weiß nur, was geschehen ist und was ich gesehen habe, aber das ist nicht viel, wenn es auch in gewisser Hinsicht alles ist. Papa hat uns Angst eingejagt, und Mama und ich sind weggerannt.

Der Vater hat ihr nicht erklären können, wieso er keine Arbeit suchte oder keine Arbeit fand, und sie hat ihn nicht fragen können, wieso er traurig gewesen ist, das hat sie sich nicht getraut. Wenn eine ihrer Freundinnen traurig war, fragte Emilie sie, was mit ihr los sei, und dann sagte sie es ihr, oder sie versuchte, es ihr zu erklären, meistens hatte sie Streit mit ihren Eltern oder sie hatte sich mit einem anderen Mädchen gezankt, was auch immer, Emilie fragte sie, und sie antwortete ihr, und Emilie wusste dann Bescheid. Manchmal konnte sie ihr helfen, indem sie darüber redeten, sie sagte ihr, dass sie nicht die Einzige sei, die Streit mit ihren Eltern oder mit einem anderen Mädchen habe, und sie versuchte herauszufinden, warum sie sich gestritten hatten und ob nicht wieder Frieden zwischen ihnen sein könnte, auch wenn es dann manchmal so aussah, als sei der Frieden nicht echt, sondern nur Schein, und beim kleinsten Anlass brach der Streit wieder aus.

Sie haben sich einige Tage später wieder zu dritt an den Tisch gesetzt, und sie taten so, als sei nichts vorgefallen. Das Leben sollte weitergehen, so wie es zuvor gewesen war, und sie strengten sich an, dass nicht wieder ein Riss entstand, so wie Emilie sich beim Ausmalen von Figuren bemühte, nicht über den Rand hinauszumalen, und ihre Mutter beim Backen aufpasste, dass der Kuchen nicht länger im Ofen blieb, als er bleiben musste, und ihr Vater in den Büchern danach suchte, was am Leben so kompliziert war, wo der Fehler lag. Das wäre eine großartige Entdeckung gewesen, wenn er eines Tages auf die Lösung gestoßen wäre. Emilie hat versucht, ihn nicht zu stören, und nach ein paar Tagen dachte sie, ihr Leben sei wieder wie früher, aber da täuschte sie sich.

Es blieb etwas zurück, ein dunkler Rest, ein nicht zu brechender Widerstand, ein unversöhnlicher Widerspruch, der den Austausch zwischen Innen und Außen, Ich und Du, dass beide Seiten glaubten, einander zu verstehen und einander nahe zu sein, unterbrach und sie voneinander isolierte. Dieser Rest, der eine Seele formte und prägte, konnte ein Trauma der Gewalt sein, der Demütigung und Missachtung, ein Gefühl von der Absurdität und Verlogenheit der angebotenen Lebensformen, von der Sinnlosigkeit jedes Aufbegehrens, jeder Opposition und Revolte, Angst vor der Beschränktheit des Daseins und Widerwille vor den zur Erfüllung der Hoffnungen und Wünsche vorgesehenen engen Räumen, Verwirrung und Scham über sich, etwas in der Größenordnung, eines der Probleme, über die keiner gerne redet. Dieses Gefühl lief durch die infizierten und verwundeten Seelen wie durch ein weit verzweigtes Kommunikationssystem, es versickerte nicht in einer einzigen, persönlichen Geschichte, es blieb nicht in einem einzelnen Schicksal stecken, sondern tauchte in unterschiedlichen Formen immer wieder auf, als Panik, Angst, Mutlosigkeit und Depression.

Jeder saß in seiner Zelle, und es gab für ihn kein Entkommen, da konnte Karl so lange reden, wie er wollte. Das hat Karl nicht gesehen, und er hat es nicht sehen können, weil die Zelle, in der er saß, aus Wörtern gemacht war, die so taten, als bildeten sie keine Mauer.

Mehr hat sein Vater nicht sagen wollen, mehr hat er nicht zeigen wollen, als dass es ihm nicht möglich war, immer die Ruhe zu bewahren. Er hat sich in der Ruhe geübt, wie andere in bestimmten Fertigkeiten, zu denen Geduld gehört, wenn dir gelingen soll, was du dir vorgenommen hast, eine Tür anstreichen, eine Tischplatte hobeln, ein Klavier stimmen, eine Sprache lernen, ein Gedicht verstehen. Du brauchst Geduld, du musst dich zähmen, du musst dich an etwas Fremdes hingeben können.

Er hat versucht, sich der Ruhe hinzugeben. Er saß auf dem Sofa und sah in die Runde, sah die Dinge im Zimmer, Sessel, Tisch, Stuhl, Schrank, und wusste nicht, wie sie hierhergekommen waren und was sie hier wollten. Sie hatten einen Nutzen, aber wenn keiner sich in den Sessel setzte, hatte der Sessel keinen Nutzen, und wenn keiner am Tisch saß, hatte der Tisch keinen Nutzen, und so ging es mit allen Dingen, die um ihn herum waren, und die Dinge ließen ihn wissen, dass es mit ihm nicht anders war. Er übte sich in Geduld, und die Dinge übten sich in Geduld, und wenn er alleine zu Hause saß, schwiegen sie zusammen und stellten sich schützend um die Ruhe, die in ihrer Mitte war.

Manche verabschieden sich schon zu Lebzeiten von den Menschen und gehen über zu den Dingen, auf die andere Seite, wo still gelitten wird, wie mit angehaltenem Atem.

Warum willst du von der Schule gehen?, fragte Karl.

Die Schule bringt nichts, sagte Emilie. Sie wollte mit ihm nicht darüber reden.

Was soll das heißen?

Ich habe darauf keine Lust mehr, das Lernen führt zu nichts.

Darum geht es nicht, ob du Lust dazu hast, du musst etwas lernen, damit aus dir etwas wird. Du kannst nicht auf der Straße leben, Emilie.

Wer sagt, dass aus mir etwas werden muss? Ich muss gar nichts. Und auf der Straße leben werde ich nicht. Mir wird was einfallen.

Und was willst du machen?

Das weiß ich nicht, auf jeden Fall ausziehen, weg von hier.

In deinem Alter?

Wer soll mich dran hindern?, fragte sie gereizt.

Dann kommt die Polizei und bringt dich nach Hause zurück. So einfach geht das.

Dann ziehe ich zu dir.

Du spinnst, sagte er.

Wieso geht das nicht?

Das geht eben nicht. Du stellst dir Sachen vor.

Ich weiß schon, warum es nicht geht, du hast zu viel zu tun.

Anders als du, sagte er.

Wir müssen nicht miteinander telefonieren, sagte sie aufgebracht. Ich kann gleich Schluss machen. Du musst dich nicht bemühen.

Sie wurde traurig, aber sich bei ihm entschuldigen, das war ausgeschlossen. Sie übte sich, damit zurechtzukommen, wie sie war. Die Dinge, die sich nicht ändern ließen, wurden immer mehr, und die Dinge, die sich ändern ließen, wurden immer weniger. Das war ihre Erfahrung.

Nun fang dich mal wieder, sagte er. Aber sie war in Fahrt gekommen, und sie ließ nicht locker, als müsste sie endlich ihr Ziel erreichen.

Das sagst gerade du.

Was soll das heißen?, fuhr er auf.

Du bist auch anders drauf. Was ich so gehört habe.

Was weißt du davon.

Darüber wollte er mit ihr nicht reden. Das ging sie nichts an. Dafür war sie in seinen Augen noch zu klein.

Ich verstehe, ich bin die kleine Schwester, die keine Ahnung hat.

Sie hätte heulen können und biss sich auf die Lippen.

Nun sei nicht beleidigt.

Er mochte ihr nicht wehtun. Sie tat ihm leid. Sie saß irgendwie in der Klemme.

Ich bin nicht beleidigt, aber nur so rumreden und nichts tun, das bringt nichts.

Dann sag halt, was du vorhast.

Habe ich doch gesagt, ich weiß es nicht.

Was das Leben bringen würde, das konnte keiner wissen, dachte sie. Hatte er das noch nicht herausgefunden? Das Wissen half ihr nicht weiter, es ging um ihr Leben.

Geh wenigstens so lange auf die Schule, bis du weißt, was du machen willst.

Das kann dauern.

So viel Zeit habe ich nicht, dachte sie. Mein Leben soll jetzt beginnen. So wie es ist, geht es nicht weiter.

Sie schwiegen, und das Schweigen war wie eine Weggabelung.

Was machst du den ganzen Tag?, fragte er dann.

Ich bin bei Freunden.

Und was treibt ihr?

Musik hören, rumhängen und so Sachen.

So Sachen?

So Sachen, sagte sie.

Es hat keinen Sinn, dachte sie, mit ihm darüber zu reden.

Emilie wachte schweißgebadet auf, ihr Herz raste, ihr Bewusstsein war in Panik, ohne Form und Struktur, durch die ein stabiles mentales und emotionales Verhältnis zur Welt, ein vorreflexives Vertrauen in den Bestand der Dinge hergestellt wurden, in die Existenz eines schützenden Hintergrundes aus Annahmen und Gewohnheiten. Sie hatte sich im Wald versteckt, gelähmt von Angst und Schrecken, sie sah den Vater, den sie liebte, einen Hammer heben, wie in Zeitlupe, und verstand nicht, was geschehen würde, sie sah den Hammer auf den Kopf der Mutter, die sie liebte, niedersausen, und wie durch Watte hindurch breiteten sich die Wellen eines noch nie gehörten Geräusches aus. Sie sah die erstaunten großen Augen ihrer Mutter, sah das Blut hervorschießen und überallhin fließen und sah ihre Mutter ungläubig zu Boden sinken. Immer wieder dieselbe Szene, ob sie die Augen schloss oder sie offenhielt, ob es hell war oder dunkel. Sie sah den Vater mit dem Hammer auf sich zukommen, um sie wie die Mutter zu erschlagen, und sie versuchte zu schreien, aber bevor der Schrei die Kehle verließ, merkte sie, dass Nacht und alles still war und die Stille sie schützte, dass sie versteckt im Wald saß, unentdeckt, du darfst jetzt nicht schreien, sagte irgendwer in ihr drinnen, sonst wird er dich finden, und sie biss sich in den Arm, bis er blutig war und der Schmerz die Schreie geschluckt hatte. Sei still, dachte sie, es ist nur ein Tier, ein Baum, der Vater ist es nicht. Lieber Gott, hilf. So flehte sie und machte sich in die Hose, was nicht schlimm war, sondern gut, weil der Urin warm und gewöhnlich war.

Sie kann nicht weit sein, sagten die Männer, die sie suchten, sie muss hier irgendwo stecken. Die Männer teilten sich in zwei Gruppen und zogen los, dann lösten sich die Gruppen auf, und die Männer schwärmten aus und schauten hinter jeden Baum und schauten hinauf in die Wipfel. Ein Mann fand sie. Hab keine Angst, sagte er und setzte langsam einen Fuß vor den anderen, als würde er sich an ein Tier anschleichen, das er nicht aufschrecken wollte. Nur keine Angst, sagte er, nur keine Angst, gleich wird alles wieder gut sein, brauchst keine Angst haben, ich tue dir nichts, ich will dir helfen, du kannst nicht die ganze Zeit im Wald sitzen bleiben. Ihre Augen flackerten. Sie sagte kein Wort und vergrub den Kopf in den Armen, wollte nichts sehen und nicht gesehen werden, mochte keine Stimme hören und keine Berührung spüren. Als der Mann sie anfasste, schrie, biss und trat sie um sich. Der Mann war es nicht gewohnt, dass Kinder ihm nicht folgten, wenn er ihnen etwas befahl oder er sie um etwas bat, und obwohl er ein herzensguter Mann war, verlor er die Geduld, seine Nerven waren angespannt, er wollte nichts falsch machen, er wollte nur Gutes tun, und er gab ihr eine Ohrfeige, um sie zu beruhigen und sie zu sich zu bringen. Die Hand rutschte ihm aus, ein Reflex aus Überforderung. Sie fiel in sich zusammen, schluchzte und zitterte. Der Mann drückte sie vorsichtig an sich, nahm sie auf den Arm und ging mit ihr aus dem Wald, er redete ununterbrochen auf sie ein, ist ja gut, weine nicht, es wird alles wieder wie früher, keine Angst, du bist leicht wie ein Vogel, du wirst Hunger haben und Durst, kriegst gleich was zu essen und zu trinken, du wirst müde sein, die ganze Nacht im Wald, du bist ein mutiges Mädchen, nun weine nicht, ich sag doch, alles wird gut, vertrau mir. Sie ließ sich fallen wie in einen Schlaf, überließ sich der Wärme des Mannes und akzeptierte, dass sie keine Kraft mehr hatte und dass sie sich von dem Mann wo auch immer hintragen ließ. Du tust mir nichts, dachte sie. Nimm mich mit.

Und was macht er?, fragte der Alte.

Er ist oben, sagte sein alter Kollege, der seine Verstauchung auskuriert hatte, aber immer noch nicht wegen seinem Leberfleck zum Arzt gegangen war, obwohl der Alte ihn wiederholt darauf angesprochen hatte.

Und sonst?

Die anderen sind bei ihm.

Die üblichen?, fragte der Alte.

Die üblichen.

Hier, der ist mit Milch.

Der Alte reicht seinem Kollegen einen Becher rüber.

Die trinken Bier.

Alkohol ist schädlich, sagte der Alte.

Trinkst du gar nicht mehr?

Hin und wieder schon.

Wichtig ist, dass du alles in Maßen machst.

Stur sein ist nicht gesund, sagte der Alte. Das ist wie bei den Brücken, wenn die ganz fest wären, würden sie sofort einstürzen. Die müssen wackeln.

Was heißt schon schädlich, sagte der Kollege mit dem Leberfleck. Er trank abends gerne ein Bier.

Du merkst selbst, was dir guttut. Du musst auf dich hören. Nicht auf andere.

Das mache ich immer. Ich kenne mich ja am besten. Ich würde mir nie von jemandem erzählen lassen, was ich tun und was ich lassen soll.

Der Alte konnte diese Einstellung einerseits gut verstehen, andererseits bedauerte er, dass sein Kollege den Rat nicht annahm, wegen dem Leberfleck zum Arzt zu gehen. Nicht in allen Fällen, dachte er, war es gut, nur auf sich zu hören.

Das wäre noch schöner, sagte der Alte. Die einen sagen dies, die anderen sagen das. Du würdest verrückt werden, wenn du dich nach allen richtest.

Dann überlegte er kurz und sagte:

Aber manchmal ist es gut, auf andere zu hören.

Sein Kollege verstand die Anspielung auf den Leberfleck, wollte aber nicht nachgeben.

Die meisten reden zu viel, sagte er unverdrossen. Und nachher bist du es, der wissen muss, was zu tun ist, und der dafür geradestehen muss.

Und wenn es nicht so läuft, wie sie einem haben weismachen wollen, sagte der Alte, dann sagen sie, dass sie es so nicht gemeint hätten.

Ich muss mir keine Vorwürfe machen, dachte er. Ich habe ihm mehrmals gesagt, geh damit zum Arzt.

Es bleibt alles bei dir hängen. Auch die Gesundheit.

Um die musst du dich kümmern, gerade in unserem Alter, sagte der Alte.

Tu ich ja. Ich will von meiner Rente noch was haben. Sonst wäre es vielleicht anders. Sonst würde ich vielleicht denken, es lohnt sich nicht mehr.

Sie hatten sich keine festen Pläne für den Ruhestand gemacht. Finanziell war der Rahmen abgesteckt. Sie mussten nicht mehr nachdenken, ob sie genug für sich und ihre Familie taten. Die Vorsorgeleistungen hatten ein Ende gefunden. Was kommen würde, war wie ein kurzer gerader Weg, ohne Alternativen. Der Gedanke daran hatte etwas Entlastendes.

Die Demonstranten können sich darauf verlassen, dass Sanitäter, Ärzte und Anwälte für sie bereitstehen, wenn es zum Schlimmsten kommt, wenn sie verletzt, verhaftet und angeklagt werden wegen Landfriedensbruch, Widerstand gegen die Staatsgewalt oder Körperverletzung. Die Sanitäter, Ärzte und Anwälte müssen nicht auf ihrer Seite sein, sie müssen nicht in jeder Hinsicht gut finden, für was sich die Demonstranten einsetzen, wenn sie auf die Straße gehen. Damit rechnen die Demonstranten nicht, es reicht ihnen, dass die Sanitäter, Ärzte und Anwälte ihre Arbeit machen und ihnen helfen.

Die Bahn bringt sie zur Demonstration, die Kommunikationsnetze sind nicht zusammengebrochen, in denen Informationen ausgetauscht und Bilder weitergereicht werden, die gesamte Infrastruktur einer Stadt, eines Landes läuft, und sie können sich darauf verlassen. Sie machen sich darüber keine Gedanken, sie gehen davon aus, dass der Verkehr und die Versorgung funktionieren, das ganze System um sie herum. Zeiten, in denen diese Struktur zerstört ist, kennen sie nicht, sie haben keinen Krieg erlebt, keine landesweiten Katastrophen. Wie ihre Welt aussieht, wenn das System, in dem sie leben, besiegt ist, wissen sie nicht, und die Vorstellungen, die sie sich davon machen, reichen nicht an die Wirklichkeit heran. Was weiß einer von Dingen, die er nicht erfahren hat, von Hunger, Bomben und Verwüstung, Rechtlosigkeit und Verfolgung, und was weiß einer von der Zukunft, die zum vernichtenden Schlag ausholt, wenn er all das noch nicht erlebt hat.

Das Wissen hinkt, gerade wenn es darum geht, das Handeln zu zügeln oder zum Handeln anzutreiben, oft der Erfahrung hinterher, und aus diesem Grund folgen die jungen Demonstranten keiner großen Theorie, sondern ihren Ideen, Empfindungen und Eindrücken sowie den Nachrichten und Informationen, die sie verbreiten können. Aus all diesen Bestandteilen entsteht ihre Welt, für die sie keine Partei, kein Programm brauchen, sondern nur einen Standpunkt, von dem aus sie zu betrachten ist. Alle, die mit ihnen ziehen, teilen diese Perspektive, und die ihnen den Weg versperren, teilen sie nicht.

Diese Fluchtpunkte eines Wissens, das im Ungefähren tappt, weil die Welt für das Wissen zu groß ist, bilden sich, wenn einer nachdenkt, wo er in diesem System steht, ob mittendrin oder am Rand, und das ist nicht nur eine Frage des Alters, denken sie, obwohl sie alle ungefähr gleich alt sind, sondern eine Folge der Ahnung, dass sie einen Auftrag zu haben meinen, als kommende Generation, Vorreiter aller späteren Generationen. Sie sind jetzt kurz davor, ihre Plätze im System einzunehmen, was sie nicht so einfach tun werden und nicht so einfach tun können, denn die Welt ist nicht in Ordnung, das wissen alle, auch diejenigen, die für die Unordnung der Welt verantwortlich sind oder nur mitmachen, weil sie von der Unordnung profitieren.

Es ist so, sagen sie, du erbst ein Haus und siehst auf den ersten Blick, dass es marode ist und bald zusammenfallen wird, wenn du nichts tust. Die Bewohner winken dir aus den Fenstern zu, kommt rein, sagen sie, es ist alles gut, dabei wird ihnen bald das Dach auf den Kopf fallen und das Fundament einsacken. Aber das sehen sie nicht, weil sie nicht aus dem Haus rausgehen, sie merken nur, dass etwas nicht stimmt, es zieht und es wackelt drinnen, aber sie lassen sich nicht irritieren. Kommt rein, sagen sie, aber die jungen Leute sehen die Mängel und sehen die Zukunft des Hauses und denken, bevor wir reingehen, bringen wir es in Ordnung. Und sie sagen zu den Bewohnern des Hauses, kommt raus, wir müssen das Haus reparieren, damit es noch eine Weile hält.

Darin besteht die ganze Revolution, dass die Bewohner das Haus verlassen und das Haus wieder instand gesetzt wird.

Wenn heute, denken sie, Steine und Flaschen fliegen, dann fliegen sie gegen die geschlossenen Fensterläden, damit die Bewohner aufwachen und merken, dass die jungen Leute vor dem Haus es ernst meinen. Sie sind gekommen, ein Zeichen zu setzen, und dann werden sie wieder abziehen, und die Tage werden über sie hinweggehen, sie werden eine Ausbildung anfangen, einen Beruf ergreifen, eine Familie gründen, sie wollen ja leben und teilnehmen an dem Leben, wie es um sie herum ist, und dann werden sie anfangen, am Haus herumzuflicken, hier etwas reparieren, dort eine Stütze anbringen, was einer tun kann, wenn er drinnen ist und das Haus nicht leerräumen kann, um es von Grund auf zu sanieren.

Bevor es so weit kommt, werden sie zeigen, dass es nicht dazu kommen dürfte, dass ein anderes System besser wäre, dass es ohne einen großen Umbau, ohne massive Korrekturen nicht weitergehen kann.

Wo wohnt sie jetzt, weißt du das?, fragte Karl.

Bei ihrem Freund, sagte die Mutter. Sie hat gesagt, sie kann das Gerede nicht mehr hören, das bringt nichts, sagt sie, ihr nicht und den anderen nicht. Ich glaube, sie will etwas Handfestes machen.

Sie wird wissen, was sie will. Und Vater?

Wie immer. Er sitzt zu Hause und redet nicht viel, aber es geht ihm ganz gut, er trinkt nicht, das ist viel wert. Wenn er trinken würde, ginge es so nicht weiter.

Sie machte eine Pause, als stünde sie vor der Aussicht auf ein Leben ohne ihren Mann, als wollte sie fühlen, wie das wäre, und dann, als wäre ihr wieder eingefallen, dass sie eine gemeinsame Geschichte hatten, die sie aneinanderband, sagte sie:

Es ist wegen dem Krieg. Er wird nicht der Einzige sein, nur sagt keiner was, und ich sage auch kein Wort. Es würde nichts nützen.

Wieder schwieg sie, und er hörte ihren Atem und wusste, dass sie noch etwas sagen wollte, und dann sagte sie:

Du musst dein Schicksal tragen, Karl, es wird einen Grund haben, wieso das alles so ist und nicht anders. Und ein Grund wird da sein, auch wenn ich ihn nicht sehe oder verstehe. Ich verstehe vieles nicht, und es ist dennoch da. Wer versteht schon alles, ich ganz sicher nicht. Es muss gehen, sage ich mir, wenn ich denke, dass es so nicht weitergehen kann. Ich würde durchdrehen, wenn ich die ganze Zeit zu Hause sitzen müsste. Aber ich komme glücklicherweise unter Leute. Dann fällt einem manches nicht so schwer, es ist, als könntest du es mit anderen teilen, obwohl du ihnen nichts sagst und sie nichts davon wissen.

Mehr war nicht zu sagen, er widersprach ihr nicht, wem hätte es geholfen. Er sagte, es wird schon werden, und dann ließ er die Mutter mit dem Vater allein, seine Eltern, die nur manchmal, in Momenten, die sich seiner Kontrolle entrissen, vor ihm auftauchten, sie bohrten sich durch die Kruste, die sich über die alten Geschichten gelegt hatte, über sein Herkommen, wie er aufwuchs, sein geheimes Werden. Dann standen die beiden da, wortlos, wie Wesen aus einer fernen Zeit, die ihn daran erinnern wollten, dass er eine Biographie hatte und ein Teil in einem Zusammenhang war, in dem Blut und Vererbung eine Rolle spielten, Lasten, die keiner ablegen konnte und die nicht leichter wurden, wenn er wusste und aufzählen konnte, was er mit sich herumschleppte.

Er rieb sich die Augen.

Als Karl in der Stadt eintraf, in der er fünfundvierzig Jahre später sterben sollte, kam er nicht unvorbereitet. Er hatte mit einer philosophischen Ausbildung begonnen, die ihn dazu befähigen sollte, sich auf seinen Kopf zu verlassen, als sei das Denken eine Art Handwerk, das sich beherrschen ließ.

Bestimmte Dinge hat er nicht erfinden oder entdecken müssen, und die Vorstellung ist unhaltbar, dass ihm gelungen wäre, was seine Vorgänger zustande gebracht hatten. Er stand auf ihren Schultern, den Schultern von Riesen, die sich aus der Masse ihrer Zeitgenossen erhoben. Dass er manche dieser Heroen des Geistes mit seiner Kritik zu stürzen versuchte, war Teil seines Kampfs mit den Wörtern, bei dem es um die Wahrheit ging, um Logik, Begriff und Wirklichkeit.

Er wohnte nicht in einer der Siedlungen am Rande der Stadt, sondern im Zentrum, und er lief, wenn er auf dem Weg zu seinem Mittagstisch war, nicht durch einen Industrievorort, sondern durch ein beliebtes Studentenviertel, wo alle wohnten, die viel Zeit mit ihren Gedanken verbrachten. Die einen kümmerten sich dabei um ihre Ausbildung und um Projekte, die anderen um ihre kulturellen Geschäfte.

Die meiste Zeit seines Lebens verbrachte er in einem Zimmer, das nicht viel größer war als das Zimmer seiner Kindheit. Hier stand sein Schreibtisch. In dem zweiten Zimmer stand ein Bett. Mit seinen Freunden saß er in der Küche, die groß war. Er strich die Wände weiß, wenn sie grau wurden. Er aß, was er von Kindesbeinen an zu essen gewohnt war. Dazu trank er Kaffee und Bier.

Karl hatte keine Kinder. Manche Männer werden davon absorbiert, sich ein zweites oder drittes Mal zur Welt zu bringen, ein Kind würde sie dabei nur stören. Sie müssten die Leiter wieder heruntersteigen und mit dem Buchstabieren von vorne anfangen. Die ganze Zeit, die sie mit dem Kind verbringen würden, steht die Leiter vor ihrer Nase, und sie denken nur daran, wie sie das Kind loswerden und die Leiter wieder hinaufkommen können, bis zu der Sprosse, auf der sie schon gestanden hatten und die zu erreichen ein Kind Jahrzehnte brauchen würde. Deswegen hat Karl keine Kinder gehabt, nicht weil er sie nicht mochte, sondern weil er mit ihnen nicht noch einmal all das hat anfangen wollen, was er hinter sich hatte.

Die Frauen, die ihn liebten, und die Freunde, die anfingen, sich um ihn Sorgen zu machen, werden gesagt haben: Karl, trink nicht so viel. Denk an deine Gesundheit. Aber da war es schon zu spät. Die guten Ratschläge erreichten ihn nicht mehr. Er wusste, dass es kein Zurück mehr gab, dass es sich nicht lohnte kehrtzumachen. Die paar Jahre mehr, dachte er, als hätte er darüber entscheiden können. Er hatte seinen Zenit überschritten und rutschte ins Tal. Wenn dort unten etwas gewesen wäre, das ihn aufgefangen hätte, wäre die Sache vielleicht anders ausgegangen. Aber da war nichts, nur ein Ende, das so und so kommen musste.

Als er in der Universitätsbibliothek stand und ihm schwarz vor Augen wurde und als er am Sterbebett seines Vaters und am Sterbebett seiner Mutter saß, hätte er innehalten müssen und dann hätte er gefühlt, dass sich die Gewichte verschieben konnten, die ihn im Gleichgewicht hielten. Er beugte sich nach vorne und hielt sich an einem Zettelkasten fest. Die hohe Decke des Saales lag schwer auf ihm. Der Raum schien unter der Last des Deckengewölbes immer größer zu werden, als würde er in die Länge und Breite gedrückt. Er sah sich nach dem Ausgang um. Der Weg dahin war weit, so weit wie nie. Er schaute zu den Fenstern hoch. Die Fenster würden sich nicht öffnen lassen. Es war sinnlos, es zu versuchen. Wie sollte er an die Griffe dort oben heranreichen? Er wartete, bis es ihm besserging, dann nahm er all seine Kraft zusammen und ging los, er lief mit kleinen Schritten das halbe Alphabet zurück. Viel Zeit schien vergangen, als er endlich vor der Tür anlangte und versuchen konnte, sie aufzuziehen. Er stemmte sich dagegen, und sie bewegte sich. Er ging die Stufen zum Haupteingang hinunter, zog mit seinem ganzen Gewicht an einer zweiten Tür, und die Sonne fiel ihm ins Gesicht. Und jetzt, da er hier im Schutz des Eingangs im Sonnenlicht stand, wie neu zur Welt gekommen, in den Sekunden des Aufatmens, da ihn Kraft durchströmte, die von irgendwoher kam, vom Licht, von der Luft, hätte er innehalten können, wie in Minuten tiefer Besinnung, wenn sich alles, was von Menschen gemacht ist, Sorgen, Interessen, Pläne, von einem ablöst und nur ein erster reiner Augenblick zurückbleibt, eine neue Begegnung mit der Welt, die nicht mehr ist als Empfindung und Eindruck, Reiz und Reaktion, ungeordnet, unfassbar, nicht zu katalogisieren. Solche Momente reinen Seins hatte er in seiner Kindheit erlebt, im Schwimmbad, auf dem Fahrrad, immer im Licht der Sonne und an der frischen Luft, im Frühling und im Sommer, wenn die Säfte und Kräfte in die Pflanzen und Bäume schossen und ein unsichtbares Vibrieren begann, das ihn mitzog und sich in ihm in das Gefühl verwandelte, unschlagbar zu sein, nicht verwundbar, ein Teil von einem Ganzen, untrennbar von den Dingen um ihn herum, leicht und schwebend und voller Zuversicht und Vertrauen in das Werden, das ohne Zukunft auskommt, das rein aus sich herausbricht, ohne ein Woher und Warum und Wohin. Er sah auf, sah die Fassaden der gegenüberliegenden Häuser, die Straße, die Autos, die Menschen auf den Bürgersteigen, die irgendwelchen Zielen nacheilten, dem Gang der Dinge eine Richtung aufdrückten, und trat hinaus in die Welt, die sich um ihn schloss, die ihn zu sich selbst zurückbrachte, wer er war und was er wollte, und alle Wörter, Urteile und Schlüsse, alle Ideen und Vorstellungen schossen zusammen und formten ihn zu dem, der er war und als der er sterben würde, ein Geist, ein Wille, ein Freiheitsdrang, der sich in eine alte Geschichte verwickelt hatte, in die Geschichte von der Revolution, der Erlösung durch die Tat. Nach wenigen vorsichtigen Schritten fiel er in seinen gewohnten federnden, selbstbewussten Gang.

Der Alltag eines jeden ist von Müdigkeit, Unaufmerksamkeit und Nachlässigkeit durchzogen, von jenen Reflexen der Selbstbewahrung, die die Nerven beruhigen und den Umgang mit den Schwierigkeiten des Lebens erleichtern. Bei Karl war das anders, er kannte keine Pausen, von kurzen Augenblicken abgesehen, in denen er dazu gezwungen wurde, aus Erschöpfung und Überarbeitung.

Der Zug der Demonstranten setzte sich in Bewegung, und alle waren überrascht, weil die Straße nicht gesperrt war, sie konnten einfach loslaufen, und es sah nicht so aus, als müssten sie mit Widerstand durch die Polizei rechnen. Einige dachten sofort, dass das eine Falle sei, in die sie jetzt hineinliefen, und so ist es auch gewesen, nach wenigen hundert Metern stockte der Zug, vor ihnen standen Wasserwerfer und Hundertschaften der Polizei, an einer Seite der Straße lief eine Mauer entlang, und die hinten waren, wussten nicht, was vorne los war, und wichen nicht zurück.

In den Augen der jungen Demonstranten, in denen eine Demonstration nur erfolgreich und radikal ist, die auf Widerstand stößt, wäre es unsinnig, wenn sie durch menschenleere Straßen liefen, vorbei an Häusern, deren Läden verschlossen sind, wenn sie von der Öffentlichkeit nicht bemerkt, vom Staat ignoriert würden. Sie wollen gesehen und gehört werden, und das werden sie am besten dort, wo sie auf Hindernisse treffen, wenn es ihnen gelingt, das System herauszufordern.

Wer, wenn nicht die Polizei, nimmt sie ernst, stellt sich ihnen in den Weg und gibt ihnen auf diese Weise ein geschichtliches Format, rückt sie ein in die lange Reihe der Vorläufer, die unter wechselnden historischen Bedingungen die Geschichte des Widerstands fortschrieben, Hunderttausende, die nicht alle heil davonkamen, sondern verletzt oder tot auf den Straßen liegenblieben.

Einige von ihnen halten Fahnen in den Händen, ganz so, als sollten die unsichtbaren Toten, die auf ihrer Seite stehen, sie erkennen, wenn sie einen Blick auf die Erde werfen. Es ist kein Spiel, das sie mit großem Ernst betreiben, sondern umgekehrt, die Lage ist fast aussichtslos, und wenn der Ernst, der sie gepackt hat, sie nicht untätig werden lässt, weil sie keine Chancen für sich sehen, dann müssen sie die Sache spielerisch nehmen, als gäbe es Lücken, um das Gute hereinzuziehen, eine Wendung in ihrem Sinne herbeizuführen. Nur auf diese Weise erhalten sie sich den Mut und die Zuversicht, die sie brauchen, um auf die Straße zu gehen, Projekte anzuzetteln und Pläne auszuarbeiten, Ideen zu sammeln und ihren Weg zu suchen.

Warten Sie doch,
Sie werden ja ganz nass

Die Krähe dort oben macht den Eindruck, als wäre sie eine Art Spion, abgerichtet wie eine Brieftaube, sagte der Alte zu seinem Kollegen. Nur, wofür? Was soll sie tun? In wessen Auftrag ist sie da?

Die haben früher Tiere im Krieg eingesetzt. Damit rechnet ja keiner, dass ein Hund eine Bombe bei sich hat.

Der Kollege mit dem Leberfleck hatte ein Faible für Geschichte, er las historische Bücher und schaute sich historische Dokumentationen an.

Die Einzigen, die sich für den da oben interessieren, sind wir, sagte der Alte. Er wanderte gerne und hatte auf seinen Ausflügen seinen Blick für Vögel geschärft.

Die hätten uns Bescheid gesagt, wenn sie einen Vogel auf ihn ansetzen, sagte der Hobbyhistoriker ironisch. Damit schien das Thema für ihn erledigt.

Und wenn die Krähe wegen uns da ist?, fragte der Alte. Er hätte nicht erklären können, was er damit meinte. Die Krähe kam ihm vor wie ein Zeichen. Er wusste nur nicht wofür.

Mach dich nicht lächerlich, sagte sein Kollege.

Aber komisch ist es schon, dass sie immer da ist, wenn wir da sind.

Der Alte war dabei, sich in etwas hineinzureden, das für seinen Kollegen keinen Sinn ergab, und sein Kollege sagte deswegen:

Ich sage dir, mach dir dein Leben nicht schwerer, als es ist.

Als Historiker wusste er, dass vieles verging und Neues entstand. Nicht alles ließ sich verstehen, es gab Ungereimtheiten. Er mied solche Löcher. Es war besser, sich nicht zu viele Gedanken zu machen. Er reckte den Hals, ob er die Krähe sähe.

Da ist keine Krähe, sagte er.

Du siehst keine Krähe, das ist ein Unterschied.

Ich sehe keine, weil keine da ist.

Die fühlt sich von dir beobachtet, sagte der Alte und lachte kurz. Er machte den Eindruck, als hätte er wieder die Kurve gekriegt. Aber dann rief er:

Da, hast du sie gesehen?

Aber bevor er seinem Kollegen die Richtung hätte weisen können, in der sie sich davonmachte, war die Krähe auch schon aus dem Blickfeld, und die beiden, die nebeneinandersaßen und Zeugen eines Ereignisses hätten sein können, mussten einsehen, dass der eine sah, was dem anderen verborgen blieb, weil er mit anderen Dingen beschäftigt war und sich aus eigenem Antrieb und Interesse nicht mit einer Krähe beschäftigt hätte, die für seinen Kollegen sogar mehr war als ein Tier. Er sah keine Zeichen, weil er nicht einmal auf den Gedanken gekommen wäre, dass es Zeichen gäbe, die auf unterschwellige Verbindungen hinwiesen, auf Ereignisse, die in der Zukunft passieren würden, oder auf geheime Absichten, eine unsichtbare Hand, die in einem Spiel war, von dem er nichts wusste.

Es gab Dinge, über die er sich wunderte, und vor allem wenn er bei einem Basketballspiel zuschaute, fragte er sich in entscheidenden Situationen, wie es möglich war, dass der Ball und ein Spieler gerade an diesem einen Ort zusammenfanden, was er sich nur dadurch erklären konnte, dass der Spieler eine Art siebten Sinn für die Situation besaß, ein Gefühl, wo er war und zur richtigen Zeit sein musste, damit sich jene einmalige Gelegenheit ergab, die zu einem Korb führen konnte. Aber das waren alltägliche Wunder, die sich zur Spielsaison jede Woche einstellten, und nicht zu vergleichen mit einer Krähe, die über ihnen kreiste und vielleicht in höherer Mission unterwegs war.

Bücherregale standen an den Wänden des großen Zimmers in einem jener Altbauten, die ein Gefühl vergangener bürgerlicher Glanzzeiten konservierten und ihre Bewohner, die sich bemühten, durch Bildung und kultiviertes Verhalten es ihnen recht zu machen, vor der Einsicht bewahrten, dass die Kontinuität der geistigen Bestände, Kunst, Kultur, Ideen, die politisch geputzt und auf Vordermann gebracht wurden, erschlichen war, ein Trick, um den Blick nicht ungeschützt in eine verwaltete Welt, Geschäfte, Bürokratie, Technologie, richten zu müssen. Die Gäste, mit denen Karl zusammensaß, Schriftsteller, Leute vom Theater, Verleger und jene engagierten Macher, die irgendwelche kulturellen Projekte an der Leine hatten, die immer aufregend, immer aktuell waren, hörten ihm freundlich zu, als er zu reden begann. Er sah auffallend gut und ziemlich intelligent aus, wie ein Versprechen für ein anregendes Gespräch, in dem die Dinge des Geistes in einer Mischung aus spielerischer Arroganz, erhellenden Voraussagen und scharfer Kritik nicht zu kurz kommen würden. Sie wussten nicht, wer er war, die Universität, der Ort seines Wirkens, war weit weg, und sie waren deswegen recht unbefangen, ohne Vorurteile, von den üblichen ersten Einschätzungen der Männer im Raum einmal abgesehen, die in ihm einen sahen, der ihnen die Show stehlen konnte oder die Blicke der Frauen. Er war gleichsam auf die Liste der Gäste gerutscht, irgendjemand, den er kannte, hatte ihn mitgenommen, und Karl, der auch in Kirchen agitiert hätte, wie das damals hieß, kannte weder Scheu noch Zurückhaltung, wenn sich ihm eine Möglichkeit bot, den Radius seiner Reden zu vergrößern. Er kam nicht als Partygast, sondern war im höheren Auftrag unterwegs.

Anfangs hatten sie alle durcheinandergesprochen, sie liefen sich warm wie Sportler, und irgendwann, wenn sie genug getrunken hatten, würden sie in kleinen oder größeren Gruppen zusammensitzen, die Eintracht, die unter ihnen bestand und zu Solidarität, zu gemeinsamen Unternehmungen gesteigert werden konnte, genießen und sich dem langsam heranrollenden Ende des Abends überlassen. Dieses Mal aber kam es anders. Karl riss, aus Ungeduld und Überdruss, früh das Wort an sich, wie einer, der morgens in ein Schlafzimmer tritt und die Vorhänge vor dem Fenster mit einer raschen und entschlossenen Bewegung zur Seite fegt und die Sonne ins Zimmer fallen lässt, direkt in das Gesicht des Schlafenden, der anfängt zu blinzeln und sich eine Hand schützend vor die Augen hält, weil der Tag ganz sicher mit der Süße der halbwachen Träume nicht mithalten würde. Die Welt, wie Karl sie sah, lag im hellen Licht der Armut und Ausbeutung, und wer einmal in dieses Gleißen geschaut hatte, dem tanzten schwarze Flecken vor den Augen, egal, wohin er sah, und er fühlte sich wie verloren unter Fremden, wenn er an einem Leben teilnehmen sollte, das keine Gespenster kannte, nicht den Schrecken, nicht die unverschuldete Verdammnis.

Karl hat nicht in den Krieg ziehen müssen, um als Kriegsversehrter heimzukehren. Er machte sich auf und ging hinaus und er kehrte als Flüchtling zurück, der nirgends mehr heimisch wurde außer im Kampf gegen das, was er erfahren hatte. Er hatte es nicht einmal mit eigenen Augen sehen müssen, es reichte, davon zu wissen. Von solcher Macht kann Wissen sein, dass es einen herausriss aus den Zusammenhängen, in denen sich ein Leben mit Wohlwollen für eine Welt verbringen ließ, die zu großen Teilen für die Männer und Frauen, die hier standen und redeten, Wein tranken und lachten, unbewohnbar war. Es gab viele Orte, an denen sie unter keinen Umständen leben wollten.

Sie waren in seinem Alter, manche jünger, manche älter, Generationsgefährten, die nicht aufgeben wollten, was sie erreicht hatten, Vorteile, Positionen, eine Kultur des intellektuellen und künstlerischen Einspruchs, ein Programm für eine Elite, deren Repräsentanten Karl nur mit aufflackerndem dunklem Blick in die Augen schauen konnte, einer von den Blicken, die von den Rändern der Gesellschaft kommen, wo es nicht um Verständnis und Verständigung geht, sondern um Angriff und Verteidigung. Er konnte keine Ruhe geben.

Er hatte nur auf ein Stichwort gewartet, und dann legte er los, als habe er sich schon zu lange zurückgehalten. Die anderen folgten ihm anfangs mit der freundlichen distanzierten Aufmerksamkeit, die sie Neuem, Unerwartetem entgegenbrachten, einem künstlerischen Einfall, einer bedenkenswerten Idee, einem Auftritt der Gefühle. Aber dann begannen sie sich zu wundern über das, was er sagte, und darüber, wie er redete. Und je länger sie ihm zuhörten, umso fremder wurde er ihnen. Abwehrendes Erstaunen und eine erste Empörung machten sich breit, Ärger und Missbilligung, und später kroch eine Art müder Verzweiflung in ihnen hoch, dass ein kluger Mensch offenbar tief in sich hineinfallen konnte, wie in eine Grube, aus der er nicht mehr herauskam. Sie waren, dachten sie, Zeugen eines leuchtenden Irrsinns, der sich als Vernunft ausgab.

Karl merkte nichts von der Skepsis, der Sorge und dem Widerwillen, die sich um ihn ausbreiteten, und es wären mehr erboste Blicke nötig gewesen, um ihn in seinem Redefluss zu bremsen. Andere brauchten mehrere Gläser Wein, Flaschen gar, um sich aus dem Mittelmaß der Empfindungen, jenem Gleichmaß der Erregungen, das als Grundlage einer funktionierenden Gemeinsamkeit anerkannt war, aufschwingen zu können zu dem, was sie bewegte, Erfahrung der Einsamkeit und Sinnlosigkeit, des Widerspruchs gegen alles, das hinzunehmen ihre tägliche Aufgabe war. Karl kannte keinen Wechsel zwischen Einverständnis und kurzzeitigem Aufbegehren.

Ja, siehst du das denn nicht, ja, verstehst du das denn nicht, ja, hörst du nicht zu, ja, was redest du dir da ein, ja, so kannst du mir nicht kommen, ja, was machst du dir da vor, ja, das glaubst du doch selbst nicht, ja, denk doch einmal nach. So ging das. Und immer über Staat, Politik, Wirtschaft, nicht über Theater, Film, Literatur, die für ihn nebensächlich waren, Nischen, in denen sich der Eigensinn versteckt. Er ließ am Staat kein gutes Haar und verdammte jede Form der Mitwirkung, des Engagements, als gäbe es keine Gründe, mit dem Staat, in dem auch er lebte, zufrieden zu sein. Er war es nicht und ließ sich in seinem Urteil auch nicht irritieren vom Blick in die Geschichte, die ihn hätte belehren können, dass dieser Staat ein Glücksfall war, nach dem Untergang des Rechts, das verdiente, Recht genannt zu werden, in der Diktatur.

Dann fiel ihm einer, der das Land, in dem er lebte, verteidigen wollte, ins Wort. Karl schaute auf. Argumente waren für ihn kein Problem, er zerpflückte sie, wie ein Kind in Windeseile einen Berg von Geschenken abträgt, die es zum Geburtstag erhalten hat. Und er widersprach allen, die jetzt ebenfalls in die Verteidigung ihres Lebens einfielen, er wurde lauter und lebhafter, warf die Arme um sich und drehte den Kopf zu jedem hin, er wollte sie alle kriegen, jeden ansprechen und für seine radikale Sicht der Dinge gewinnen, und dann schwieg er, schaute erwartungsvoll und angriffslustig. Keiner sagte ein Wort. Mit einem Gefühl der Scham über die Vermessenheit eines Hochstaplers horchten die Gäste in die Stille hinein. Die Unbelehrbarkeit, der Trotz des Rechthabers deprimierten sie und störten ihr ästhetisches Empfinden für die Unvollkommenheit, die Brüche der Existenz. Mit einem Hauch von Verachtung und Hochmut zogen sie sich zurück.

Am nächsten Tag rief ihn eine Frau an, die bei dem Gespräch dabei gewesen war, die seinem Monolog mit wachsender Sympathie gefolgt war, gleichsam von Mensch zu Mensch, und selbstverständlich hatte auch eine Rolle gespielt, dass er ein attraktiver, temperamentvoller Mann war, und dann hatte sie sich für die Reaktionen der anderen geschämt, die sofort einer Meinung waren und, selbstgewiss und unnachgiebig, Schulter an Schulter standen. Sie sagte, sie hätte geerbt und wolle ihm Geld geben, für die Sache, von der er gesprochen habe, aber es solle heimlich geschehen, und er solle nicht groß darüber reden. Sie fände gut, was er gesagt habe, mehr fiel ihr nicht ein, um sich nicht in falsche Wiedergaben zu verwickeln, es habe sie irgendwie überzeugt, auch wenn sie ihm nicht in allem folgen könne. Sie schreckte vor Eindeutigkeiten zurück, die sie zu etwas verpflichten würden, was über ihre Kräfte, ihre Art und Weise, sich zu arrangieren, hinausgegangen wäre. Ob sie sich sehen könnten, fragte sie.

Einige Tage später übergab sie ihm ein Päckchen, nicht in einem Café, wo er sie in ein Gespräch hätte verwickeln können, sondern auf einer Straße, wie zwei Geheimagenten. Mehr könne sie nicht für ihn tun, sagte sie. Es sah so aus, als würde sie ihr Gewissen beruhigen wollen durch eine gute Tat, für einen, der sich um Kopf und Kragen redete, der nicht nachgab und radikaler war als die anderen, die sie kannte, der etwas riskierte.

Vielleicht hat sie ihn bewundert, oder er tat ihr leid, weil er sich auf etwas eingelassen hatte, das wie eine unlösbare Aufgabe aussah, nach einem Aufbruch aus Lebenszwängen aller Art. Er nahm doch, stellvertretend für andere, die nur von guten Absichten geplagt waren, die Last auf sich, einer Idee zu folgen, die aus einer ungerechten Welt nicht zu vertreiben war. Die Idee der Revolution schien der Ausdruck einer ernsten Krise, in die das Leben geraten war.

Du musst dir keine Vorwürfe machen, sagte Karl.

Wegen ihr, meinst du?

Ja, wegen ihr. Sie ist alt genug, und es ist ihre Entscheidung gewesen.

Ich weiß nicht, sagte seine Mutter. Wenn es anders gelaufen wäre mit uns hier, wäre es mit ihr anders gekommen, aber das lässt sich nicht mehr ändern. Es war keine böse Absicht dabei, bei keinem, alle haben es gut gemeint. Es konnte keiner was dafür. Wir haben das Beste versucht.

Es ist nichts Schlimmes passiert, jetzt weine nicht.

Es ist nichts Schlimmes passiert?

Sie schwiegen. Dann sagte er:

Ich muss jetzt los. Mach dir keine Sorgen. Es wird schon alles mit ihr gutgehen.

Er nahm keinen Schirm, obwohl es regnete, trat auf die Straße hinaus, klappte den Mantelkragen hoch, zog den Kopf ein und lief los, und die ganze Zeit lief seine Schwester neben ihm her und er dachte, dass er ihr nicht helfen könne und dass sie sich nicht helfen lassen würde und dass er nicht wüsste, wie ihr zu helfen wäre. Sie wird schon wissen, was sie tut.

Als es anfing, wie aus Kübeln zu gießen, stellte er sich unter, wartete und schaute in den Regen. Dann las er die Namen auf den Klingelschildern in dem Hauseingang, in dem er mit den anderen stand, die auch einen Unterschlupf gesucht hatten. Er würde sie anrufen, aber es würde nichts bringen. Er würde versuchen, mit ihr zu reden, aber sie würde ihm nicht zuhören. Irgendetwas war geschehen und hatte sie weggehoben, und jetzt war sie dort draußen und versuchte, ihr Leben zu führen.

Er wurde unruhig. Er war der Erste, der wieder loszog. Die Wetterlage hatte sich kaum gebessert.

Warten Sie doch, Sie werden ja ganz nass.

Aber der Ruf hielt ihn nicht zurück, er eilte davon, an den Häuserwänden entlang, unter den leicht vorspringenden Dächern, ein einsamer Mann, dem die anderen verwundert und achselzuckend nachblickten. Mitgezogen auf die Straße und in den Regen hat er keinen von ihnen. Die Gruppen der Wartenden lösten sich erst auf, als der Regen merklich nachgelassen hatte.

Seine Freunde würden nichts Persönliches über ihn erzählen, sie dachten wie er. Sie wären nicht seine Freunde gewesen, wenn sie über ihn Anekdoten wiedergegeben hätten, als sei er eine Person, an der sich die öffentliche Neugier rasch sättigen sollte. Auch sie meinten, wichtig und interessant sei nur, was er gedacht und gesagt hatte. Warum sollte, wer sich um Ideen und Gedanken kümmert, Opfer des öffentlichen Verlangens nach Biographien werden? Auf diese einfache und beschämende Weise würde Gleichheit unter Ungleichen hergestellt, eine Nähe suggeriert, die sich vielmehr durch eine intellektuelle Anstrengung, die sich darum drehte, was er dachte, hätte ergeben sollen.

Und die anderen, die ihn nicht so gut kannten? Was könnten sie von Belang erzählen, und was wäre dadurch gewonnen außer dem Anschein von persönlicher, historischer Wahrheit, der nie hinreichen würde, einen ganzen Menschen zu erfassen? Daten und Fakten, die sein Leben betrafen, waren, verglichen mit dem, um was es ihm ging, nebensächlich, eine Summe von biographischen Einzelheiten, die das Bedürfnis nach individuellen Schicksalsläufen befriedigte.

Wie bist du darauf gekommen?, fragte der Alte.

Zu was?

Bei uns zu arbeiten.

Das war Zufall, sagte der mit dem Leberfleck. Das wird einer ja nicht, weil er es sich vornimmt.

Bei den meisten wird das nicht anders sein, sagte der Alte. Sie wissen nicht, was aus ihnen werden soll, und dann wird doch was aus ihnen.

Es gibt Ausnahmen.

Die eine Begabung für etwas haben, ergänzte der Alte.

Das war der wunde Punkt bei den beiden, dass sie keine Begabung hatten, die sie in eine bestimmte Richtung getrieben hätte, nicht einmal ein ausgeprägtes Interesse für Informatik, Theater oder Landwirtschaft war bei ihnen vorhanden gewesen.

Die einen können gut Klavier spielen und sie bleiben dann dabei, sagte der mit dem Leberfleck, der sich für Geschichte interessierte, und die anderen fangen irgendwann mit etwas an und dann machen sie einfach weiter.

Wenn sie einer gefragt hätte, sie hätten nicht erklären können, wie sie zu denen geworden waren, die sie waren. Nicht einmal im Nachhinein haben Biographien ihre Folgerichtigkeit, sogar in den Augen derer, die sie durchlaufen haben. Manches ist dem Zufall geschuldet, anderes den Umständen, Begegnungen, Launen und schließlich der Unsicherheit und der Ungewissheit. Rückblickend waren sie von Anfang an in eine Art enger werdende Gasse gelaufen, das Gefühl kannten die meisten. Nur bei wenigen schien es anders gewesen zu sein, sie gingen gleichsam auf ein freies Feld hinaus und schienen sich aufzufächern, die anderen klappten Schritt für Schritt zusammen. Auch Begabungen sind Engpässe, Zwänge.

Ich dachte, die Arbeit wäre gut für das Alter, sagte der Alte.

Du kommst raus, an die frische Luft. Du musst dich bewegen. Den ganzen Tag sitzen, das ist nicht gesund.

Wenn sie Natur sagten, dann meinten sie Wald, Berg, Meer, das Gegenteil von Stadt. Dörfer lagen auf dem Randgebiet. In Hinblick auf sich selbst sprachen sie nicht von Natur, sie sagten nicht, dass gehört zu meiner Natur, das entspricht ihr. Sie redeten von ihrer Gesundheit, einem Zustand, der sie so weiterleben ließ wie bisher, ohne Schmerzen, ohne körperliche Gebrechen. Sie sagten nicht, sie wollten funktionieren, aber sie hofften, immer zum Funktionieren tauglich zu sein, damit das Leben ungestört verlief. Wenn sie krank wurden, fielen sie zur Seite und lagen im Graben. Die anderen gingen weiter, und sie mussten ruhen, bis sie sich wieder einreihen konnten. Dann spürten sie erneut den Sog, der von dem Leben, das alle führten, ausging, und dann fühlten sie sich nicht allein und wie abgehängt. Auch wegen diesem Gefühl der Nähe und der Zusammengehörigkeit über alle Differenzen hinweg waren sie arbeiten gegangen. Zu Hause sitzen und nichts tun, das ging eine Weile gut. Wenn sie jetzt an ihren Ruhestand dachten, betonten sie, dass sie ihn sich verdient hätten. Wer freut sich nicht auf den Lohn für Leistungen, die er erbracht hat?

Die Arbeitszeit ist auch in Ordnung.

Beschweren kann ich mich nicht.

Alles kann einer nicht machen, sagte der Hobbyhistoriker, jedem sind auf seine Weise die Hände gebunden.

Das ist wie bei den Frauen, sagte der Alte. Alle kriegst du nicht.

Die beiden mussten kurz lachen, ein Reflex auf Instinkte, an die sie sich erinnern konnten und an die sich zu erinnern alles war, was von ihnen übriggeblieben war. Diese traurige Einsicht in die Herrschaft des Alters ließ sie rasch verstummen. Das Lachen blieb ihnen im Hals stecken. Das alles war ihnen nicht bewusst, es geschah mit ihnen. So gut kannten sie sich mit sich selbst nicht aus. Es kam auch bei ihnen zu Irritationen. Dann sank ihre Stimmung, und sie glaubten, in ein Aquarium gefallen zu sein. Sie rangen nach Luft und fühlten sich eingeschlossen, die Aussichten waren düster. Altersdepression nannten sie das. Sie würden vorsorgen müssen, dachten sie, eine Art Diät für Alte einhalten, einen Ernährungsplan, der mehr umfasste als Nahrungsmittel, zu dem Wiederholungen gehörten, Rituale, eine festgelegte Abfolge von Handlungen, an die sie sich halten konnten, wie sie das aus ihrem Arbeitsleben kannten.

Gut, dass du da bist, hatte Emilie gesagt. Vater geht es schlecht.

Dann war die Tür hinter Karl zugefallen, und das eigene vergangene, verschwundene Leben, die Verhältnisse, aus denen er gekommen war, zogen ihn an sich, als lägen keine Jahre, angefüllt mit Erfahrungen und Erkenntnissen, dazwischen. Die Dinge, in denen sich die Erinnerungen verfingen, waren dieselben, sie hatten ihren Platz nicht gewechselt, viel Raum, viele Möglichkeiten zum Wandern hatten sie nicht. Die Wege zwischen den Möbeln und den Zimmern waren sich gleich geblieben. Er stieß an Tisch und Stuhl, zwängte sich auf das Sofa und saß unmittelbar am Bett des Kranken. Die frühe Entdeckung des Denkens, das große revolutionäre Ereignis seiner Jugend, war seine Erlösung gewesen. Ohne den weitläufigen, ungebundenen, beweglichen Geist hätte er die Beschränkungen und Hindernisse, auf die er zu Hause stieß, nicht ausgehalten.

Wenn Karl als Junge dasaß und vor sich hin starrte, fragte ihn seine Mutter: Karl, was brütest du wieder aus? Er musste lachen, und um seine Mutter zu necken und zu erschrecken, sagte er: Das wirst du schon sehen. Aber zu sehen gab es nichts, weil sich bei ihm alles in den Gedanken abspielte.

Je kleiner die Zimmer waren, desto weiträumiger schienen

die Gedanken zu werden. Die Welt, mit der er es aufgenommen hatte, trug er auf dem Rücken mit sich wie einen schweren Rucksack, der ihm beim Eintritt in die Zimmer seiner Kindheit von den Erinnerungen abgenommen wurde. Wenn er zurückblickte auf sein Leben, sah er keine Brüche, Risse und Verwerfungen, er fand auch kein Versteck, in das er sich hatte verkriechen müssen, weil er sich oder die Wirklichkeit floh. Auf dieser geraden Ebene war er im rechten Winkel aufgewachsen, der die Gradlinigkeit und Eindeutigkeit seiner Urteile vorwegnahm.

Schwester und Bruder saßen sich gegenüber, und Emilie schwieg, und als er sie fragte, wie es ihr ginge, sagte sie, dass es ihr gutgehe, und als er sie fragte, was sie mache, sagte sie, dass sie zu leben versuche. Sie zuckte mit den Schultern, als sei darüber nicht viel zu sagen, und sagte dann, sie habe noch nicht herausgefunden, wie das für sie aussehen könne, sie wolle nicht so leben wie die anderen, das könne sie nicht, dafür sei sie nicht gemacht, und dann lachte sie leise und sagte, mit den Menschen sei das so eine Sache.

Sie sah ihn an und wusste, dass es ihm auch so erging, dass sie sich vor ihm nicht rechtfertigen musste und dass er ihr nicht damit kommen werde, sie solle zu leben lernen. Sie tat so, als sei ihre Mutter nicht da. Zu ihr hätte sie nicht so freiweg gesprochen wie zu Karl, der weggegangen war ohne ein Wort, dass er es zu Hause nicht mehr aushielt, die Enge, die Stille, die sie ertragen hatte, bis sie ihre Sachen packte und sagte, ich gehe jetzt. Da war ein schwarzer Fleck in diesen vier Wänden, der sich ausbreitete und alle Energie, Freude und Zuversicht zu schlucken drohte und ihr das Leben nehmen würde, das für sie noch nicht richtig begonnen hatte, so war ihr das damals vorgekommen. Ich musste gehen, sagte sie, ohne ein Wort zu sagen, und sah ihn an, sein schmales, feines Gesicht, seine leuchtenden schwarzen Augen, sein schwarzes, kurzgeschnittenes Haar. Er fühlte sich hier nicht wohl, sie sah es ihm an, wie er dasaß, auf dem Sprung, die Arme vor der Brust verschränkt und den Kopf immer gerade, weil nichts sich ihm in den Weg stellen konnte, kein Mensch, nicht Vater, nicht Mutter, kein Problem, nicht Krankheit, nicht Tod. Sie wich seinem forschenden Blick aus.

Sie habe eine Wohnung, sagte sie, eine kleine Wohnung, ein Zimmer, um genau zu sein, und wenn sie Geld brauche, gehe sie arbeiten, mal hier, mal dort, was sich anbiete. Sie komme über die Runden.

Als sie sah, dass er die Bierflasche nahm, griff sie nach dem Glas Wein und trank es aus und sagte dann belustigt:

Aber du wirst schief angesehen, als Frau, die alleine ist, ohne Mann und ohne Kinder, in meinem Alter, und ohne feste Arbeit.

Sie griff nach der Weinflasche und schenkte sich nach.

Je älter du wirst, umso unheimlicher bist du, sagte sie lächelnd, es kann etwas mit dir nicht stimmen, das denken die anderen, sie müssen kein Wort sagen, ich sehe es ihren Blicken an. Lass sie gucken, sage ich mir, schau nicht hin, aber du fühlst dich nicht gut, du fühlst dich schuldig, als hättest du was falsch gemacht, als seist du ein Schwarzer unter Weißen, ein Fremder unter Einheimischen.

Sie schaute ihn an, ob er verstand, was sie meinte, und traf auf ein Gesicht, das kein Mitgefühl zu kennen schien, kein Verständnis, aber so aussah, als wüsste er, was sie meinte, ernst und entschlossen, als könnte sie ihm alles erzählen. Sie beugte sich vor, stützte ihre Ellenbogen auf die Knie, und dann verlor sich ihr Blick auf dem Boden, als suche sie etwas.

Ich sitze manchmal auf einer Bank, sagte sie, mit monotoner Stimme, es sollte wie beiläufig klingen, nicht wie ein Bekenntnis, obwohl es genau das war, und schaue zu, wie die Leute ihre

Tage verbringen, wie sie sich geben, und ich höre, über was sie reden. Dann sage ich mir, sei nicht überheblich, was können sie dafür, dass sie so sind, wie sie sind, sie versuchen nur, ihr Leben hinzukriegen. Aber das macht die Sache nicht besser.

Sie holte tief Atem und sagte:

Ich komme an sie nicht heran, ich verstehe nicht, wie das geht, solch ein Leben zu führen, dass einer sich seiner selbst gewiss sein kann. Was sie alles wissen müssen, um ihrer Sache sicher zu sein, sie haben ihren Beruf, Freunde und eine Familie. Bei ihnen funktioniert alles, und es scheint ihnen zu gefallen. Hörst du sie lachen? Wie vergnügt sie sind, sie müssen Spaß haben in ihrem Leben.

Sie machte eine Pause, als wartete sie auf Zustimmung oder auf einen fernen Widerhall des Lachens, der wie ein Beweis wäre, dass sie recht hatte. Aber alles blieb still, und sie sagte, weil sie das Gefühl hatte, sie müsse sich erklären:

Ich denke, das kommt daher, weil sie unter Leuten sind, die es genauso machen, denen es genauso ergeht wie ihnen. Das ist die Grundbedingung für das Gelingen, ein Gleicher unter Gleichen sein, gleiche Gefühle, Befindlichkeiten, Lebensstimmung. Ich passe da nicht rein. Aber es gibt Schlimmeres, und es wird andere geben, die nicht so sind, es ist nur schwer, sie zu finden, ihnen ergeht es wie mir, sie ziehen sich zurück und machen sich unsichtbar. Du musst sie suchen.

Sie nahm ihr Glas und trank es aus und schaute zu ihm hin.

Wie du mich anschaust, dachte sie. Dir muss es auch so gehen. Bist du glücklich? Du magst das nicht hören. Gut, reden wir von was anderem.

Vater wird bald sterben, sagte sie.

Ist er wieder zurück?, fragte der Hobbyhistoriker.

Er ist gerade ins Haus gegangen.

Allein?

Allein, sagte der Alte. Ich glaube nicht, dass noch jemand kommt.

Vielleicht geht er noch einmal weg. Du musst unter Leute gehen, wenn du von einem Sterbenden kommst.

Der Tod deprimiert mich, sagte der Alte. Ich mag nicht dran denken.

Der Hobbyhistoriker dachte daran, dass Zivilisationen entstehen und untergehen, das war der Lauf der Geschichte, und sagte: Du hast doch noch Zeit.

Du kannst nichts dagegen machen, das ist das Schlimme, klagte der Alte.

Da hilft alles Reden nicht mehr, pflichtete sein Kollege ihm bei.

Ich denke, du musst Geduld haben. Du darfst nicht unruhig werden.

Die Geduld kommt von alleine, sagte der Hobbyhistoriker. Er hatte sich durch dicke Bücher gemüht und sich dabei ständig gut zugesprochen, dass er nicht vorzeitig aufgab. Er wolle, dachte er, erst gar nicht damit anfangen, ein Buch wegzulegen, bevor er es zu Ende gelesen hatte.

Hauptsache, du bist nicht krank und hast keine Schmerzen und die ganze Sache zieht sich nicht in die Länge.

Eine Woche wäre eine gute Zeitspanne, dachte der Alte. Doch dann machte er einen Rückzieher, er wollte sich nicht festlegen, nachher würde er es bereuen. Er wollte sich lieber darauf verlassen, dass alles gut werde, wobei er nicht genau wusste, was er darunter verstand.

Das kann einer leider nicht üben.

Du meinst in einem Kurs?, fragte der Alte.

Sterbevorbereitung, nicht nur Sterbehilfe. Wenn es so weit kommt, ist es ja schon zu spät.

Das gibt es vielleicht schon, sagte der Alte.

Er sah sich mit anderen Alten im Kreis auf dem Boden liegen, sie halten sich an den Händen fest und bilden das große Rad des Alters, das langsam ausrollt.

Das sind Themen, über die wird öffentlich nicht viel gesprochen.

Dem da oben fällt sicherlich was dazu ein.

Das interessiert den nicht.

Glaubst du?, fragte der Alte.

Leute, die alles auf eine Karte setzen, halten sich mit solchen Fragen nicht auf. Wenn die sterben, dann sterben sie. Die machen alles immer genau dann, wenn es gemacht werden muss. Das Leben interessiert sie, solange sie leben, und der Tod, sobald sie gestorben sind.

Er lachte kurz auf. Der Witz gefiel ihm. Der Alte lachte nicht.

Die schauen nicht über den Tellerrand, sagte der Hobbyhistoriker. Die müssen ihre Sachen zusammenhalten. Eine Mauer, die Risse bekommt, wird einstürzen.

Das Licht ist ausgegangen, er wird gleich aus der Tür kommen.

Oder er hat sich schlafen gelegt.

Der doch nicht, sagte der Alte, der den Tod wieder vergessen hatte.

Wir werden ja sehen.

Sie warteten. Er kam nicht.

Da wird nichts mehr passieren, sagte der Hobbyhistoriker. Lass uns gehen, auf was sollen wir hier noch warten.

Karl lag oben im Dunkeln auf dem Bett. Schau mal bei einem Arzt vorbei, sagten seine Freunde, und er sagte, es wird wieder besser werden. Wenn es nicht besser wird, dann ist es eben so, dachte er mit dem Fatalismus derer, die in Gedanken lebten, im Reich der Wahrheit, aus dem auch die Idee der Revolution stammte.

Und ich soll euch jetzt sagen, wie eine Revolution abläuft und was danach kommt. Ihr lehnt euch zurück und überlegt, ob die Sache sich lohnt, ob sie sicher ist, ob ihr dabei nicht etwas verliert, und dann winkt ihr ab und sagt, da machen wir nicht mit. Das ist deine Revolution, sagt ihr und geht. Er ließ sie ziehen und sagte: Macht doch, was ihr wollt. Aber vorher erzähle ich euch, womit ihr euch einverstanden erklärt, wenn ihr euer Leben so weiterführt, mit was ihr euch abfindet. Er hielt sie fest. Wie hätte er sie gehen lassen können? Er brauchte sie. Wenn Krieg ist, sagte er, soll er nur weit weg sein, wenn Armut ist, soll sie nur dich nicht treffen. Du kriechst von einem Unterstand zum nächsten und redest dir ein, du gingest deinen Weg. Das ist bei dir nicht anders, Emilie, sagte er und trank die Flasche leer, und dann machte er sich eine zweite Flasche Bier auf und dachte, sie will es nicht verstehen, und er sagte, du redest wie ein Kind. Du glaubst, du lebst für dich und ein bisschen für die Welt, und wenn die Welt dir nicht passt, ziehst du dich zurück in deine Ecke.

Es ist mein Leben, sagte sie, erzähl mir nicht, wie ich mein Leben führen soll. Du redest so lange, bis die Welt verschwunden ist und nur noch deine Wörter da sind. Was hat die Wirklichkeit davon, wenn du die Wahrheit über sie weißt? Du glaubst, dass das, was in deinem Kopf ist, unabhängig ist von dem, was du geworden bist. Aber du bist eins und alles, wie jeder andere auch, das ist ja das Traurige, das einen zur Verzweiflung treiben kann, dass es von dem einen zum anderen, von mir zu dir keine Brücke gibt, obwohl wir zusammen aufgewachsen sind und dieselben Eltern haben, großartige Voraussetzungen, um sich zu verstehen, aber es geht nicht, nur bis zu einer bestimmten Grenze, aber darüber hinaus nicht.

Er trank die Flasche leer und rieb sich mit den Händen das Gesicht, als wollte er sich waschen und die Wörter und Sätze all der Verrückten loswerden, die sich in etwas hineinredeten, um nicht aus der Welt zu fallen, die sich an sich selbst klammerten wie an eine Balustrade, die sie um sich herum gezogen hatten, damit die anderen sie in Ruhe ließen und sie machen konnten, was auch die anderen taten, ihr Leben führen, wie es ihnen gefiel, leichtfertig, verzweifelt und gierig.

Die jungen Demonstranten zogen in Gruppen die halbe Nacht durch die Stadt. Die Bewohner verließen sich auf die Polizei und waren schlafen gegangen, oder sie trieben sich auf den Straßen herum, in der Hoffnung, dass sie Zeuge von Zusammenstößen würden. Sie standen auf der Seite des unbeteiligten Beobachters, der nach Unterhaltung und Abwechslung Ausschau hielt. Der Druck der staatlichen Macht beflügelte die Demonstranten. Der Gegner musste sie ernst nehmen. Sie zündeten Autos an, schlugen Schaufenster ein, rissen Straßen auf, warfen Steine und Flaschen, bauten Barrikaden und steckten sie in Flammen. Psychologen würden herausfinden müssen, warum die jungen Leute sich in diese Art der Opposition verrannten und warum sie in Kauf nahmen, verhaftet und angeklagt zu werden, sie würden nach Motiven und nicht nach Gründen forschen, so wie sie sich Gedanken darüber machen konnten, warum Moral und System auseinanderklafften und die Ansprüche, die beide an die Menschen stellten, zu Kollisionen führten, die bei den Demonstranten Verwirrungen auslösten. Die moralischen Ansprüche sanken in dem Maße, in dem die Ansprüche des Systems stiegen.

Aus den Demonstranten würden keine Kommunisten werden, wie vor einem Jahrhundert in Russland, als Revolution und Bürgerkrieg eine Gesellschaft umkrempelten und die Zeit der Hoffnung und des Umbaus begann, die schnell in eine Zeit der Unterdrückung und der Enttäuschung überging, was Millionen in den europäischen Ländern nicht davon abhielt, an dieser Idee festzuhalten. Erst die zwei Generationen nach dem Zweiten Weltkrieg, Karls Kinder und seine Enkel, wenn er welche gehabt hätte, lösten sich in großen Wellen von dieser Idee und ließen nur einige junge Radikale zurück.

Warum sollten wir
weitermachen?

Du musst hier raus, sagten seine Freunde. Du musst dich ausruhen.

Und wohin soll die Reise gehen?, fragte er.

Wir fahren ans Meer.

Es hat ihm dort gefallen. Das Meer war wild und weit, und es ließ sich von niemandem etwas sagen. Er lag auf einer Decke am Strand und schaute abwechselnd in den Himmel und auf das Wasser, bis alles, was er dachte, blau war. Dann nahm er ein Buch und versuchte zu lesen, aber der Himmel schob sich über die Seiten, und das Meer spülte den Klang der Wörter weg. Er lief am Strand auf und ab, den Wind im Gesicht, den Wind im Rücken. Dann sagte er: Lass uns zurückfahren.

Am nächsten Morgen schlug er wieder die Zeitungen auf. Das war wie ein Blick in den Spiegel, er stellte fest, wo er war, und es war klar, dass damit auch ein erstes Wort darüber verloren wurde, wer er war, und dass er, je weiter er in die Welt hinausging, umso tiefer in sich hineingeriet. Er saß am Tisch, die Zeitungen vor sich ausgebreitet, eine Art Lageplan, der ihm verriet, mit welchen Ereignissen er zu rechnen hatte, welche Kräfte angetreten waren, wie sie verteilt waren, wohin sie sich verschoben hatten, wie sie sich entwickeln würden und was zu tun war. Die Grundstruktur blieb immer dieselbe, so wenig wie auf Landkarten Kontinente und Meere verschwanden und Gebirge sich auflösten.

Da er nichts Essbares in der Küche fand, eilte er die Treppe hinunter. Draußen schlug ihm der Frühling entgegen, der seine Netze ausgeworfen hatte, um möglichst viele Menschen davon zu überzeugen, dass sie allen Grund hatten, mit ihrem Leben zufrieden zu sein. Obwohl Karl ein gutaussehender Mann war, der Blicke auf sich zog, reagierte er auf die sonnigen Avancen nicht. Ein Krieg hörte nicht auf, nur weil die Bäume wieder Blätter trugen, die Luft warm und weich geworden war und Menschen lachten.

Wenn Karl auf die Welt schaute und sie in Einsichten verwandelte, wurde sie kalt, eintönig und schal, als verschwände ein großartiges Gebäude hinter einem Baugerüst. Das Gerüst wirkte wie eine blasse Erinnerung an eine verlorene Fülle. Intuitives oder poetisches Denken waren für ihn leere Versprechen, Ahnungen ohne Gegenwert. Er riss die Türen auf, durch die er gehen musste, er stand nie davor und zögerte. Er zog sich an, er hat sich nie angekleidet. Er aß, er nahm keine Mahlzeiten zu sich. Er diskutierte, er unterhielt sich nicht. Er lebte, er führte kein Leben. Er lief durch die Straßen und schaute nicht nach links und nicht nach rechts. Er blieb vor keinem der Geschäfte stehen, nicht vor denen, in denen neue, und nicht vor denen, in denen alte Dinge lagen.

Keiner sah ihn regelmäßig Museen besuchen und vor Gemälden stehen, keiner sah ihn häufig ins Theater gehen, und wenn er durch einen Saal mit Gemälden schritt oder eine Kirche besuchte, wenn er im Theater saß, wenn er das alles doch gemacht haben sollte, nur um zu sehen, wie es dort war, dann vergaß er nichts von sich und verlor sich nicht an die Fremde und das Unbekannte.

Aber es gibt doch Eindrücke, die einen Menschen irritieren, begeistern, hinreißen oder aus dem Gleis gleiten lassen, die einen anderen aus ihm machen, den in sich zu tragen er nicht erwartet hat. Warum war er sich seiner Sache, obwohl sie völlig aussichtslos war, so sicher? Die Welt, wie er sie sah, trieb ihn in sich hinein und hielt ihn dort fest. Aber ergeht es nicht allen so?

Karl wäre aufgebraust, wenn ihm einer mit dieser Idee gekommen wäre. Ob einer Arzt oder Architekt war oder ob er Gedichte schrieb, es ging meistens ums Geld, weil jeder nur mit Geld an die Dinge kam, mit denen er seinen Hunger und seinen Durst stillen konnte. Aber wenn einer mit einer Million sich vor ihn hingestellt hätte und hätte gesagt, Karl, nimm das, ich kann es nicht mitansehen, wie du dich kaputt machst, nimm das Geld und kümmere dich um dein Leben, mach es wie alle, mach was aus dir, vergiss die Probleme, reib dich nicht auf, Karl hätte die Million genommen und weitergemacht wie zuvor. Er hat sich nicht vom Geld vorschreiben lassen, was er denken und wie er leben sollte, sondern gedacht und gelebt, als wäre er ein Arbeiter.

Karl, die sind mit einem Flugzeug in die beiden Türme geflogen.

In welche Türme?

Die in New York, in Manhattan, die heißen Twin Towers.

Da sind die rein?

Da sind die rein. Das kannst du im Fernsehen sehen, das zeigen sie die ganze Zeit.

Und wer?

Es heißt, es wären islamistische Terroristen.

Ich komm vorbei.

Wahrscheinlich war Karl, als er die Bilder sah, für Momente stumm. Auch ihm könnte, wenn er sich dagegen auch sträubte, der Gedanke gekommen sein, dass jetzt die Zeiten andere wurden. Aber so geschah es nicht. Er blieb derselbe, kein Wort fiel aus dem Raster seines Denkens. Nichts, kein Gedanke verschob sich. Die Weltordnung, ein riesiges Geflecht aus Interessen und

Vorteilen, das geübte Geister entwirren konnten, blieb intakt. Er schaute sich die Szene, wie die beiden Flugzeuge in die Türme flogen, zweimal an, dann sagte er: Kannst abschalten, auf die Kommentare kann ich verzichten. Karl hat nie zu denen gehört, die sich an Verschwörungstheorien hängten, die annahmen, Politik sei ein von unsichtbarer Hand inszeniertes Spiel, aufgeführt, um falsche Fronten und Feinde zu schaffen.

Was machst du am Wochenende?, fragte der Historiker mit dem Leberfleck.

Ich weiß noch nicht, mal sehen, was sich ergibt, sagte der Alte. Fahrrad fahren. Ein bisschen Bewegung schadet nicht.

Er faltete die Hände über seinem Bauch. Dann sagte er:

Ich glaube, da tut sich nichts mehr. Die ganze Sache müsste einen anderen Schwung haben. Ich meine, es gibt keine Demonstrationen. Die zeigen sich nie. Lass mir die Zeitung hier.

Wenn die wüssten, wie viele wir sind und wie gut wir sind, sie würden das Handtuch werfen, sagte sein Kollege. Dann wäre Ruhe. Hier, steht nicht viel drin.

Er reichte seinem Kollegen die Zeitung rüber, in der er nicht das gefunden hatte, was er suchte, auch wenn er nicht sagen konnte, was genau er zu finden gehofft hatte, nur mehr als eine vage Fortführung der Nachrichtenlage von gestern hätte es sein sollen, mehr als Meldungen zu Krieg und Katastrophen, die ihm das Gefühl gaben, in einer Welt zu leben, die aus dem Ruder geriet, eine Aussicht, die seine Freude auf den Ruhestand irritierte. Aber bis jetzt war alles gut gelaufen, die Kriege und Katastrophen blieben vor der Tür. Er würde seine Überraschung erleben, aber dann doch wieder in die gewohnte Agonie aus Zuversicht und Abwehr fallen. Seinem Kollegen erging es nicht anders.

Wir werden bald abgezogen werden, sagte der Alte.

Warum sollten wir weitermachen?

Und dann?

Sitzen wir die restliche Zeit im Büro ab, kommen spät und gehen früh, wie das alle Alten bei uns machen. Du kennst doch unseren Chef. Und solange wir den behalten, wird es uns gutgehen. Er ist selbst in einem Alter, wo jeder nicht mehr so kann wie früher.

Wir können uns über ihn nicht beklagen, sagte der Alte. Im Gegenteil.

Wir treten mit dem da oben ab, sagte sein Kollege und nickte kurz mit dem Kopf in die Richtung von Karls Zimmer, es ist für ihn wie für uns eine Art Zäsur, ein neuer Abschnitt wird beginnen.

Wer weiß, was der machen wird, sagte der Alte. Ob dem etwas Neues einfällt?

Der wird, wie wir, die Sache in Ruhe auslaufen lassen, in seiner Kneipe sitzen und von den alten Zeiten erzählen.

Meinst du?, fragte der Alte.

Was bleibt ihm anderes übrig?

Ein trauriges Ende.

Nun mach mal halblang, er hatte ja Zeit genug, sich darum zu kümmern, was er machen wird, wenn er alt wird und die Geschäfte nicht mehr so laufen wie früher.

Er hat ja Freunde, sagte der Alte, die werden ihn nicht fallen lassen. Freunde sind die beste Altersversicherung. Wir werden uns ja auch nicht aus den Augen verlieren.

Wir werden uns zusammen auf eine Bank setzen und schauen, ob etwas Auffälliges passiert. So ein Beruf prägt einen fürs Leben.

Karl kippte aus der Zeit und merkte es nicht. Auch die Nacht bricht nicht auf einen Schlag herein, der Vorhang der Dunkelheit wird langsam zugezogen. Der Verlust an Welt wäre ihm aufgefallen, wenn er die Leute, die ihn beobachteten, gekannt hätte. Er hätte gesehen, dass sie nicht mehr kamen. Die Abteilung, für die sie arbeiteten, hatte das Interesse an ihm verloren, er hinkte der Zeit hinterher und hatte sich auf diese Weise selbst überflüssig gemacht, wie das Leuten passiert, die nicht wissen, was die Stunde geschlagen hat, und an ihren Sachen weiter herumwuseln. Vielleicht begann er in diesen Jahren krank zu werden, eine psychosomatische Reaktion auf den geleugneten Weltverlust, auf die Einsamkeit, die um ihn herum sich ausbreitete, wie Dürre und Unfruchtbarkeit ein Land überfallen, sobald der Regen ausbleibt.

Er ging wie gewohnt mittags essen, setzte sich an einem der Tische dazu und wartete, dass der volle Teller vor ihn hingestellt würde. Er hörte den Gesprächen zu, aber was zu ihm hätte vorstoßen und ihn hätte aufhorchen lassen können, das passierte nicht mehr den engmaschigen Filter aus alten Begriffen. In diesem Netz blieb der Mehrwert der Ereignisse, ihre Bedeutung für die Art und Weise, wie Menschen lebten und fühlten, hängen gleich Tönen, die vor verschlossenen Ohren verklangen. Das Neue drang zu ihm nicht vor.

Es stirbt ein Mensch, wie er gelebt hat. Bei der Geburt sind alle Menschen gleich. Im Sterben zeigen sich zum letzten Mal die Unterschiede, die auch ihr Leben geprägt haben. Eine Krankheit gehört zu einem Menschen wie die Züge seines Gesichts. Was auch immer es war, das Karl in den Tod trieb, es muss eine Art Geschwür gewesen sein, eine Zersetzung der Zellen, eine feindliche Wucherung. Er war nicht der Typ, der eines Nachts einschläft und nicht mehr aufwacht, der friedlich geht. In ihm brach ein Krieg aus zwischen einer guten, lebens-

erhaltenden Macht, die unterliegen, und einer bösen, lebens-
vernichtenden Macht, die siegen, die ihn zu den Schmerzen
treiben und ihn dort, unerreichbar für andere, zugrunde gehen
lassen würde.

Durch das offene Fenster des Krankenzimmers hörte er die
Krähe krächzen. Die Sonne schien herein. So sah die Insel der
Sterbenden aus, ein kleines Stück Land, das sich vom Festland
gelöst hat und auf das Meer hinaustreibt. Die Erde war, seit er
auf dem Sterbebett lag, flach. Er würde bald an den Rand stoßen und aus der Welt fallen.

Was er anderen noch zu sagen hatte, war, verglichen mit den
Reden, die er gehalten hatte, nicht mehr als eine Lappalie, Aus-
künfte über Befindlichkeiten und körperliche Nöte. Er mochte
darüber nicht sprechen, aber manchmal rutschte es ihm heraus, und dann drehte er seinen Kopf weg, als könnte er den
Satz, das Gemurmel zurückziehen und ungeschehen machen.

Die ein nachgiebiges Leben führten, würden behaupten, er
hätte Kompromisse schließen müssen, um das Leben zu ver-
längern. Er hat nie gedacht, dass das, was er machte, sinnlos sei.
Doch die Aussichtslosigkeit, jemals Frieden mit der Welt zu
finden, mag ihn zugrunde gerichtet haben. Seine Arbeit, seine
Empörung hörten ja nicht auf. Als er eines Morgens nicht aufwachte, hat jeder, der ihn kannte, wissen können, wie das passieren konnte. Die Leiche wurde verbrannt, das hat er so gewollt. Mögen sich diejenigen melden, die ihn gekannt haben,
und sagen, dass alles anders gewesen ist.

Als er verschwand, hinterließ er unter seinen Freunden eine
riesige Lücke. Die Zeit räumte schnell und grobschlächtig auf,
sie verwischte mit einem einzigen Wellenschlag seine Spuren.
Auf einigen ausgeblichenen und porösen Buchdeckeln, das
Grabmal der toten Theorien, über die die Bedürfnisse der Menschen und des Lebens hinweggegangen waren, wie ein Sturm

über ein Land fegt, Häuser zerstört und Bäume entwurzelt, ist sein Name stehen geblieben.

Der Chef der Abteilung zur Aufrechterhaltung der inneren Sicherheit, der sich immer mehr für die großen Fragen der Menschheit zu interessieren begann, hielt das Werk des irischen Kritikers der Französischen Revolution sein Leben lang in Ehren. Er ließ nichts darauf kommen. Er fand darin einen exemplarischen Spiegel, den die Vergangenheit der Zukunft vorzuhalten vermochte, wenn einer weitsichtig genug war, sich aus der Gegenwart, in der er lebte, zu lösen.

Karl hatte vor dem Grab seines Vaters gestanden, dann vor dem Grab seiner Mutter, und immer stand seine Schwester neben ihm. Das eine Mal schien die Sonne, das andere Mal war der Himmel verhangen. Er wusste nicht recht, was er sagen sollte, ein paar tröstende Worte, wie es weitergehe und was zu tun sei. Erst nahm er seine Mutter und seine Schwester in den Arm, und dann, als die Geschwister alleine übrig waren, drückte er Emilie an sich. Er hat nicht gemerkt, welcher Teil sie von ihm war, wie einer, der über keine anatomischen Kenntnisse verfügt, nicht weiß, was in ihm ständig klopft.

Der Arzt hat gesagt, es sei alles in Ordnung, der Leberfleck sei nicht bösartig.

Gut, dass du beim Arzt gewesen bist. Jetzt musst du dir keine Sorgen mehr machen, sagte der Alte.

Ich habe mir keine Sorgen gemacht, bis du mir gesagt hast, ich soll damit zum Arzt gehen.

Zwei sehen mehr als einer, sagte der Alte.

Jedes Ding hat zwei Seiten, pflichtete ihm sein Kollege bei.

Das Gespräch schien zu stocken. Aber dann sagte der Alte:

Ich habe nie alleine leben wollen.

Bist du schon lange verheiratet?

Fast fünfunddreißig Jahre.

Und es lief immer gut?, fragte sein Kollege.

Es lief immer gut, sagte der Alte. Ich hatte Glück, ich traf gleich die Richtige.

Ich habe eine Weile gebraucht, sagte sein Kollege, das kannst du ja nicht steuern. Du kannst dich noch so lange umsehen, du triffst sie nicht.

Ja, es ist komisch, wie das Leben zwei zusammenführt. Du bist machtlos. Und das bei einer so wichtigen Sache.

Der Alte sah auf seine Hände, die alt aussahen.

Wenn du bedenkst, wie schwer schon die einfachen Dinge sind, sagte sein Kollege.

Wenn das alles nicht so gekommen wäre, mit meiner Frau und mir, wer weiß, was dann geschehen wäre.

Das Leben ist rätselhaft, dachten die beiden. Im Kleinen ließ sich etwas ändern, aber im Großen nicht. Das anzunehmen wäre vermessen. Wer wollte behaupten zu wissen, was wie mit wem zusammenhing, dachten sie. Nicht einmal ihre Abteilung würde das schaffen. Einfluss zu nehmen in diesen Dimensionen, das war unmöglich. Es kann einer sein Auto nicht reparieren, solange er fährt. Und das Leben, dachten sie, ließ sich nicht anhalten.

Als Karl krank wurde, verstand die Krähe sofort, was mit ihm los war, dass er nicht mehr ins Leben zurückkehren würde, als triebe er auf einem See, so groß, dass das gegenüberliegende Ufer kaum zu erkennen war. Karl hatte sich in ein Boot gesetzt, die Ruder ergriffen und sich in die Riemen gelegt. Die Dinge vor ihm wurden rasch kleiner, die Anlegestelle mit dem Bootshaus, die Bäume, die Hügel, die Häuser. Nichts ist ungewöhnlich daran, dass ein Mann auf einen See hinausrudert. Jeder, der ihn in seinem Boot auf dem Wasser sah, hätte gedacht, dass er wisse, was er tat, dass er seine Kräfte einschätzen konnte. In der Mitte des Sees sackte er zusammen, er war erschöpft und musste sich hinlegen. Als die Kräfte nicht mehr zurückkamen, ließ er sich treiben.

Sein letzter Spätsommer hatte begonnen, sein letzter Herbst. Wenn die Sonne durchbrach, erinnerte er sich an sommerliche Tage. Es war ihm nicht ganz egal, ob er jetzt oder später gehen musste. Die Einsicht in die Notwendigkeit, die ihn wie sein Schatten begleitet hatte, unterdrückte unnötige Klagen. Er schaute sich im Zimmer um, ein Schreibtisch, ein Stuhl, Bücherregale. Er konnte ein Stück des Himmels vom Bett aus sehen. Sein Blick blieb dort oben hängen, als käme von dort Bewegung, Veränderung.

Die letzten Meter, die ihm blieben, waren eine Art Ausgleiten, wie wenn ein Kind mit einem Schlitten von einem Hügel fährt. Es spürt gegen Ende der berauschenden Fahrt, wie die nachlassende Bewegung mit dem drohenden Stillstand kämpft.

In den Morgenstunden hörte Karl die Krähe, als riefe sie ihn. Türen fielen zu, Schritte verklangen im Treppenhaus. Freunde, eine Frau kümmerten sich um ihn. Sie schauten ernst, wenn sie in sein Zimmer kamen, aus Rücksicht, aus Achtung und aus Mitleid, und sie versuchten zu lächeln, wenn ihre Blicke sich mit den seinen trafen.

Und wenn die Krähe sich direkt vor sein Fenster gesetzt und gerufen hätte: Karl, Karl, hat sich dein Leben gelohnt, bist du glücklich geworden, kannst du mit dir zufrieden sein? Wenn sie ihn quälen wollte, ob er jetzt, da der Tod vor ihm stand, noch die Kraft habe, ja zu sagen zu den Entscheidungen, die er gefällt hatte, oder ob er nicht verzweifeln und sein Leben verfluchen würde, weil er sich einer Idee, einer Aufgabe verschrieben hatte, die zu keinem Erfolg geführt und ihn ins soziale Abseits gedrängt hatte? Er hätte ein ganz anderes Leben haben können, wenn er nicht besessen gewesen wäre von der Wahrheit, die in Buchstaben lag, aus denen sich Wörter und Sätze, Bedeutungen und Gedanken formten. In manchen Fällen der hohen Zuversicht und der Anmaßung entstanden daraus dann Theorien, die wie Eisberge im Meer des Alltags schwammen, ferne Kolosse, die Eindruck machen, aber dennoch im Laufe von Jahrzehnten, Jahrhunderten wegschmelzen werden.

Die Krähe ließ nicht locker, sie stichelte, sie provozierte ihn, sie wollte ihn in die Knie zwingen, dass er seine Fehler zugab und verwarf, was er getan hatte, und dann stünde er vor dem Nichts, der Dunkelheit einer umfassenden Reue. Sie versuchte, ihn zu einer letzten tragischen Erkenntnis auf dem Totenbett zu treiben, von wo aus gesehen die Hoffnungen schal und nichtig werden können, die einen Menschen ein Leben lang aufrechterhalten, und die Anstrengungen sich als vergebliche Mühen erweisen, die einer auf sich nahm, um sich treu zu bleiben durch alle Irrtümer und Widerstände hindurch.

Was hast du getan, Karl, womit hast du deine Zeit verbracht? Aber er würde keinen Schritt zurückweichen vor seiner Vergangenheit, nichts, was war, rückgängig machen und ändern wollen. Er hing viel zu fest in sich drinnen, auch jetzt noch, da die Kraft weg war. Karl, Karl, rief die Krähe unverdrossen, hättest du nicht ein besseres Leben haben können? Mehr Freude, mehr Lust? War dein Einsatz nicht viel zu hoch? Du hast alles auf eine Karte gesetzt. Und was hast du gewonnen? Karl, Karl, du hättest es dir einfacher, angenehmer machen können. Mit deinen Begabungen, deinem Temperament. Sieh, was aus dir geworden ist, zu was du es gebracht hast, eine Wohnung im Hinterhof, ein viel zu frühes elendes Ende. Du hast dein Leben verpfuscht, Karl, Karl, und mit diesem letzten höhnischen Ausruf flatterte die Krähe auf und ließ ihn allein zurück. Knickte er ein? Gab er ihr recht?

Mistvieh, murmelte er ihr hinterher.

Hat er nicht Glück gehabt? Sein Leben hätte schlimmer verlaufen können. Die Zeit, in der er lebte, hätte ihn in tödliche und grausame Zusammenhänge verwickeln können, dann wäre er nicht davongekommen, sondern untergegangen, einer von sehr vielen, die Opfer der Politik wurden, weil es für sie ausgeschlossen gewesen schien, nichts zu tun gegen eine Welt, die ihnen und den Armen und Ausgebeuteten das Leben stahl.

Es wäre jetzt erhebend und erleichternd anzunehmen, dass Karl, der am Ende einer langen Reihe von Rebellen, Oppositionellen und Kommunisten stand und heil die Geschichte überstanden hat, weil er in den Frieden rutschte, weil er dem Krieg rechtzeitig entwischte und keinen Bürgerkrieg kennenlernen musste, diese Bevorzugung durch das Schicksal nicht ausgehalten hat, dass ihm so viel Glück als dem letzten der Reihe unerträglich gewesen wäre. Dann hätte er sich aufgerieben, weil er die schiefe Bilanz mit seinem Leben ausgleichen wollte, und nicht, weil er die Wahrheit liebte.

Aus der Wahrheit entsteht ein großer Sog, und wenn er einen erfasst, zieht er einen mit sich. Karl spürte die Kraft der Strömung, das war wie ein innerer Umsturz, die Decke krachte ein, und die Wände fielen zusammen. Er sah sich um und stand jetzt unter freiem Himmel. Ein überwältigendes, belebendes Gefühl durchdrang ihn, das unter normalen Umständen nicht aufflackerte, als habe er für einen Augenblick, der alles auf den Kopf stellte, hinter die Dinge schauen können. Wie es jetzt in ihm war, das hat ihm gefallen, daran knüpfte er sein Herz und sein Leben.

Die Wahrheit war ein großer Saal, an dessen Wänden überall Spiegel hingen, wie im Schloss zu Versailles, wo nach dem Ersten Weltkrieg die Bedingungen für den Frieden und die Frage, wer Schuld am Krieg hatte, ausgehandelt, festgelegt und unterschrieben wurden, mit den bekannten Folgen, vor denen damals ein berühmter englischer Ökonom vergeblich warnte. Der Saal ist sehr groß und er wirkt noch größer und wie grenzenlos wegen der Spiegel an den Wänden, die so blankgeputzt sind, dass sie nicht aussehen wie Spiegel, sondern so, als wären sie die Dinge selbst. Und da geht jetzt der junge Karl zum ersten Mal hinein, und da wird er sein Leben lang bleiben.

Es ist ganz hell dort drinnen und alles glasklar. Er schaut in die Spiegel auf der einen und in die Spiegel auf der anderen Seite und er sieht nicht den Himmel, nicht Bäume, Rasen und Statuen, er ist ja nicht in Versailles, sondern er sieht einen durchdringenden, ungebrochenen Glanz. In diesem Spiegelsaal hat Karl der Welt, wie sie ist, den Krieg erklärt.

So könnte das gewesen sein, nur damit klar ist, wie das Gefühl war, das mit der Wahrheit in ihm aufkam, wie die Freiheit war, die sich in ihm ausbreitete. Andere mögen auf Berge steigen und von einem ähnlichen Gefühl überwältigt werden, wenn sie die Gipfel ansehen, die mit ihren Häuptern bedächtig zu nicken scheinen und kein Wort sagen. Doch wenn sie wieder heruntersteigen, ist das Gefühl weg, es ist dort oben geblieben.

Bei Karl war das anders, das Gefühl, das mit der Wahrheit kam, blieb in ihm drinnen und hat ihn nie mehr verlassen, bis zu dem Augenblick, als er starb.

Karl wurde der schwarze Schatten, der alle Dinge begleitet und der sich um alles legt, was geschieht und was einer erlebt. Und noch dort, wo keiner ihn kannte, und noch jetzt, da er tot ist, gibt es diesen Schatten, der das Licht der Dinge und der Ereignisse trübt, in dem sie sich in ihrer Unbesonnenheit gerne sonnen. Nichts war so, wie es schien, nichts war einfach zu haben, dem Schatten der Einsicht und Kritik entkam keiner, mochte er sich auch beeilen, fliehen, davonlaufen oder sich zurückziehen. Du stellst dich mit Absicht blind und taub, du könntest auch anders, du willst nur nicht.

Unter Karls Blick verloren die Dinge und Ereignisse, die Wünsche und Illusionen ihre Magie und Anziehungskraft, sie wurden schäbig und vermessen, verlogen und leichtsinnig, als zählte das Leben nicht, das sich an sie hängte, als sei es erbärmlich und verachtenswert, eine von dem Bedürfnis nach Glück und Gewinn ausgehobene Bahn, in die sich ein Bewusstsein pressen lässt, wenn es alle Achtung vor sich selbst verloren hat.

Weißt du nicht, was du tust? Wo du lebst? Es darf ein Mensch sich nicht so gehen lassen, als könne er nicht denken, als sei das zu viel von ihm verlangt, dass er sich umschaut und sich ein Bild macht und sieht, was los ist, wofür etwas da ist und was es soll, und dass das eine Geschäft dem anderen in die Hand spielt, jeder und jedes seinen Vorteil sucht, um seine Existenz und um sein Bestehen kämpft, seiner Natur und seiner Eigenart zu folgen scheint und doch sich den Regeln unterwirft. Du siehst geradeaus, als sei eine Schnur für dich gespannt, und du strengst dich an, an ihr entlangzugehen. Keiner soll dich davon abhalten und dir in die Quere kommen, als sei das ein Gesetz, das erfüllt werden muss.

Wir aber sind das Gesetz und geben es uns, nichts kann uns davon abhalten. Wenn wir ihm folgen, dann deshalb, weil wir ihm folgen wollen, so wie nichts, was von unserer Hand geschieht, ohne unseren Willen geschieht. Hinter jeder Tat steckt eine Absicht, mag sie sich auch zu verbergen suchen und die Tat allein hinausschicken nach draußen. Wir würden uns verlieren, wenn es anders wäre, wenn wir uns aufgäben und so täten, als sei uns alles vorgegeben und erfüllte sich von selbst.

Der Geist erkennt sich selbst, wenn er erwacht und mit ihm die Welt sich herstellt, wie sie sich ihm zeigt, und es liegt an ihm, den Tag zu beginnen. Ein jeder tut es, in dem sich ein Funken im Geist regt, und sei es, dass der Schmerz zu ihm kommt und ihn weckt. Die Empörung beginnt mit den Schmerzen. Jeder, der sie nicht kennt, lebt wie im Schlaf, als sei er mit der Welt verschwistert, als sei sie ihm im Guten zugetan, und er ist doch nur ein Schuft und abgebrüht, der an seinem eigenen Herzen liegt.

Karl sah, wie es um ihn herum immer stiller wurde, weil kein Glück sein konnte, wo kein Glück war. Die Wahrheit raste über das Land und ließ die Hände erlahmen. Der Zeit stockte der Atem, und in diesen Sekunden sammelten sich die Gedanken und öffneten sich und war jeder bereit, ihnen zu folgen. Es war wie beim Blick in den Spiegel, wenn du in dich versinken kannst, weil sich nichts zwischen euch schiebt und es so aussieht, als sei es möglich, dass du zu dir kommst, dass du dich so siehst, wie du bist, rein und ohne Worte, ein Wiedererkennen und Wiederfinden. Du glaubst, du würdest ein wenig die Welt verlassen, als könntest du aus dir herausgehen. Du steckst nicht so fest in dir drinnen, wie du denkst. Und dieses Gefühl, das ist die Wahrheit.

Wenn jetzt alles, was ist, der Spiegel wäre, in den du schaust, dir erginge es nicht anders, und die Wahrheit käme zutage, dass du die Welt bist, weil sie das ist, was du siehst, und du nur hinschauen musst, um zu sehen, was es mit ihr auf sich hat, und der eine mag sagen, dass er die Ungerechtigkeit nicht mehr erträgt, Leid und Krieg, Armut und Zerstörung, und der andere mag sagen, dass er nicht mehr mitmacht bei den Geschäften des Glücks und des Erfolgs, wenn das Unglück der anderen ihre Folge ist.

Karl ist nicht unbarmherzig gewesen, er hat sich rühren lassen, er war empfindsam, aber er hat sich nicht hinreißen lassen, so wie er sich auch nicht vom Tod hat verrückt machen lassen, dass er älter wurde und sein Leben ein Ende finden werde. Aber etwas war in ihm, das drängte aus ihm heraus, das wollte leben und sich entfalten, und er sagte, das komme nicht aus ihm heraus, weil es in ihm sei, sondern weil es in ihn hineingeraten sei. Die Unruhe, die ihn erfüllte, war die Unruhe der Welt. Die Kraft, die ihn erfüllte, war die Kraft der Wirklichkeit, wie er sie sah und erfuhr. Wo hätte er leben müssen, um sanft zu werden und nachgiebig? Die Unerbittlichkeit, die ihn erfüllte, war die Unerbittlichkeit der Gegenwart, in der er verschwand. Wer hätte ihn schützen müssen, um ihn nachlässig zu machen?

Jede Erkenntnis trieb ihn nach vorne, in die vordersten Reihen. Du musst dem Blick in den Spiegel standhalten und dem Gefühl der Auflösung, du musst das Gefühl auskosten, dass du bist von dieser Welt und nicht bist von ihr, dass du Geist bist, Erkenntnis und Wahrheit und dass du dir nur entkommst, wenn du wegschaust.

Aber warum willst du dich nicht sehen? Was hast du zu verbergen? Wovor hast du Angst? Du hast nicht viel Zeit in deinem Leben, vertue sie nicht in Lug und Trug, in Selbstbeschwörung und Weltverlust, Kalkül und Unterwerfung. Vergiss dein Mitleid, vergiss dein schlechtes Gewissen, aber vergiss nicht, was du tust, womit du deine Tage verbringst, womit sich deine Gedanken beschäftigen. Wähle die Notwendigkeit und schlag dich nicht mit der Freiheit in die Flucht. Dein Glück steht auf dem Unglück der anderen. Sei kein Spiel des Zufalls und der besseren Umstände, der Geschicklichkeit und der Gier.

Karl kannte die Träume nicht, und er kannte die Stunden nicht, die mit Nichtstun vergehen, die Tage des Selbstüberdrusses, der Langeweile und Erschöpfung, an denen an ein Gelingen nicht zu denken ist, die verloren sind, kaum dass sie begonnen hatten. Seine Bewegungen waren schnell, nie zögerlich, fragend, und die Stunden glitten ineinander und vergaßen darüber die Zeit, die sie vor sich hertrieb, wie es überall dort geschiet, wo einer ganz bei sich und bei der Sache ist, wo er in einer Wahrheit lebt, die sich nicht planen lässt, die sich herstellt unter dem Gestirn von Einsicht und Interesse.

Wenn er aufwachte, fiel er nicht in einen Tag und begannen nicht die Mühen der Existenz. Er sah nicht sein Zimmer, sondern einfach ein Zimmer, und alles, was sich darin befand, erfüllte sich in seinem Zweck und drückte sich ihm nicht in die Seele als Freude oder Leid. So erging es ihm auch, wenn er auf der Straße lief. Er zog die Eindrücke an seinem Gemüt vorbei, als hätten sie dort nichts verloren, und direkt dorthin, wo sie klassifiziert, sortiert und archiviert wurden. Nicht einmal der Himmel durfte sich mit einem Versprechen hervortun, wie der Tag sein würde, regnerisch oder sonnig. Und wenn er sagte: Sauwetter, oder dachte: Das wird heiß werden heute, dann knüpfte er daran weder Maßnahmen noch Hoffnungen. So frei und ungebunden lebten Geister höherer Stufen.

Dann erinnerte er sich sofort daran, was er gestern gemacht hatte, die Diskussionen setzten sich fort, die Gedanken suchten ihre Vollendung, und er stand mittendrin, in einem Kontinuum, das kein Datum und keine Uhrzeit brauchte, nur den aktuellen historischen Ort mit seinen intellektuellen, politischen und wirtschaftlichen Verflechtungen. Er machte das Fenster auf, ließ frische Luft herein und schaute hinunter in den Hof. Nie überkam ihn beim Blick nach draußen ein Gefühl der Schwäche, dass dieses Zimmer von einschüchternder Winzigkeit und Bedeutungslosigkeit sein könnte im Verhältnis zur Welt, die sich desinteressiert und stoisch gab, und nie war der Blick nach innen, in sich hinein verwirrend oder vernichtend. Dann machte er das Fenster zu, zog sich an und war so weit, an der unsichtbaren Ordnung, in die seine Gedanken alles verwandelten, weiterzuarbeiten.

Er war eine Provokation und ein Vorwurf, und er würde es

bleiben über seinen Tod hinaus, so wie alles, was das normale Maß sprengt, für eine Weile dem Vergessen Widerstand bieten kann, bis keiner mehr war, der die Erinnerung weitertrug, und keiner mehr war, der einen Grund sah, davon zu erzählen, und keiner mehr sein würde, der zuhörte, weil das Interesse daran erloschen war. Zu viel war passiert und hatte die Welt in ihr ungeheuerliches Recht gesetzt. Die Geschäfte und das Glück hatten ihren Vernichtungsfeldzug gegen das Leben fortgesetzt, und nur manchmal, wenn es aussah, als sei der Tag zu Ende, und Erschöpfung und Müdigkeit sich ausbreiteten, ganz so, als habe alles keinen Sinn, sei verkehrt und grundlegend falsch, warfen die Dinge wieder einen Schatten. Aber was nützte es, ihn zu sehen und auf ihn hinzuweisen und so zu tun, als reiche es aus, wenn die Hoffnung sich regt und sich daran hochzieht, dass morgen ein neuer Tag beginnt und alles wieder anders, wie gewohnt aussieht.

Die Boten der Armen

Ich kannte welche, die lebten die ganze Zeit gesund, ihnen ging es gut, und doch sind sie dann früh gestorben, sagte der Kollege mit dem Leberfleck an einem der letzten Tage, die sie auf ihrem Posten verbrachten.

Da kannst du nichts machen, sagte der Alte, der daran dachte, dass sie bald gehen mussten.

Ich sage immer, du musst dein Leben leben, sagte sein Kollege.

Es fehlte ihnen noch ein Jahr, bevor sie in den Ruhestand gehen konnten. Die beiden waren zuversichtlich, dass sie die Zeit bis dahin gut rumkriegen würden.

Mehr geht so und so nicht, sagte der Alte. Probier mal. Und er hielt seinem Kollegen eine Tüte mit Keksen hin.

Anfang nächsten Monats fahre ich in Urlaub, sagte der Hobbyhistoriker kauend.

Wohin geht es?

In den Süden. Das schmeckt gut. Wo hast du die her?

Von dem Laden da drüben, sagte der Alte, langte in die Tüte und zog sich einen Keks heraus. Mit dem Auto?

Wir fliegen.

Er schaute erwartungsvoll Richtung Tüte. Der Alte verstand den Blick und reichte sie ihm.

Nimm dir noch welche. Ist besser, geht schneller. Und du hast dann mehr davon.

Von was?

Wenn du fliegst, dann vertust du nicht so viele Tage mit der Fahrerei, sagte er, und dann rief er aus, und es war etwas zu laut, um beiläufig zu wirken:

Da ist sie wieder.

Wer?

Die Krähe, sagte der Alte. Ich könnte schwören, dass es dieselbe ist.

Davon gibt es hier viele, sagte der Hobbyhistoriker. Er wusste aus seinen historischen Studien, dass in der Geschichte der Einzelne ohne den Rückhalt der Massen häufig keine Chance hatte.

So viele nun auch wieder nicht, sagte der Alte.

Aber mehr als eine.

Sie schwiegen. Dann sagte der Alte:

Die Vögel sind die Boten der Armen.

Sein Kollege sah ihn erstaunt an.

Wie kommst du da drauf?, fragte er den Alten.

Du hörst einen Vogel und denkst, die sind allein, die können sich nicht gegenseitig schützen.

Die können fliegen.

Ich glaube nicht, dass es da oben gemütlich ist, sagte der Alte.

Du glaubst, die brauchen deine Hilfe?

Wenn einer singt, klingt das schön, aber auch traurig, als ob er klagt, allein zu sein, als wollte er einen anderen Vogel anlocken.

Du kennst dich mit Vögeln aus, sagte der Hobbyhistoriker.

Das kommt vom Wandern, sagte der Alte. Nach einer Weile fügte er hinzu: Es ist nicht immer so einfach auf der Welt. Wenn du klein bist, brauchst du jemanden, der die Hand über dich hält. Bei manchen hört das nie auf. Denen fehlt was. Und daran erinnern mich die Vögel, wenn ich sie singen höre. Vor allem wenn der Frühling kommt, ist das so. Gerade dann, wenn das

Leben wieder aufblüht, ist es schwer, allein zu sein, keinen zu haben, der für dich da ist, der den Arm um dich legt. Und wenn der Herbst kommt. Dann klingt ein Vogel so, als wäre er zurückgelassen worden, weil er die Reise nicht mehr schafft, auf die die anderen sich gemacht haben. Verstehst du, was ich meine?

Ich denke schon, sagte sein Kollege und aß den letzten Keks.

Der Kreis der Wörter, der in Emilie sich drehte, war eine Art Schutzhülle. Jeder braucht Illusionen, die ihn aufrechthalten. Auch diejenigen, die behaupteten, sie kämen ohne sie aus, hingen an ihnen mit der Kraft und dem verbissenen Übermut von Einarmigen, die wissen, dass sie sich nicht mehr woanders hinbewegen können, ohne abzustürzen. Sie konnten den Griff, mit dem sie sich festhielten, nicht lockern.

Emilie sank in sich hinein. Da sie die Traurigkeit kennengelernt hatte, bevor sie selbst von ihr erfasst wurde, schaute sie träge zu, wie ihr geschah. Eine Geschichte, die sie kannte, aber nicht verstand, wiederholte sich auf eine Weise, die ihr zugemessen war.

Sie besaß einen Mantel, an dem sie hing mit der Obsession der Armen. Ohne den Mantel traute sie sich nicht aus dem Haus. Er war alt, aber er machte etwas her und beschützte sie vor den abschätzigen und herausfordernden Blicken der anderen. Sie zitterte bei dem Gedanken, dass er kaputtgehen könnte, dass sie eines Tages ohne Mantel dastehen würde. Dann müsste sie in einen Laden gehen, mehrere Mäntel über den Arm hängen und sie in die Umkleidekabine mitnehmen, einen von den Mänteln anziehen und ihren alten Mantel darüber, und dann würde sie aus der Kabine gehen und sagen, sie gefallen mir alle nicht, es tut mir leid, ich habe nichts wirklich Passendes gefunden, und sie lächelte die Verkäuferin an, drückte ihr die Mäntel in die Hand und sagte: Kann ich Ihnen die geben, ja? Dann ging sie aus dem Laden. Und bei jedem Schritt war die Angst dabei, dass einer etwas bemerkt hatte, dass einer vom Sicherheitsdienst hinter ihr herstürmte und sie am Arm packte und sagte, sie sei eine Diebin, sie hätte einen Mantel gestohlen.

Zuerst wehrte sie sich, was fällt Ihnen ein, lassen Sie mich in Ruhe, lassen Sie mich los, sagte sie, aber sie würde das leise sagen, sie wollte vermeiden, dass Leute stehenblieben und ihnen zusahen. Der Mann vom Sicherheitsdienst würde sie nicht loslassen, kommen Sie mit, wir gehen zurück in den Laden, sonst rufe ich die Polizei, würde er sagen, und dann würde sie aufgeben und mit ihm gehen, weil sie kein Aufsehen erregen, weil sie sich nicht vor allen anderen bloßstellen lassen wollte.

Kaum waren sie im Laden, fing sie an zu weinen, und sie bettelte, geben Sie mir doch bitte diesen einen Mantel, Sie haben so viele, ich bin unter den anderen dort draußen nichts wert ohne einen Mantel, ich habe keinen, ich friere, ich traue mich sonst nicht auf die Straße, ich brauche diesen Mantel, verstehen Sie? Erbarmen Sie sich, ich würde Ihnen Geld geben, wenn ich welches hätte, es ist doch nur ein Mantel. Ich werde ihn lange tragen, länger als andere Kundinnen ihre Mäntel tragen, ich werde Ihnen immer dankbar sein. Wenn ich etwas für Sie tun kann, sagen Sie es mir, ich wäre froh, wenn ich etwas für Sie tun könnte. Zeigen Sie mich nicht an, rufen Sie bitte nicht die Polizei. Ich brauche einen Mantel, der mich wärmt und mich vor den Blicken der anderen schützt. Sehen Sie doch, der Mantel, den ich trage, ist ganz verschlissen, und an manchen Stellen habe ich ihn stopfen müssen, er wird nicht mehr lange halten, obwohl ich gut auf ihn aufgepasst habe, ich habe meinen Mantel gepflegt, wie keine andere ihren Mantel pflegen würde. Glauben Sie mir, ich habe noch nie einen Mantel gestohlen, ich habe noch nie etwas gestohlen. Glauben Sie bitte nicht, ich sei eine Diebin, die einfach in einen Laden geht und einen Mantel stiehlt. Ich wollte den Mantel nicht stehlen. Ich hatte so große Angst, dass es einer merkt. Aber was soll ich machen ohne Mantel? Denken Sie nicht schlecht von mir. Ich werde Ihren Laden nicht mehr betreten, ich verspreche es Ihnen. Darf ich jetzt gehen? Vielen, vielen Dank, ich weiß nicht, wie ich Ihnen danken soll. Ich stehe tief in Ihrer Schuld. Ich könnte Ihren Fußboden putzen oder die Schaufensterscheiben, bevor Sie den Laden öffnen oder nachdem Sie ihn geschlossen haben, ich habe Zeit, morgens und abends, es wäre für mich kein Umstand. Ich würde mich darüber freuen, wenn ich Ihnen einen Gefallen tun könnte. Ja, ich gehe jetzt, und ich werde mich nicht mehr bei Ihnen blicken lassen. Keine Sorge. Vielen, vielen Dank. Entschuldigen Sie bitte, dass ich … ich weiß nicht, wie ich es sagen soll … dass ich da bin, ja, entschuldigen Sie bitte, dass ich überhaupt da bin, dass ich hierhergekommen bin, obwohl ich nicht hierhergehöre. Ich bin arm, ich habe kein Geld. Wenn ich reich wäre, dann wäre es etwas anderes, dann hätte ich ein Recht, bei Ihnen hereinzuspazieren und mir die Mäntel anzusehen. Sie haben so schöne Mäntel, wissen Sie das? Natürlich wissen Sie das. So schöne Mäntel.

Und Emilie ging aus dem Laden hinaus und eilte die Straße hinunter und sagte, das nächste Mal lasse ich mich nicht erwischen, ich kenne noch andere Läden, in denen schöne Mäntel hängen, ich werde mir einen holen, darauf könnt Ihr euch verlassen. Auch den Mantel, den sie trug, hatte sie geklaut.

So war Emilie, ein Blatt im Wind, das sich treiben ließ, ein stummes Versprechen, das nicht aufbegehrte und nur manchmal das Glück herausforderte.

Nicht mehr ganz junge Frau, attraktiv, intelligent, ein Schatz, mit, es würde sich nicht verbergen lassen, dachte sie, traurigen Gedanken, aber das kann sich ändern, ich werde versuchen, fröhlicher zu werden, sucht einen Mann, der ihr Sicherheit und Geborgenheit, Liebe, Vertrauen und Hoffnung geben kann. Schreiben Sie mir.

Emilie schaute sich die Zuschriften an, die Bilder und die Lebensläufe, sie kamen alle in ihr Zimmer geflattert, der oder jener, dachte sie, wenn die wüssten, wem sie geschrieben haben.

Dann saß sie mit einem von ihnen im Restaurant und fragte: Könnten Sie sich vorstellen, dass wir beide, und ihr stockte der Atem, weil ihr schwindelig war und sie selbst es sich nicht vorstellen konnte, was sollte so einer, dem es gutging und der bald eine Frau finden würde, die zu ihm passte, mit ihr anfangen. Helfen Sie mir, bitte, ich weiß nicht mehr weiter, ich bin am Ende. Leider bin ich ein Nichts, sagte sie, trank das Glas Wein aus und versuchte, zu lächeln und nicht zu weinen, aber ihr Mund verzog sich zu einer Grimasse und die Lippen zitterten. Ich habe keine Arbeit, sagte sie, und keine Zukunft, ich liege oft tagelang im Bett, ich habe Angst, nicht vor dem Tod, sondern vor dem Leben. Sie hätten auch Angst, wenn Sie an meiner Stelle wären. Emilie steckte sich eine Zigarette an, um die Tränen zu bekämpfen. Er hat Mitleid, dachte sie, er möchte mich loswerden, und er lächelte ihr zu, was so viel heißen sollte wie: Das ist doch alles kein Problem, das wird anders werden, haben Sie Mut, und sie sagte: Danke für die Einladung, es tut mir leid, Sie enttäuscht zu haben, das ist alles meine Schuld, und sie drückte die Zigarette aus, sie musste gehen. Ich hätte mir besser überlegen müssen, was ich noch tun kann, dachte sie, wie ich mich vor mir selbst verstecken kann. Es ist schwierig, sich selbst loszuwerden. Darauf haben Sie doch keine Lust, mit einer Frau zusammen zu sein, die denkt, es sei für sie besser, wenn sie nicht da wäre. Schauen Sie nicht so ernst, bitte. Und machen Sie sich keine Mühe, ich finde den Weg allein, ich bin viel alleine, wenn ich ehrlich sein soll, ich bin immer alleine, es tut mir leid.

Ich habe seit Tagen nichts Warmes gegessen, ich sagte Ihnen doch, ich habe keine Arbeit, und wer keine Arbeit hat, der hat kein Geld, stimmts? Entschuldigen Sie, dass ich Ihre Zeit in Anspruch genommen habe, Sie haben sicherlich Wichtiges zu tun, und nun diese Pleite mit mir. Aber vielleicht habe ich Ihnen ein wenig gefallen?

Emilie lächelte, was sollte er darauf sagen, nein, nein, ja, ja, es war ein schöner Abend, und dann stand sie auf und ging. Nach den ersten Schritten liefen ihr die Tränen, und sie sagte, reiß dich zusammen, reiß dich bloß zusammen, heul nicht auf der Straße los, heb dir das für später auf, wenn du in deinem Zimmer bist.

Sie lief weiter, und dann wurde ihr übel, und sie schaute, ob sie sich irgendwo hinsetzen konnte, ging zu einer Bank, setzte sich und hörte ihr Herz schlagen. Es wird gleich besser werden, sagte sie sich.

Ein Mann ließ sich neben ihr auf der Bank nieder und reichte ihr eine Flasche, du siehst blass aus, sagte er, hier trink, das bringt dich wieder auf die Beine. Sie nahm einen Schluck aus der Flasche, und der Mann fragte, ob es ihr besserging, ob sie noch einen Schluck trinken wolle, aber sie lehnte ab und sah vor sich hin. Ich muss jetzt gehen, sagte sie. Bleib doch hier, sagte er und versuchte, sie festzuhalten, aber sie schüttelte seine Hand ab. Fass mich nicht an, sagte sie mit all der Kraft, die sie noch hatte, tu das nie wieder. Erschrocken zog er die Hand zurück. Ich lass mich von keinem anfassen.

Und sie eilte davon, mit fliehenden Schritten und wehendem Mantel. Geht mir aus dem Weg. Seht mich nicht so an. Niemand beachtete sie, als sie sich durch parkende Autos schlängelte und in irgendeiner Straße verschwand, um in großen Runden, die sich bis zum Anbruch des nächsten Tages hinzogen, zu ihrer Wohnung zurückzugehen.

Nichts von dem, was Emilie war, war nur sie allein, auch wenn sie sagen konnte, das bin ich, die das tut und dieses denkt und jenes fühlt. Im Einzelnen war das so, aber nicht im Großen. Im Großen schien es so zu sein, war es aber nicht im Einzelnen. Im Besonderen schien es so zu sein, war es aber nicht im Allgemeinen. Im Allgemeinen schien es so zu sein, war es aber nicht im Besonderen. Die Mütter und Väter, dachte sie, reichen Verstörung, Angst und Ekel ohne ihr Wissen und ohne ihren Willen an ihre Töchter weiter, wie eine Brosche oder eine Maxime von der Art, sei fleißig und ehrlich, und was ein Gefühl war, wird zu einem Familienerbstück, ist immer da, in der Seele und im Fleisch, als Herzrasen, Atemlosigkeit und Depression. Der Riss zog sich hin und ließ sich nicht kitten. Sie alle versuchten, auf ihre Weise mit diesem Gefühl fertig zu werden. Den einen gelang es besser als den anderen, je nachdem, wo sie im Leben landeten, in einem Haus mit einer Familie, allein in einem Zimmer, auf der Straße, und je nachdem, was ihnen zustieß. Den einen fuhr die Erniedrigung in die Glieder, lähmte sie, und sie lebten in einer Art Erstarrung. Bei den anderen wurde das Gefühl der Leere zu einer Art Krebs der Seele, unheilbar. Sie fielen nicht in sich zusammen, sie machten weiter, standen morgens auf, verrichteten ihr Tagwerk und gingen abends ins Bett, als sei nichts geschehen, sie versuchten, den Schmerz zu vergessen, aber er ließ sich nicht verdrängen, er war treu und anhänglich wie ein Hund, der nicht von der Seite weicht.

Und der Tag kam, da versteckten die Armen sich nicht mehr, sie zeigten ihre Wunden und wiesen auf ihre Entstellungen hin, als wollten sie die Vorübergehenden zwingen, stehenzubleiben und sie anzusehen. Wir frieren und sind hungrig, sagten sie, habt Erbarmen mit uns. Ihre Gesichter waren verzerrt, ihre Blicke wie tot, und sie riefen, wir sind Krüppel, ein Klumpen

Fleisch, in dem der Schmerz und die Angst sitzen, und sind doch wie ihr, die ihr Freude daran habt zu laufen und Geld, um zu essen, und Freunde, um euch zu wehren, und Glück, um unter Menschen gelitten zu sein. Sie rollten mit den Augen, wenn sie noch Augen hatten, schmatzten mit den Mündern, wenn sie noch Münder hatten, und schlugen sich auf die Brust, wenn dort nicht ein Loch klaffte. Sieh nicht hin, sagte sich Emilie, aber sie mochte den Blick nicht von ihnen abwenden, das Elend zog sie an, als erführe sie von ihnen etwas über das Leben, was das Leben ihr verborgen hatte, und sie verlor das Vertrauen in die Menschen und die Welt, dass wir da sind, um über uns selbst und über die anderen zu wachen, dass wir es gut mit uns und den anderen meinen, uns gegenseitig schützen und einander helfen sollen. Die zarte Haut der Hoffnung und der Zuversicht, von der die Menschen umgeben waren, wurde in Stücke gerissen, und übrig blieb nur das rohe Fleisch, eine unstillbare Wunde, unser aller Los.

Und der Herr, dachte Emilie, schickte seinen Sohn auf die Erde, um die Menschen zu erlösen, und der Sohn sagte, dies ist mein Blut, und er litt für die Menschen, um sie aus dem Jammertal zu führen, er gab den Glauben, die Hoffnung und die Liebe, damit wir die Qualen und Leiden der Welt ertragen, und die Verletzten und Verstümmelten fassten mich an meinen heilen Gliedern und zogen daran, als wollten sie mich nicht loslassen, sie rieben mit ihren Stümpfen über mein Gesicht, als wollten sie mich streicheln, sie führten meine Hand zu den Wunden und legten sie dort hinein, als sollte sie Wunder wirken und sie genesen lassen von ihrem Schicksal, sie schoben sich mir unter die Haut und zogen ein in meine Träume.

Sie mied von nun an Berührungen und zuckte zurück, wenn eine Hand sich auf ihren Arm oder auf ihre Schulter legte, als wäre sie selbst verletzt, Fleisch von ihrem Fleisch, Blut von ihrem Blut. Das Leiden der Menschen nahm ihren Bewegungen die Unbefangenheit und vertrieb aus ihrem Körper die Unschuld und die Lust und verdüsterte ihren Geist und ihre Seele.

Wer konnte sagen, dass er jemandem nahe war, wenn er nicht einmal den Menschen verstand, den er liebte. Ich habe weder meinen Vater noch meine Mutter verstanden, obwohl sie die ersten Menschen waren, die ich liebte, und sie es waren, durch die ich die Liebe kennenlernte. Ich fühlte, dass ich sie nicht verstehen musste, um sie zu lieben, dass die Liebe am Anfang ist und vor dem Verstehen, aber erst als ich das wusste und ich mich damit abfand, habe ich mich nicht mehr gefragt, warum sie traurig und schweigsam waren, warum sie nicht miteinander redeten, als sei zwischen ihnen alles gesagt und als fänden sie nicht aus sich heraus. Sie verloren einander, so wie immer wieder Menschen verschwinden, ältere und jüngere, die sich nicht in den gewohnten Zusammenhängen zu halten vermögen, sie hatten keine Kraft, keine Ideen und kein Durchsetzungsvermögen, sie wurden von Schwierigkeiten aller Art, Mangel an Geld, Liebe und Selbstvertrauen, von Trauer und Hilflosigkeit überwältigt und weggespült. Die Polizei fahndete nach Opfern von Entführungen. Die Namenlosen, die sich wie in Luft auflösten, schien keiner zu vermissen, auch die Angehörigen gewöhnten sich daran, neben Menschen zu leben, die sich eingekapselt hatten und nicht mehr von dieser Welt zu sein schienen. Ihre Abwesenheit wurde nicht registriert, als fielen sie durch das Raster jeder Art von Wahrnehmung, als wären sie unsichtbar, oder sie wurde einfach hingenommen, wie das Verschwinden von streunenden Hunden und Katzen, die eines Tages nicht mehr da waren.

Jeder Mensch war eine Monade. Was auch immer er tat, wie er redete, sich kleidete, dachte und lachte, wie er die Hand hob, lief, liebte, für was auch immer er sich interessierte, alles war nur eine Folge, ein Ausdruck von dem, was er im Grunde seines Selbst war, er konnte sich nicht entkommen, es gab keine Lücke, keine Freiheit im Werden, nur das Sein und das Nichts. In dieser Not war Hilfe nur dort, wo einer einen anderen Menschen sah.

Ein Leben finden, dachte Emilie, das wäre so, als kehrte ich nach Hause zurück und die Tür geht auf, ohne dass ich nach einem Schlüssel suchen muss, drinnen ist es still, und alle Dinge scheinen nur darauf zu warten, dass ich sie berühre und in die Hand nehme, sie leuchten mir entgegen, und dann höre ich vertraute warme Stimmen in einem der Zimmer, das Haus ist groß, eine Villa, mit Stuck an den Decken und Ölgemälden an den Wänden, auf denen meine Vorfahren dargestellt sind, ich kenne ihre Geschichten, die männlichen Stammhalter, allein oder mit ihren Frauen oder im Kreis ihrer Nachkommenschaft, Männer, die dem Familiennamen alle Ehre gemacht haben und den Besitz zu wahren oder zu mehren fähig gewesen sind, Rechtsanwälte, Kaufleute und Gelehrte. Sie schauen mich streng und freundlich an, sie erwarten von mir, dass ich ihnen keinen Kummer mache und mich der Familie würdig erweise, und ich halte ihrem Blick stand, ich werde keinen Unsinn machen, sage ich, macht euch um mich keine Sorgen, ihr werdet stolz auf mich sein, das liegt uns doch im Blut, dass aus uns etwas wird, und ich straffe den Rücken und lächle sie an, und dann gehe ich zu dem Zimmer, aus dem die Stimmen kommen, und öffne die Flügeltür, und alle, Verwandte, Freunde und Bekannte, eilten Emilie entgegen, nahmen sie in den Arm, küssten sie und fragten sie aus, führten sie zu den Sofas und Sesseln, damit sie sich zu ihnen setze und erzähle, wie es ihr ergangen war, sie war zu Besuch gekommen, und nun saß sie da unter den anderen und erzählte, und alle hörten ihr zu, jemand streichelte ihre Hand, jemand drückte sie an sich, ihr war warm, ihre Backen glühten, sie lachte, strahlte und erwiderte die freundlichen und herzlichen Blicke. Dann musste sie eine Pause machen und verschnaufen, und sie lehnte sich zurück in die Kissen und lauschte den Erzählungen der anderen, die von ihren Reisen handelten, ihrem Beruf, von Festen, Freunden und ihren Familien, und als alles gesagt war, aßen, tranken und tanzten sie, ein wenig beschwipst, und dann lagen sie sich auf den Sofas erschöpft in den Armen, die Haut war zart, die Hände sanft.

Emilie hörte ihr Herz, ihren Atem, sie hielt die Augen geschlossen, auf dem Mund erschien ein Lächeln. Sie rollte sich zur Seite, schmiegte ihr Gesicht in das Kopfkissen, die Beine angezogen, ein in sich geschlossenes System aus Rausch und Unglück, Traum und Empfindung, und wurde zu einer jungen Frau, die nicht mehr aus sich herausfand, die tief in sich ruhte, nicht aus Schwäche, sondern mit großer Kraft, um sich zu schützen, weil sie empfindsam und traurig war, die Welt war ihr fremd und kam ihr unwirklich vor, als könnte ihr ein Glas, das sie hielt, einfach aus der Hand fallen, eine falsche Bewegung, eine Unachtsamkeit, ein Ruck am Himmel, und schon brach alles entzwei. Deshalb war sie still und stumm und lauschte, sie nahm mehr wahr als andere, einen Luftzug, obwohl die Fenster geschlossen waren, einen Klang, den kein anderer hörte, eine Bewegung, die kein anderer sah. Ihre Sinne waren wund, und jeder, der zu ihr käme, würde vorsichtig und zurückhaltend sein müssen, als würde er ihr versichern wollen, sei ruhig, wir tun dir nichts, wir gehen gleich wieder, wir wollen nur schauen, wie es dir geht. Und wer auch immer es sei, wenn er oder sie nur ein guter Mensch wäre, und er würde sich neben mich auf das Bett setzen und meine Hand in seine Hand legen und mich ansehen und irgendetwas murmeln, und sei es in einer fremden Sprache, die ich nicht verstehe, aber sie klänge schön, und es beruhigt mich, dass er neben mir sitzt und meine Hand hält und spricht, und mehr brauchen wir nicht als einen Menschen, der zu uns kommt, uns berührt und schweigt und die richtigen Worte findet.

Karl starb in seinem Zimmer im Morgengrauen, nach langer schwerer Krankheit. Die Krähe schwang sich aus dem Baum und flog davon.

Inhalt